KB162870

살아 있는 도서관

살아 있는 도서관

초판 1쇄 발행 » 2012년 2월 10일
초판 3쇄 발행 » 2013년 7월 30일

지은이 » 장동석
펴낸이 » 조미현

편집주간 » 김수한
책임편집 » 김예지
교정교열 » 조세진
디자인 » 이기준

출력 » 문형사
인쇄 » 영프린팅
제책 » 쌍용제책사

펴낸곳 » (주)현암사
등록 » 1951년 12월 24일、제10-126호
주소 » 121-839 서울시 마포구 서교동 481-12
전화 » 365-5051 / 팩스 » 313-2729
전자우편 » editor@hyeonamsa.com
홈페이지 » www.hyeonamsa.com

ⓒ 장동석 2012
ISBN 978-89-323-1612-3 03810

이 도서의 국립중앙도서관 출판시도서목록(CIP)은
e-CIP 홈페이지(http://www.nl.co.kr/ecip)와 국가자료공동목록시스템(http://www.nl.go.kr/
kolisnet)에서 이용하실 수 있습니다. (CIP제어번호: CIP2012000379)
이 책은 저작권법에 따라 보호받는 저작물이므로 저작권자와 출판사의 허락 없이
이 책의 내용을 복제하거나 다른 용도로 쓸 수 없습니다.
지은이와 협의하여 인지를 생략합니다.
책값은 뒤표지에 있습니다. 잘못된 책은 바꾸어 드립니다.

살아 있는 도서관

–

천천히 오래도록
책과 공부를 탐한 한국의 지성 23인,
그 앎과 삶의 여정

장동석 지음

현암사

내 이 세상 도처에서
쉴 곳을 찾아보았으되,
마침내 찾아낸,
책이 있는 구석방보다
나은 곳은 없더라.

—토마스 아 켐피스

머리말

중학교 입학을 앞둔 겨울방학 때였습니다. 아버지의 단골 서점이었던 서울 변두리의 김씨글방은 어린 제게 별천지와도 같았습니다. 주인 성정을 닮아 가지런했던 책장은 흡사 보물상자처럼 보였습니다. 사실 책은 사가지도 않으면서 손때만 묻히는 동네 아이가 귀찮을 법도 한데, 웃음이 멋졌던 빼빼 마른 주인아저씨는 가게 문을 밀고 들어갈 때마다 반갑게 맞아주었습니다. 그리고 따뜻한 난롯가에 자리까지 잡아주며 정비석의 『삼국지』를 연신 권해 주었습니다.

그 덕에 정비석의 『삼국지』를 겨울방학 동안, 그것도 공짜로 읽을 수 있었고, 『삼국지』는 그 후 '내 인생의 책'이 되었습니다. 박종화, 황석영, 장정일, 조성기, 김홍신 등으로 옮겨 가며 『삼국지』를 읽은 것이 몇 번이던가요. 지금 이렇게 책밥을 먹으며 살 수 있는 것은 『삼국지』 때문이기도 하지만, 자리까지 마련해주면서 책을 읽으라고 권했던 김씨글방 주인아저씨 덕입니다. 그러나 김씨글방, 추억을 먹고살던 동네 작은 서점들은 이제 하나둘 자취를 감추었습니다.

허전한 마음을 뒤로하고 오늘도 책을 읽습니다. 책을 읽는 일은 어제와 오늘이 다르지 않건만, 어제의 책은 오늘의 책을 추동하고, 오늘의 책은 다시 내일의 책을 밝혀줍니다. 새벽 미명까지 책과 씨름 아닌 씨름을 하다 보면 그곳에 서중선°書中善의 세계가 펼쳐집니다. 책은 그렇게 제 삶의 일부, 아니 이제는 전부가 되었다고 해도 과언이 아닙니다. 그 많은 책에 담긴 깊은 뜻을 다 헤아릴 재간은 없지만 책을 읽으며 깊은 안도감을 느끼곤 합니다. 그 안도감은 때론 '희열'이 되고 때론 '감사'가 되기도 합니다. 오늘 하루도 책과 더불어 살았다는 그 깊은 안도감, 희열, 감사를 과연 무엇과 비교할 수 있을까요.

나는 책이라는 오묘한 지°知의 존재 양식을 통해 나의 삶에 눈을 뜨고 세계와 처음으로 만났다. 나에게 언어의 이미지가 쌓이고 뿜어져 나오는 그 공간은 나의 정념과 세계인식의 타작°打作의 장이다. 어디 그뿐인가. 어린 시절 책 읽는 시간 속에서 나는 '일탈'을 음모하고 꿈의 놀이를 즐겼다. 그것은 분명 '수태°受胎'의 성별°聖別된 시간이요 공간이었다.

이광주 선생은 『아름다운 지상의 책 한권』에서 한 권의 책이 가질 수 있는 위의°威儀를 이처럼 아름다운 문장으로 묘사했습니다. 기껏 책과 더불어 사는 삶을 안도감, 희열, 감사로밖에 표현할 수 없는 저의 과문천식°寡聞淺識이 부끄럽지만, 언젠가 한 권의 책이 저에게도 '일탈을 음모하는 꿈의 놀이'이자 "수태의 성별된 시간이요 공간"이 될 것이라 믿기에 오히려 가슴이 벅차오릅니다.

이유를 알 수 없지만, 어려서부터 주변 사람들의 책이 무척 궁금했습니다. 평생 책을 손에서 놓지 않으셨던 아버지의 작은 서가에는 어떤 책들이 꽂혀 있는지 궁금했고, 대학생 형의 책상에 놓인 책들은 무엇일까 수도 없이 기웃거리곤 했습니다. 친구 집이나 친척 집에 가면, 평소에는 도통 책을 읽지 않으면서도 그 집 책꽂이에 꽂힌 책들을 한참 응시하곤 했습니다. 지하철을 타고 다닐 때면 제가 읽던 책보다 주변 사람들의 책이 궁금해 고개를 깊숙이 숙여 책 제목을 확인하던 일이 기억에 새롭습니다.

그 버릇은 참으로 오랫동안 지속되었습니다. 잡지사 기자로 일하며 수많은 사람들을 만났지만, 대화의 주제는 언제나 책이었습니다. 인터뷰 주제는 제쳐 놓고 책 이야기만 하다가 정작 써야 할 기사는 얼버무린 적이 얼마나 많은지요. 그래도 그 기억은 여전히 저를 유쾌하고 행복하게 합니다. 책과 함께 울고 웃는 사람들을 만나며 저는 다시 깊은 안도감과 희열, 감사를 경험합니다.

세 살 버릇 여든까지 간다고, 지금도 여전히 사람들의 책이 궁금합니다. 어떤 책을 읽는지도 궁금하지만, 그것을 자양분 삼아 삶으로 살아내는 일 또한 궁금합니다. 때마침 《기독교사상》에서 '이 사람의 서가 그리고 삶'이라는 코너를 연재할 수 있는 커다란 행운을 얻었습니다. 단순히 서가에 꽂힌 책 이야기가 아니라 그분들의 삶을 변화시키고 추동했던 책 이야기를 듣고 싶었습니다. 청소년 시절 읽었던, 학문의 길에서 읽었던, 그리고 온몸과 마음을 다해 읽었던 그분들의 책 이야기를 들으면서 저는 부끄러움과 동시에 전율을 느꼈습니다.

"나는 매일 많은 사람들의 책을 읽으면서 산다. 그런데 그들의 학식에는 관심이 없다. 오직 그의 사람됨을 알고 싶을 뿐"이라고 했던 몽테뉴의 말처럼, 책과 더불어 살아온 선생님들의 삶은 학식이 아닌 사람됨을 구하는 시간이었습니다. 삶과 동떨어진 사유와 학식이 아니라 삶 그 자체였던 독서, 그리고 책은 그렇게 그분들의 삶을 변화시켰을 뿐 아니라 제 마음마저 감동케 했습니다. 결국 『살아 있는 도서관』은 제가 쓴 것이 아니라 그분들이 온몸으로 살아내며 써주신 감동과 전율의 기록이 아닐 수 없습니다. 귀한 시간을 내주실 뿐 아니라 책과 더불어 웅숭깊어진 사상과 철학을 풀어내주신 여러 선생님들께 다시 한 번 진심으로 감사드립니다.

그 부끄러움과 전율 때문인지, 연재된 글을 다시금 새롭게 다듬는 데 많은 시간이 소요되었습니다. 또한 잡지 연재는 당시 상황을 충실하게 반영했기에 오늘에 맞게 원고를 수정하는 작업은 무한정 길어졌고, 때로는 포기하고 싶을 때도 많았습니다. 주옥같은 내용이 모두 제 것이 아니기에 어설픈 글줄로 혹시 여러 선생님들께 누가 되지 않을까 싶어 망설임의 시간은 더더욱 길어질 수밖에 없었습니다. 그런 마음을 눈치채신 듯, 김삼웅 선생님은 시시때때로 전화로 응원해주시기도 했습니다. 마음으로 응원해주신 모든 분들 덕분에 한 권의 책이 세상에 나올 수 있었습니다.

고마운 분들이 많습니다. 한결같은 모습으로 글 쓰는 사람이 가야 할 길을 보여주는 한종호《기독교사상》편집주간님의 격려가 없었다면 이 책은 빛을 보지 못했을 겁니다. 사진 작업을 함께 해주신 김승범 선배와 유정호 형의 도움 잊지 않겠습니다. 초짜 기자 시절부터 지금까지 변함없이 사랑을 주시는 사진작가 이남수 선생님과 전주대 장선철 교수님께 감사의 인사를 전합니다. 한국출판마케팅연구소 한기호 소장님의 특별한 배려로 오늘도 한 권의 책을 읽고 또 글을 씁니다. 감사합니다. 특별할 것 없는 글을 귀하게 여겨주신 현암사 조미현 대표님과 김수한 주간, 편집자 김예지 씨의 정성으로 이 책이 세상에 태어납니다. 고마운 마음 금할 길이 없습니다. 책에게 남편과 아빠를 빼앗긴 아내 하숙경과 두 아들 진휘와 선휘에게 이 책이 좋은 선물이 되기를 기대하며, 감사와 사랑의 마음을 전합니다.

2012년 1월 장동석

차례

일러두기

1. 이 책은《기독교사상》에 2009년 1월부터 2010년 12월까지 연재된 「이 사람의 서가 그리고 삶」을 다듬고 새로 인터뷰하여 정리한 것이다.

2. 단행본은 『 』, 단편소설·시·논문 등은 「 」, 잡지·신문은《 》, 영화·곡명·TV 및 라디오 프로그램 등은〈 〉로 묶어 표기했다.

3. 인명·지명 등의 외래어 표기는 국립국어원 규정을 따르는 것을 원칙으로 하되, 관용적인 표현은 살렸다.

고전, 그 광대무변한 세계에서 누리는 행복

고전평론가

고미숙

© 이남수

고미숙 선생은 고전평론가로, 1960년 강원도 정선군 함백에서 태어났다. 고려대 독문과를 졸업했고, 같은 대학 국문과 대학원에서 고전시가로 박사 학위를 받았다. 스스로 『열하일기』를 만나 인생 역전했다고 생각하는데, 실제로 『열하일기, 웃음과 역설의 유쾌한 시공간』(2003)을 통해 고전평론가라는 직함을 얻었고, 『열하일기』 전도사를 자처하며 살고 있다. 일상의 대부분을 공부와 밥, 우정에 대해 끊임없이 사유하며 보낸다. 몇 년 전부터 『동의보감』에 매료되어 있는데, 그 결과물들이 지속적으로 출간될 예정이다. 저서로 『한국의 근대성, 그 기원을 찾아서』(2001), 『아무도 기획하지 않은 자유』(2004), 『나비와 전사』(2006), 『삶과 문명의 눈부신 비전 열하일기』(2007), 『공부의 달인, 호모 쿵푸스』(2007), 『동의보감 — 몸과 우주 그리고 삶의 비전을 찾아서』(2011) 등이 있다.

고전평론가 고미숙 선생에게 일상은 공부다. 지난 10년 동안의 공부 일상이 '수유+너머'에서 이루어졌다면, 이제는 서울 필동 깨봉빌딩에 터를 잡은 '감이당'에서 공부 일상을 계속한다. 2011년 출간한 『동의보감—몸과 우주 그리고 삶의 비전을 찾아서』 책날개에 소개된 글 '굿바이, 수유+너머'에 따르면 "감이당은 '몸, 삶, 글'이라는 키워드를 가지고 '인문의 역학'을 탐구하는 '밴드형 코뮤니타스'"다. 연암 박지원의 『열하일기』에 매료되어 인생이 뒤바뀐 그이가 이제 또다시 허준의 『동의보감』에서 비롯된 앎에 대한 도전을 시작한 것이다.

●

지식과 일상을 하나로 중첩하는 실험 »
—

수유+너머 이야기를 하지 않을 수 없다. 고미숙 선생의 공부와 삶이 대부분 이루어졌던 '연구공간 수유+너머'는 1998년 서울 수유리의 작은 공부방에서 시작되었다. 대학로 등 몇 번의 이전을 거쳐 2005년부터 남산 자락에 자리 잡은 수유+너머는 "좋은 앎과 좋은 삶을 일치시키는 연구자들의 생활공동체"다. 수유리의 작은 공부방은 고미숙 선생을 박사 실업자에서 프리랜서로 탈바꿈시켰고, 그렇게 시작한 연구공간 수유+너머는 이제 수유너머 강원, 수유너머 구로, 수유너머 길, 수유너머 R, 수유너머 N 등으로 분화했다.

산파역(?)을 맡았던 고미숙 선생은 수유+너머를 "지식과 일상이 하나로 중첩되고, 일상이 다시 축제가 되는 기묘한 실험이 이루어지는 곳, 도시

15

의 중산층으로 편입되지 않고도 행복하게 사는 방법이 모색되는 곳, 혁명과 구도가 일치하는 비전이 탐색되는 곳"(『아무도 기획하지 않은 자유』 중에서)으로 정의한다. 기묘한 실험, 행복하게 사는 방법, 비전을 탐색하는 공간에서 고미숙 선생 자신은 물론 이진경, 고병권 등 최근 두각을 나타내는 연구자들이 속속 빛을 보게 되었다.

수유+너머 공동체 식구들은 모두 남산 연구실 주변에 삶의 터전을 마련했고, 하루 두 끼의 식사를 함께 나누며 지식과 일상을 하나로 중첩하는 실험 중이다. 그렇다고 하루 종일 얼굴 맞대고 담소를 나누거나 각종 뒤풀이가 이어질 거라는 상상은 금물. 저마다의 삶을 존중할 뿐 아니라 각종 세미나가 리듬을 타고 열리고, 각자의 공부와 글쓰기에 바빠 망중한의 여유조차 없는 것이 수유+너머의 일상이다.

『열하일기』 전도사가 될 수밖에 없는 이유 »
—

18세기 지성사의 한 획을 긋는 책이자 문체반정°文體反正의 핵심에 자리한 연암 박지원의 『열하일기』. 중·고등학교 국사 혹은 국어 시간에 들었던 터라 모두에게 익숙하지만 정작 읽어본 사람은 그리 많지 않은 작품 중 하나일 것이다. 고미숙 선생은 『열하일기』를 일러 "세계 최고의 여행기이자 자연의 오묘함과 춘하추동이 모두 담긴 텍스트"라고 말했는데, 자신과 『열하일기』의 만남 자체가 "운명"이라고 했다. 사실 조선 후기 문학을 전공했는데도 대학에 있을 때는 "박지원의 『열하일기』" 정도 아는 것이 전부였고, 단편적인 글 몇 개만 읽었던 터였다. 그러나 "우여곡절 끝에" 우연을 가장한 운명 혹은 필연이 다가왔고 "옛날 말투여서 지금 읽으면 한국어인데도 모를 내용이 대부분인 번역본을 대여섯 번 통독"했단다.

바다를 헤엄치는 듯한 자유로움을 경험한 고미숙 선생은 "처음에는 억지로 시작했다가 이젠 '엄청 오버'해서 『열하일기』 전도사가 되었다"며 웃었다. 그도 그럴 것이 『열하일기, 웃음과 역설의 유쾌한 시공간』을 시작으로 『삶과 문명의 눈부신 비전 열하일기』와 『세계 최고의 여행기 열하일기』로 이어지는 『열하일기』 3종 세트를 출간했으니, 전도사라는 말 외에는 달리 표현할 길이 없는 듯 보인다.

고미숙 선생은 고전을 우리 시대 언어로 번역하는 작업이 꼭 필요하다고 강조했다. 우리 시대의 말과 사상의 길로 연결시켜야 한다는 것이다. 어떤 사람들은 고전을 그 시대의 말 그대로 알아야 한다고 강조한다. 또 어떤 사람들은 복장만 사극일 뿐 현대 드라마와 별반 다르지 않은 퓨전 사극처럼 고전을 해석해낸다. 하지만 그이는 "고전의 지혜는 현대인들에게는 낯설고 새로운 사상의 길이기 때문에 우리 시대의 언어 지도에 맞게 변화시켜야 한다"고 강조한다. 인류가 지난 역사 동안 켜켜이 쌓아온 지혜와 삶의 진수를 배울 수 있는 유일한 창구가 바로 고전이기 때문이다. 고전에서 배우는 삶의 진수와 지혜는 현대인들을 구원하는 유일한 길이다. 고미숙 선생은 "현대인들은 현대의 텍스트로는 구원받을 수 없다"고 단언한다.

모든 생명은 자기 존재를 구원할 의무가 있어요. 구원은 소멸과 죽음의 공포, 불안을 이기는 평화라고 말할 수 있는데, 현대의 장에서 펼쳐지는 지식과 지혜로는 구원의 길에 도달할 수 없습니다. 물질의 유한성과 말의 공허함이 그 길을 막는 것이죠.

고미숙 고전평론가

**결국 우리 시대와는 다른 시대에서 구원의 길을 찾아야 하는데,
그 길이 바로 인류가 터득한 지혜의 보물창고인 고전과 연결되어
있어요.**

물론 동시대에도 삶의 지혜와 진수는 존재한다. 아마존에도 있고, 아프리카와 동남아시아에도 편재해 있다. 그러나 그곳의 삶은 동시대이면서도 엇갈린 시간이다. 현대성의 단계가 다르기 때문이다. 우리는 동시대를 살면서 낯선 시공간의 축으로 만나고 있는 셈이다.

또 고미숙 선생은 현대성 안에는 "자기를 존중하는 능력"이 없기 때문에 더더욱 고전으로 나가야 한다고 말한다. 경쟁만을 강요하는 현대 사회는 자유를 억압한다. 경쟁으로 환원°還元되지 않는 영역, 즉 자유를 현대 사회는 종교의 영역으로만 가두려고 한다. 결국 속세는 경쟁의 장이며, 종교는 도피의 장이 되고 만다. 현대 사회에 만연한 우울증과 자살은 이런 맥락에서 빚어진다. 때문에 그이는 만나는 사람 모두에게 "공부로 스스로를 구원하라"고 이야기한다.

그런 점에서 그는 서양 고전보다 동양 고전이 훨씬 더 모던하다고 생각한다. 고미숙 선생이 생각하는 동양 고전 중 압권은 역시 『열하일기』다. 박지원의 글쓰기는 종횡무진 그 자체다. "지금 봐도 그런 글을 쓸 수 있는 사람은 지구상에 없을 것 같다"는 것이 그이의 생각이다. 물론 연암보다 훌륭하고 천재적인 사람은 많다. 그러나 글쓰기에 있어서만큼은 연암을 따를 사람이 없다. "가장 낮은 데서부터 가장 높은 데까지 포괄하는 글쓰기, 〈개그콘서트〉 같은 이야기부터 최고의 형이상학적인 고담준론을 그 내용에 맞게 각각의 스타일로 구사할 수 있는 사람은 연암밖에 없어요." 이것이 고미

숙 선생이 『열하일기』의 전도사가 될 수밖에 없는 이유다.

옆구리를 치고 들어온 『임꺽정』 »
—

루쉰과 『동의보감』도 그이의 공부에서 빼놓을 수 없는 텍스트들이다. 그런데 2008년, 난데없이 『**임꺽정**』이 옆구리를 치고 들어왔다. 한 출판사로부터 『임꺽정』을 읽고 강연을 해달라는 부탁을 받은 것이다. 이유는? 단순하다. 고전평론가니까.

흔히 '임꺽정'이 가진 의적이나 화적패 이미지 때문에 『임꺽정』 자체를 곡해하는 경우가 많다. 『임꺽정』의 작가 홍명희가 월북했다는 이유 하나만으로도 금서였던 시절이 있었으니 더 말해 무엇하랴. 하지만 『임꺽정』에는 "우리가 교과서적으로 아는 것과는 전혀 다른 삶과 지혜가 담겨 있다"고 고미숙 선생은 강조한다. 그는 『임꺽정』만큼 조선시대 풍속을 잘 살려낸 작품은 없을 것이라며 『임꺽정』 같은 고전을 갖고 있는 것이 얼마나 큰 행운인지 모른다고 했다.

『임꺽정』에는 여성과 공부, 우정과 의리 문제 등 우리 시대가 필요로 하는 가치들이 수두룩하게 녹아 있다. 그것을 새로운 각도로 조명한 것이 바로 2009년 여름 무렵에 나온 『임꺽정, 길 위에서 펼쳐지는 마이너리그의 향연』이다. 특히 청년 실업이 우리 사회의 화두로 등장한 시대에, 그는 "조선시대 청년 백수들이 전하는 당당하고 여유로운 삶의 향연이 우리 시대의 모든 마이너가 전수받아야 할 삶의 노하우"라고 강조한다.

고미숙 선생은 책을 한 권 써냈지만 자신의 『임꺽정』 연구는 아직도

좋은 책은 사유의 지도를
다시 그려줍니다. 그리고
그 지도는 나의 일상을
이전과는 아주 다른 길로
이끌어줍니다. 책과 사유와
걸음, 이 셋 사이에 어떤
리듬이 만들어질까?
아다지오, 혹은 스타카토,
혹은 강렬한 비트…….
수없이 다양한 변주가
가능할 것입니다.

이남수

미진하다고 말한다. 『열하일기』도 마찬가지지만 『임꺽정』에도 세상에 알려지지 못한 수많은 내용이 텍스트 안에 숨어 있다. 유교와 불교, 도교 등의 종교와 사상은 물론 의학과 역학까지 『임꺽정』이 품어내는 아우라°aura는 상상을 초월한다. 고미숙 선생은 아직 『임꺽정』에 관심을 갖는 이렇다 할 연구자가 없는 형편이지만, 더 많은 고전평론가들이 나타나서 『임꺽정』 연구에 힘을 쏟았으면 하는 바람을 피력했다.

실천할 수 있는 만큼만 글을 쓴 루쉰 »

—

사실 『임꺽정』을 마음에 두기 전에 고미숙 선생은 한창 루쉰에 빠져 있었다. 그이에게 루쉰은 '검이자 미소'였다. 차가운 듯 부드럽고, 간결한 듯 긴 여운을 주는 사람이 바로 루쉰이었다. 고미숙 선생은 "루쉰을 빼고는 중국 문학사를 논할 수 없을 뿐 아니라 동아시아 역사에서도 루쉰에 맞먹는 작가는 없을 것"이라고 단언했다. 그러나 단순히 "훌륭하다"는 말로는 루쉰의 진수를 알 수 없다고 말했다.

사실 루쉰이 『아Q정전』 등을 통해 그려낸 중국의 민중은, 아니 모든 인간은 '찌질하고' 부도덕하며, 비루하고 치사하기까지 하다. 우리는 보통, 특히 민중문학 등에서 보여주는 서민 또는 평민에 대한 어떤 환상을 갖게 마련이다. 그러나 루쉰은 민중뿐 아니라 인간 자체에 대한 어떠한 환상도 갖지 않았다. 모든 인간은 자기 가치를 배신할 수밖에 없는 존재라는 것이 그의 생각이었다.

단지 루쉰이 보여주고자 한 것은, 그런데도 열심히 살 수 있는 존재가 바로 인간이라는 사실이었다. 루쉰은 냉철한 이성을 바탕으로, 그러나 때로는 위트와 기지 넘치는 문장으로 민중의 삶을 이야기한 것이다. 고미숙 선생은 "사상적 조류가 5년 단위로 바뀌던 파란만장한 시대를 살면서 냉철한 펜의 힘으로 시대의 아픔을 통과한 사람이 루쉰"이라고 말했다.

세상의 모든 작가들은 희망을 말한다. 그러나 인간은 절망을 내포한 배반적 존재다. 하지만 루쉰은 희망을 말하지 않으면서도, 또 어떤 것에 의존하지 않고도 생의 의지를 불태운 사람이다. 고미숙 선생은 "루쉰의 삶이 더욱 빛나는 이유는 자신이 실천할 수 있는 만큼만 글을 썼다는 사실"이라면서 "매 순간마다 치열한 삶, 최선을 다한 삶을 살 수 있었던 루쉰의 삶과 문학에 천착하는 것 자체가 기쁨"이라고 말했다.

『동의보감』, 그 광대무변한 세계 »
—

최근 고미숙 선생은 『동의보감』의 광대무변한 세계에 몰입하고 있다. 단순히 어떤 약초로 어떤 병을 이기는 방법론이 아니라 "의역학으로서『동의보감』이 가진 기가 막힌 존재의 노하우"에 매료된 것이다. 현대인들은 질병을 내 몸에 생겨난 엉뚱한 부속품처럼 여긴다. 그래서 제거, 즉 수술로 모든 것을 해결하려고 한다.

그러나『동의보감』의 지혜는 내가 관계 맺는 모든 것을 스스로 사유하도록 돕는다. 모든 의학이 가야할 길을『동의보감』이 품고 있는 것이다. 결국 내가 먹고 마시는 공간은 물론 모든 것이 건강의 토대이자 질병의 토대다. 고미숙 선생은 "질병은 곧 자신의 얼굴이자 살아온 방식을 대변"하기 때문에 "병이라는 인과관계를 만든 시간만큼의 치료 시간이 필요하다"고 말한다. 묘방°妙方이 필요한 것이 아니라 스스로 치유할 수 있는 시간이 필요한 것이다. 이 대목에서 고미숙 선생은 "내 몸을 치료하는 것은 의사가 아니라 결국 나 자신"이라고 강조했다. 덧붙여 "병에 걸리지 않도록 스스로 조절하는 지혜는 물론 병에 걸렸을 경우 스스로 죽음을 대면하는 지혜가 필요하다"고 말했다.

> **현대인들은 병에 걸려도 삶에 대한 지혜를 배우지 못해요.**
> **병은 매우 소중한 것인데, 자기를 아프게 하는 것에서 배우지**
> **못하면 무엇에서 배울 수 있을까요. 같은 맥락에서 종교는 나를**
> **고통스럽게 하는 것에서 구원의 빛을 찾는 것인데, 현대인들은**
> **이러한 것에서 배우려는 의지 자체가 없습니다. 사실은**
> **종교마저도 그런 역할 자체를 포기하고 있는 것 아닌가 하는**
> **마음이 들기도 합니다.**

고미숙 선생은 『동의보감』이 가진 우주와 인간의 삶 전체에 대한 담론을 우리 시대와 맞는 이야기로 어떻게 풀어낼 것인가 깊이 고민했다. 그리하여 수유+너머에서 수년 동안 강의하면서 집약한 내용을 한 권의 책 『동의보감 - 몸과 우주 그리고 삶의 비전을 찾아서』로 풀어냈다. 그러면서도 이 말을 잊지 않는다.

그 광대무변한 세계가 한 권의 책으로 끝날 것 같지는 않아요.

그럴 수밖에 없는 것이 우주의 탄생에서부터 이어져온 삶의 질서가 담긴 거대한 분야가 바로 『동의보감』이기 때문이다. 『열하일기』 리라이팅으로 시작해 많은 연작들이 나온 것처럼 『동의보감』도 함께 공부한 사람들과 무수히 많은 시리즈로 태어날 것이라고 고미숙 선생은 전망했다. 선생은 내게도 『동의보감』이 담고 있는 거대한 지혜의 숲을 오랜 시간 설파했으나, 마땅히 글로 다 담지 못한 것이 아쉬울 뿐이다. 같은 아쉬움을 느끼는 사람이라면, 그이의 새 책 『동의보감 - 몸과 우주 그리고 삶의 비전을 찾아서』를 볼 일이다.

공부와 말, 생활의 접점이 커지는 행복 »
—

공동체 안팎을 가로지르며 새로운 활동을 구성하는 몫을 맡았던 고미숙 선생은 이제 자신이 몸담았던 수유+너머를 떠나 새로운 영역을 개척하려 한다. 물론 지난 10여 년 동안 수유+너머가 수많은 시행착오를 겪으면서, 그것 자체가 엄청난 자산으로 남았기에 가능한 일이다. 연구원들이 출간한 몇 권의 책이나 연구 성과들은 미미할 뿐 아니라 아예 없어도 되는 것이라고 고미숙 선생은 생각한다. 오로지 시행착오를 거치면서 하나의 지식인 공동체를 꾸릴 수 있다는 것이 자신들의 행복이자 역량이라며 그 역량을 바탕으로 앞으로 감이당에서 새로운 삶의 실험을 계속할 것을 다짐했다.

공동체 생활 10여 년, 고미숙 선생이 주변의 평가에 크게 개의치 않는 이유도 그 때문이다. 수유+너머 출신들이 낸 책이 몇 권이 되건, 그것이 그들의 삶을 평가하는 기준이 되어서는 안 된다. 혹 그런 성과들이 낮게 평가

고미숙 고전평론가

되더라도 상관없고, 오히려 허명이 더 높이 평가되는 것을 경계했다. 고전을 만난 것만으로도 고미숙 선생은 물론 수유+너머 식구들은 충분히 많은 것을 받았다고 생각하기 때문이다.

> **좋은 책은 사유의 지도를 다시 그려준다. 그리고 그 지도는 나의 일상을 이전과는 아주 다른 길로 이끌어준다. 책과 사유와 걸음, 이 셋 사이에 어떤 리듬이 만들어질까? 아다지오, 혹은 스타카토, 혹은 강렬한 비트……. 수없이 다양한 변주가 가능할 것이다. 하지만 분명한 건 궁극적으로 사유와 걸음 사이에 한 치의 간격도 없어야 한다는 것. 사유가 곧 길이어야 한다는 것. 궁극적으로 책과 삶은 나란히 함께 가야 한다는 것이다.**(『임꺽정,
길 위에서 펼쳐지는 마이너리그의 향연』 중에서)

수유+너머라는 공동체의 일원으로 살다가, 이제 다시 개척자의 길을 나서면서 고미숙 선생은 "공부와 말, 생활이 접점이 커지는 것 외에 다른 관심은 없다"고 말했다. 『열하일기』 전도사가 된 이유도, 『동의보감』의 광대무변한 세계에 빠져 사는 이유도, 루쉰을 읽는 이유도 약속을 잘 지키는 사람, 언행이 일치하는 사람이 되기 위함이다. 공부를 더 밀도 있게 하는 이유는 단 하나, 공부와 말, 생활을 일치시키기 위함이다.

인생의 길은 항상 거기 있으되 밝은 눈이 아니면 찾을 수 없다. 골목골목 돌아가는 길에는 밝지 못해도, 삶의 길을 찾아나서는 데는 길치가 되지 말아야 할 일이다. 길 위에서 만나는 인생의 향연들은 언제나 아름답다. ●

시인은 우주의 고아다

고 시
은 인

© 유정호

고은 시인은 1933년 전라북도 군산에서 태어났다. 18세에 출가해 수도생활을 하던 중 1958년 《현대문학》에 시 「봄밤의 말씀」, 「눈길」, 「천은사운 泉隱寺韻」 등이 추천되어 작품 활동을 시작했다. 1960년 첫 시집 『피안감성』을 펴낸 뒤로 고도의 예술적 긴장과 열정으로 작품세계의 변모와 성숙을 거듭해왔다. 시선집 『어느 바람』(2002), 서사시 『백두산』(전7권, 완간 1991), 연작시편 『만인보』(전28권, 완간 2010), 『고은시전집』(전2권), 『고은전집』(전38권)을 비롯해 시·소설·산문·평론에 걸쳐 150여 권의 저서를 출간했다. 1989년 이후 영어·독일어·프랑스어·스웨덴어를 포함한 20여 개 언어로 시집·시선집이 번역되어 세계 언론과 독자의 뜨거운 호응을 불러일으켰다. 만해문학상, 대산문학상, 한국문학작가상, 단재상, 중앙문화대상, 유심작품상, 대한민국예술원상 등과 스웨덴 시카다상, 캐나다 그리핀공로상 등을 수상했다. 민족문학작가회의 회장, 한국민족예술인총연합회 의장, 버클리 대학교 한국학과 방문교수, 하버드 대학교 옌칭연구소 특별연구교수 등을 역임했다. 현재 세계 시아카데미 회원(한국 대표)으로 세계시단에서 활발히 활동하고 있으며 겨레말큰사전남북공동편찬사업회 이사장으로 일하고 있다.

• 공식 홈페이지 http://www.koun.co.kr

늦은 봄비가 세차게 내려, 가물어 갈라진 땅을 다소나마 해갈시킨 2009년 어느 날 고은 시인을 만났다. 그날 시인은 옷 젖는 것도 개의치 않고 "황금 같은 비"라는 말을 연발했지만 정작 주변 사람들은 갑작스런 비에 귀찮아했다. 오직 시인만이 비가 반가웠던 날이다. 그는 말라비틀어진 땅을 보며 한숨짓는 농민들을 생각하는 듯했고, 그래서 더더욱 기쁨을 감추지 못하는 듯했다. 시인으로는 "우주의 고아" 같은 존재겠으나, 뭇사람들의 일상과 삶을 사랑하는 자연인 고은은 그들의 기쁨과 함께 춤추고, 그들의 슬픔과 함께 애통하는 사람이다. 아! 시인 고은을 소개하는 데 더 무슨 말이 필요하랴.

●

시인은 모두 '최초'의 시인이다　》

—

시는 무조건 '초기의 운명' 같은 것을 타고난 것입니다. 과거의
위대한 영향……. 물론 그 영향의 자손이지만 나는 어떤 교사도
필요 없는 '시의 운명'을 간직하고 있어요. 내 다음 시인도
그렇죠. 이것을 깨달아야 하고……. 시인은 우주의 고아인 것을,
누가 나인지도 모르고 우주에 터뜨리는 울음이에요.

물론 고은 시인도 위대한 스승과 제자의 관계가 인생사에서 필연처럼 이어지는 것을 인정했다. 그것이 사람 사는 자연스러운 관계인 것도 안다. 그러나 시에서는 이런 관계가 "사절되어야 한다고 생각한다"고 시인은 강조했다. 어쩔 수 없이 시인은 "우주의 고아"라는 것이다. 시는 5천 년 이상,

아니 1만 년 이상 사람들의 가슴에 여러 형태로 이어져왔고, 그래서 오늘의 시인은 엄청난 시들의 역사에서 한 점일 뿐이기 때문이다. 이런 객관적인 사실을 받아들이면서, 시인의 내부로 눈을 돌릴 때, 그 시인은 이전 시인의 연속이 아니다. "이 세계에서 최초의 시인이어야 한다"는 것이다. 그리고 실제로 모든 시인은 "그렇다." 고은 시인은 "내 다음 시인도 그렇다"고 단언한다.

시인은 비유컨대, 하나의 작은 씨종자와 같다. 씨가 알 수 없는 곳으로 흘러 다니다 또 알 수 없는 어딘가 묻혀 떡잎이 되고, 새잎이 되고, 줄기가 되고, 꽃이 피고 열매가 맺는다. 같은 이치로 우주의 고아인 시인은 "우주의 진실을 드러낼 수 있는 소리를 가진 창조의 실체로 거듭나야 한다"고 고은 시인은 생각한다. 결국 고아(시인)는 하나의 점과 같고, 자기 세계를 무한히 확대하면서 시인으로서의 운명을 나누게 된다. 덧붙인 그이의 한마디는 고은 시인 그 자신과도 같다.

**나는 시의 역사에서도 그렇고, 다른 역사에서도 그렇고,
내 삶에 개입하는 것을 원하지 않는다.**

『만인보』, 애착의 반복 효과　»
—

고은 시인과 『만인보』는 떼려야 뗄 수 없다. 세인들이 보기에는 고은이 『만인보』이며 『만인보』가 고은과도 같은 그 무엇이다. 고은 시인은 "『만인보』에 대해 세상에 많이 밝혔지만, 그러나 늘 새롭게 이야기할 필요가 내

게 있다"고 말했다. 그만큼 『만인보』는 그이에게 가치와 의미를 함축하는 작업이라고 할 수 있다.

1970년대 정치·문화적인 현상에 대한 귀결 없이 1980년대로 들어서면서 고은 시인의 생애에 중요한 의미를 가진 사건들이 발생한다. 1980년 계엄하에서 작품 발표가 금지되었고, 그해 5월 내란음모죄로 문익환 목사 등과 함께 육군교도소에 구속·수감되었다. 군법회의는 고은 시인에게 20년형을 선고했다. 육군교도소, 미로처럼 얽힌 구조 속에 유폐된 그는 창살마저 없는 독방이라는 극한의 상황에 던져졌다. 고은 시인은 당시 자신의 모습을 "몸 하나로 놓여진 나"라고 말했다.

책 한 권 없고 글을 쓸 수 있는 종이와 펜이 없었던 시절,

유언비어조차 하나 들리지 않던 시절, 세계와의 완전한 단절……

사느냐 죽느냐의 경계를 체감한 시기, 그러나 얼마 지나지 않아 거짓말처럼 "살아나가면 이런 일을 해봐야겠다"고 꿈꾸게 되었다. 물론 꿈을 꾸기 이전에 "아픈 성찰"이 있었다. "살아나가면 이런 일을 하자"는 마음은 당시로 보면 "백일몽"이었다. 그러나 그 백일몽이 "나를 붙들어 매고 있던 고해의 장소"를 탈출하게 하는 힘이었다.

그렇다. 할 수 있는 일이라고는 유일하게 꿈꾸는 일밖에 없었다. 꿈꾸며 하루하루를 버텼다. 몸은 영어°圄圄의 신세였지만, 몸이 꿈을 제약하지는 못했다. 자유자재, 온갖 꿈이 그의 머리와 마음을 두드렸다. 그 후 군사재판을 받고 일반 교도소로 옮겨진 시인은 12일간의 단식 끝에 『국어사전』 하나를 얻었다. 읽고 또 읽고, 외우고 또 외웠다. 그리고 얼마 뒤, 자유인이 되었다.

그러나 꿈이 형상화되기까지는 세월이 필요했다. 출소하고 나오자 숱한 언어들이 연기처럼, 때로는 구름처럼 전부 흩어져버렸다. 꼬박 이태 동안 글을 쓰지 못했다. "그런데 1985년, 날아갔던 나그네들이 돌아왔다." 어딘가를 떠돌다가 그제야 돌아와서 시인에게 안겼다. 그렇게 『만인보』가 시작되었다.

1만 명을 직접 만난 것은 아니다. 많은 사람이라는 의미를 담고 있을 뿐, 『천일야화』가 많은 날들의 기록을 옮긴 것처럼 많은 사람을 만나고자 했다. 그러나 굳이 1만 명이 되지 않는다는 보장도 없다. 굳이 안 될 것도 없다는 말이다. 『만인보』는 1985년부터 2010년까지 30권으로 완간되었다. 사실 『만인보』에 등장하는 인물들은 고은 시인이 만난 사람도 있고, 만나지 않은 사람도 있다. 역사 속 인물도 있다. 우리 주변에 얼마든지 있을 수 있는 이들, 즉 민중들도 등장한다. 고은 시인은 "자신의 삶을 충실하게 살아온, 그렇게 산 사람들에 관한 기록은 없다? 없다고 내다 버려서야 되겠는가?"라고 묻는다. 결국 『만인보』는 숱한 민초들의 삶을 "무명의 무덤에서 떠올려 형상화하는 것"과 다르지 않다.

분위기 파악 못하고 우문°愚問을 던졌다. "그중 애착이 가는 인물이 누구냐"고 말이다. 고은 시인은 되물었다.

무엇에 대한 애착인가요? …… 무한 복수이기에 애착의 반복
효과가 있죠. 다음 인물에게 끊임없이 애착을 가져가는 거예요.
신비로운 현상이죠.

그리고 덧붙였다.

『만인보』는 반드시 나에게 긍정되는 인물을 다룰 필요는
없어요. 매혹되는 인물뿐 아니라 사랑할 수 없는 인물도
형상화하는 겁니다. 애착과 상관없이 늘 함께 있어야 하는
인물, 그것이 『만인보』의 만인성이고 다양성이며 무한성입니다.
좋아하는 몇 사람에게, 그런 인물에게 갈 길을 제시해주는 것이
아니에요. 그렇다면 『만인보』의 보편성이 성립되지 않아요.
세상에서 낙인찍힌 기피 인물을 내가 받아들이는 인물과
한 무대로 끌어올려서 그려내야 하는 것이 『만인보』의 운명이죠.
역설적이지만 좋아하는 감정이 있는 인물이면 못 쓴다고 봐야
합니다.

물론 그는 "제 눈의 안경이 있듯이 사물과 인물, 상황을 대할 때 '나'라
는 주관의 프리즘이 개입된다는 것도 인정한다. 그래서 본래의, 원래의 모
습을 그려낼 수 없는 이유는 충분하다"고 말한다. 그러나 최소한의 주관만
개입된다고 믿고 일하는 것이다. 찻잔은 보는 각도에 따라 다르고 빛의 경
사에 따라 다르지 않은가.

통일은 자연스러운 것　»
—

고은 시인이 이사장으로 일하는 '겨레말큰사전남북공동편찬사업회'
사무실에는 늦봄, 문익환 목사와 시인이 한판 춤사위를 선보이는 유명한
사진이 걸려 있다. 불끈 쥔 두 사람의 주먹에서는 힘찬 기운이 느껴지고, 함

ⓒ 유정호

시는 무조건 '초기의
운명' 같은 것을 타고난
것입니다. 과거의 위대한
영향……. 물론 그 영향의
자손이지만 나는 어떤
교사도 필요 없는 '시의
운명'을 간직하고 있어요.

박웃음을 띤 얼굴에서는 이미 통일의 기쁨이 절절하게 묻어난다. 문익환 목사는 고은 시인에게 "혈연화된 육친"이다. 1970년대 이후 같이 고생했고, 같이 큰 웃음을 지었고, 함께 춤췄고, 함께 통일을 꿈꿨다.

그에게 통일을 물었다. 그러자 "외람되지만, 나 자신 역시 통일을 꿈꾸는 겨레의 한 세포이자 개체로서 통일을 염원하는 마음이 왜 없겠는가"라며 자리를 고쳐 앉았다. 1960년대 후반 시인의 몸속에 통일에 대한 아지랑이 같은 것이 피어올랐다. 그러던 것이 1970년대에는 가랑비가 되었다. 그것이 이제는 점점 무서운 폭우가 되어버렸고, 지금은 많은 수량水量을 가진 비를 맞으며 살고 있다고 했다.

난 여전히 어떤 시기가 와도 통일은 진행된다는 확신을 가지고 있어요. 통일은 하나의 점이 아니라 선입니다. 모든 점이 점으로 존재하는 것이 아니라 자신의 존재를 사라지게 함으로써 선을 만들어내는 것이죠.

베를린 장벽이 무너진 것도 하나의 점이다. 점과 같은 드라마가 연속적으로 일어나면서 그것이 꼭 고조된 행동이 아니더라도, 일상생활에서 길고 긴 과정으로 이어진다면 하나하나가 한데 모여 다 함께 이루어가는 것이 통일이다. 그래서 더더욱 점이 아니라 선이라고 시인은 강조한다. 이는 시간이 제한된 운동이 아니라 세월이 바쳐져야 가능한 일이다. 그래서 통일은 100년 사업인 것이다. 어제의 사건이 아니라 100년 동안 진행되면서 "역사를 자연화하는 것"이다.

통일은 역사적 사건이 아니라 봄·여름·가을·겨울이라는
자연이 운행하면서 새로운 것을 만들어내듯이, 최종적으로는
자연스러운 것이죠.

노벨문학상 그리고 정원에서의 하루 »

—

오랜 망설임 끝에 노벨문학상에 대해 물었다. 몇 해 동안 노벨문학상 후보에 올랐으니, 기대와 실망이 숱하게 교차했을 것이다. 먼발치에서 그 모습을 몇 차례 지켜본 터, 그래서 질문은 더더욱 쉽지 않았다. 그러자 고은 시인은 "내가 집 안에 있고 손님들이 오는데, 어떻게 구애받지 않고 살 수 있는가"라면서도 일말의 서운함도 없이 말을 이었다.

집 마당에 꽃만 피어도 관계없는 것이 아니지 않아요? 나가서
꽃을 봐주어야 하고, 관심을 주고 집중해야 하는 것이 이치인데,
하물며 그 일이 나를 긴장시키고, 부담을 주는 것은 사실이죠.

그런데 몇 년 동안 그 일을 반복하면서 "여기서 너무 얽매일 필요는 없겠다"고 생각했단다. 지금 문 밖에 사람들이 있다고 해서, 그들이 밖에 가득하다고 해서 내 방에도 가득한 것은 아니지 않는가. 고은 시인은 평상심을 유지하는 것을 배웠다. 지금은 거의 신경 쓰지 않는다고 한다. 새파랗게 젊은 내가 노벨상에 관해 질문해도 속 시원히 대답해줄 수 있는 것도 바로 이 때문일 것이다.

고은 시인

그런 시기에는 다른 곳에 피해 있기도 해요. 한가하게 다녀오는 거죠. 구애받지 않는 곳으로 떠돌면 되거든요.

"시인은 우주의 고아"라는 말이 새삼 가슴 속 깊이 똬리를 트는 기분이다. 그럴 때면 고은 시인은 아내와 정원에 나가 흙을 밟는다고 한다. 시인의 아내는 서울 사람이면서도 흙 만지는 것을 좋아한다. 그래서 그이도 따라다닌다. 채소도 가꾸고, 정성을 들인다. 문제는 시간이다.

난 작가인데, 정원이 좋다보니 작업 시간이 없어요.
은둔거사라면 모를까, 그럼 행복하겠지……. 그런데 작가니,
요즘은 일부러 마당을 멀리해요. 흙을 밟는 것이 본원°本源에
가는 행위이지 않은가, 그래서 행복한 건데 안 되겠다 싶었죠.
그래서 일주일에 한 번 정도만 정원에 나서요.

가슴의 문법을 가진 사람, 수전 손택 »
—

돌고 돌아 질문은 책으로 다시 돌아왔다. 고은 시인은 "젊어서는 책과 먼 삶을 살았다"고 고백했다. 그것이 어디 진실이겠냐마는, 그는 그리 말했다. 하지만 지금은 책을 옆에 두고 산다. 정감 어린 말로 "아내와 서재가 우리 집을 떠받드는 두 구조물"이라고 덧붙이며 사람 좋은 웃음을 만면에 짓는다.

누군가 새 책을 선물하기도 하고, 고은 시인이 직접 사기도 한다. 시인

은 그 무수한 책들의 성채°城砦에서 인문 정신을 만나고 싶다고 말했다. 인문 정신은 어느 한 분야에만 담겨 있지 않다. 그가 동서고금을 종횡무진하는 이유다. 또 우문을 던질 뻔했다.

잠시 뜸을 들인 고은 시인은 "나는 읽을 때만 행복을 누린다. 그리고 곧바로 잊는다"고 말했다. 그것이 그이의 책에 대한 열정이다. 단 하루도 싫증내지 않고 다시 책으로 향할 수 있는 이유도 바로 그 때문이다. 우문을 던지지 않도록 배려해준 시인이 마음으로 고마울 뿐이었다.

"그런데……" 잠시 뜸을 들이던 시인이 한 사람의 이름을 꺼냈다. 바로 **수전 손택**이다. 수전 손택이 2004년 12월 28일, 백혈병으로 타계하자 《뉴욕 타임스》가 "여왕이 영면하다"라고 기사 제목을 뽑을 만큼 뉴욕 문화계와 사교계의 정신적 지주였던 사람. 군더더기 없는 문체로 평단의 찬사를 받았던 수전 손택에 대해 언급했다. 하지만 수전 손택의 책 이야기는 한 권도 입에 올리지 않고 오직 한마디, "가슴의 문법을 가진 사람이다. 머리가 아니라 행동주의자였고……. 한국에 왔을 때 술을 함께 나눠 마셨다"는 말만 했다.

시대로부터 호흡하지 않으면 살 수 없다 »

—

고은 시인은 최근 사회 발언을 아끼고 있다. 이유는 간단하다. 1970~1980년대와는 다르게 지금은 수많은 말이 있기 때문이다. 그는 이 수많은 말을 경청할 필요가 있다고 강조했다. 그러면서도 "영원히 떠난 것은 아니다. 난 시대로부터 호흡하지 않으면 살 수 없다"는 말로, 여전히 어지러운 사회를 향해 촌철살인을 날린다.

말이 많은 시대지만, 말 이전에 침묵이 절실한 시대이기도 하다. 그러나 침묵이 말의 도피처가 돼서는 안 된단다. "침묵이 말의 수렁이 되어서는 안 되고, 말이 침묵의 쓰레기로 받아들여져서도 안 된다"는 것이 고은 시인의 철학이다. 두 가지 다 살려야 한다. 그래서 요즘은 정치 언어 못지않게 문화 언어가 중요하다는 생각을 한다. 이것이 또한 그가 추구하는 인문에 대한 무한한 옹호이기도 하다. 이것을 위해 고은 시인은 자신의 성채에서 탐구에 매진하는 것이다.

난 끊임없이 광장에 있으면서도 밀실을 그리워하고, 밀실에 있으면서도 광장을 지향해요. 그것이 시대를 살아가는 사람의 실체이기 때문이죠.

그이는 아들뻘 되는 나를, 그것도 전화 몇 통화로 인터뷰 일정만 속전속결로 얻어낸 사람을 지인들에게 "친구"라 소개했다. 그리고 마치 오래된 벗이라도 만난 양 덥석 손잡아 "그래그래"를 연발하며 아꼈다. 시인의 따뜻한 체취가 지금도 내 몸 어딘가에서 기쁨의 향연을 벌이는 듯하다. ●

한 기독교 평화주의자가 사는 법

법학전문대학원 교수

경북대

법학자、

김두식

© 장동석

김두식 교수는 1967년 서울 출생으로 고려대 법학과를 졸업했다. 사법시험에 합격하고 군법무관과 서울지검 서부지청 검사로 일했다. 미국 코넬 대학교 법과대학원에서 석사 학위를 취득한 뒤 귀국해 한동대 법학부에서 교수로 일했다. 지금은 경북대 법학전문대학원 교수로 재직 중이다. 2002년 양심에 따른 병역거부와 기독교 평화주의에 관한 책 『칼을 쳐서 보습을』을 시작으로 『헌법의 풍경』(2004), 『평화의 얼굴』(2007), 『불멸의 신성가족』(2009), 『교회 속의 세상 세상 속의 교회』(2010), 『불편해도 괜찮아』(2010)를 출간했다.

김두식 교수와의 만남은 오랜 기다림 끝에 가능했다. 2002년 첫 책『칼을 쳐서 보습을』을 출간한 뒤로, 나오는 책마다 묵직한 사회적 이슈를 담고 있어 꼭 만나고 싶었다. 하지만 이런저런 사연으로 만남은 이루어지지 않았고, 사실은 인터뷰 요청하는 전화 한 통 못 넣어본 처지였다. 그때 마침『불편해도 괜찮아』가 출간되었고, 이내 전화를 넣었다. 나로서는 오랜 기다림이었으니, 그가 내게 풀어놓은 책 이야기 또한 반갑기 그지없었다.

●

마음을 움직이는 '이야기의 힘' »
—

김두식 교수가 이야기를 나누던 탁자 위로 책을 풀어놓는데 조성기, 니코스 카잔차키스, 표도르 도스토예프스키 등의 이름이 보인다. 원서의 등장에 아주 잠시 움찔했다. 김 교수는 "서가에서 정신없이 뺐다"고 했지만 한 권 한 권에서 나름의 '포스'가 느껴졌다. 탁자에 놓인 책에 대한 이야기는 유년 시절로 거슬러 올라간다. 여러 저서에서 자기 고백적 이야기를 풀어낸 이유를 묻자 이어진 답이 유년 시절 책 이야기로 옮아간 것이다. 그는 "사람의 마음을 움직이는 것은 이야기, 즉 내러티브"라고 말했다. 그래서 어려서부터 시나 철학보다는 이야기를 담은 소설을 좋아했다고 한다.

10대를 보내면서 그에게 가장 인상 깊었던 책은 하퍼 리가 쓴『아이들이 심판한 나라』였다. 지금은 어른들이나 보는 소설로 생각하지만 당시 그이는 "어린아이들이 읽는 두툼한 책"이라고 생각하고 읽었다. 1930년대를 배경으로 한 소설이지만 1960년대 미국 인권운동의 정신을 담은 이 책에

김두식 법학자, 경북대 법학전문대학원 교수

서 김 교수는 "남의 입장이 되기 전에는 남을 비판하지 말라"는 커다란 깨달음을 얻었다. 결국 "너희가 무엇이든지 남에게 대접을 받고자 하는 대로 너희도 남을 대접하라"(『마태복음』 7:12)는 예수의 가르침을 이 책이 담고 있는 셈이다. 현재 이 책은 『앵무새 죽이기』° To Kill a Mockingbird라는 원제 그대로 출간 되었는데, 김 교수는 "『아이들이 심판한 나라』가 이 책에 가장 적절한 제목이 아닐까 싶다"고 말했다. 또한 이 책은 김두식 교수가 '영화보다 재미있는 인권 이야기'라는 부제로 선보인 『불편해도 괜찮아』의 출발점이 되기도 했다.

한편 A. J. 크로닌의 『천국의 열쇠』는 『교회 속의 세상 세상 속의 교회』의 시작이었다. 김 교수가 쓴 최초의 공식적인 글이 바로 『천국의 열쇠』에 관한 것이었는데, 중학교 2학년 때 교회 회지에 이 책의 독후감을 기고했다고 한다. 권위적인 가톨릭 교회의 영향 아래서도 고결한 영혼을 간직했던 프랜시스 치섬 신부는 이단으로 정죄定罪되었지만 이상주의와 자유주의 등 개방성을 잃지 않고자 몸부림쳤다. 지금도 교회 내에서는 다원주의적 시각으로 인해 호불호가 엇갈리는 작품이지만 김두식 교수는 "한 사람의 생을 이야기를 통해 잘 녹여냄으로써 신학의 세계가 품을 수 없는 세계를 품었다"고 평했다.

청소년 시절 이미 이야기의 힘을 경험한 터라, 지금까지 김 교수의 저서들도 이야기가 '책을 풀어나가는 열쇠'가 될 수밖에 없었다. 하지만 애초부터 저서에 자기 고백적 이야기를 담으려 의도한 것은 아니었다. 책이 사람들에게 접근하기 위해서는 시선을 끌 만한 이야기가 필요했고, 편하게 자신이 경험한 세계를 풀어낸 터였다.

부작용도 많았다. 객관적인 이야기만 하면 쓰는 사람 입장에서는 마음도 편하고 독자와 일정한 거리도 둘 수 있다. 하지만 자기 이야기라는 것이 자기 삶의 무게감을 오롯이 싣는 것이다 보니, 필연적으로 부담감이 따라왔다. 한편으로는 책의 내용보다 쓴 사람에게 지나친 관심이 쏠리고, 또한 책 내용보다 저자에 대한 호오°好惡가 먼저 생길 수 있기도 했다. 하지만 김두식 교수는 요즘 와서 자신의 이야기 방식이 옳다는 것을 더욱 느낀다고 했다.

> 예수님도 그랬던 것 같아요. 어려운 이론이나 사상으로 접근하지
> 않고 이야기하신 게 전부입니다. 누군가 질문하면 뜬금없는
> 옛날이야기를 하시기도 했고, 당시 상황을 말씀하시기도 했어요.
> 어떤 때는 예화로 이야기를 풀어나가시기도 했죠. 사람들의
> 마음을 움직이는 것은 결국 이야기가 아닌가 싶네요. 그런 방식이
> 또 제게 잘 맞았고요.

좌충우돌 책에서 쌓은 지식 »

—

김두식 교수는 중학교 시절부터 가방에 『성서』를 넣고 다니면서 복음서의 예수, 펄펄 살아 숨 쉬는 생동감 넘치는 예수를 만나기 위해 애썼다. 그러나 고민이 없었던 것은 아니다. 지금처럼 정제된 언어는 아니지만 자신이 생각했던 예수의 가르침과 교회의 가르침에 간극이 많았기 때문이다. 스스로 "이단 아닌가" 하는 생각이 들 정도였다. 대학 시절에도 신입생 때부터 중앙도서관에 틀어박혀 온갖 책을 읽으면서 행복했지만, 이런 불안은 좀처럼 가시지 않았다.

김두식 법학자, 경북대 법학전문대학원 교수

이 같은 불안(?)에 일조한 책이 바로 카잔차키스의 책들이다. 카잔차키스의 전집이 새롭게 선보이면서 지금은 『수난』이라는 제목으로 다시 나온 『**예수, 십자가에 다시 매달리다**』와 『**최후의 유혹**』 등을 탐독했다. 그 연원을 군이 따지고 올라가면 도스토예프스키의 『**카라마조프 가의 형제들**』이 나온다. '대심문관' 편에서 보듯이, 예수가 다시 오신다 해도 제도화된 교회, 교권화된 교회에서는 그를 다시 십자가에 못 박을 수밖에 없다.

김두식 교수는 교회에서 당의정˚糖衣錠을 입혀 나온 예수가 아니라 삶의 현장에서 살아 있는 예수를 만나기를 원했다. 하지만 교회의 가르침에서는 좀처럼 그렇게 펄떡이는 복음을 만나지 못했다. 그런 점에서 톨스토이의 민화들은 비록 얇은 책이지만 복음의 메시지를 삶에 어떻게 적용할 것인가를 현실감 있게 제공해주었다. 그런 인연이 톨스토이와 도스토예프스키로, 다시 카잔차키스 등으로 연결된 것이다.

사실 따지고 보면 김 교수가 중학교 시절부터 천착한 예수의 가르침은 평화, 즉 '샬롬'이다. 전쟁이 없는 상태의 평화, 또는 먹을 것이 보장되는 평화, 너무 잘사는 혹은 너무 못사는 사람이 없는 평화의 모습 말이다. 이런 막연한 생각은 결국 아내의 유학을 돕기 위해 간 미국에서 체계화되었다. 한국에서는 잘 읽을 수 없었던 책들을 원서로 구해 읽으면서 기독교 평화주의가 이단의 생각이 아닌 기독교가 본래부터 추구해야 할 가치이자 유구한 역사가 있는 한 흐름임을 알게 된 것이다. 장로교와 감리교 전통이 강한 우리나라에서만 회자되지 않을 뿐, 재세례파 전통 등을 통해 이미 기독교의 한 지류를 형성하고 있었던 것이다.

김두식 교수는 자신의 주장에서 가장 큰 약점이 체계가 없다는 점이라고 말했다. 신학교에서 수학한 것도 아니고, 어떤 체계를 따라 학문적 접근을 한 것도 아니다. 오직 좌충우돌 책을 찾아 읽으면서 쌓은 지식으로 "내게는 선명할 수 있지만 체계 면에서는 늘 불안한 그 무엇"이라고 했다. 기독교 평화주의에 대해 누구 하나 가르쳐주지 않았다. 하지만 군법무관 시절 양심에 따른 병역거부자들의 재판에 관여하면서, 비록 이단이라고 불리는 사람들이지만 자신이 중학교 때부터 가졌던 생각의 흐름과 통하는 부분이 있다고 느꼈다. 그렇게 공부를 하다 보니 기독교 평화주의와 만나게 되었고, 존 하워드 요더와 조우하게 되었다.

국내에는 『예수의 정치학』 정도가 알려졌지만, 김두식 교수는 미국에서 그의 책을 찾아 읽으면서 "여기 길이 있다"는 생각을 많이 했단다. 아울러 기독교 평화주의에 대한 이론적 기반도 다졌다. 김 교수는 존 하워드 요더가 기독교 평화주의를 넘어 "20세기 기독교 윤리를 대표하는 사람"이라고 강조했다.

잘못된 역사를 곱씹어야 하는 이유 »
—

대학 시절 절반은 사법시험을 준비하는 고시생이면서 절반은 신학생이라고 불릴 정도로 김 교수는 신학서적을 많이 읽었다. 그중 한국신학연구소에서 나온 위르겐 몰트만의 『십자가에 달리신 하나님』을 인상 깊게 읽었다. 더불어 엘리 위젤의 『나이트』도 애독서가 되었다. 죽음의 아우슈비츠 수용소에서 벌어진 한 소년의 죽음을 통해 하나님의 실존에 대해 고민했던 엘리 위젤의 『자서전』 등의 작품을 김 교수는 미국 생활 내내 하나의 지침으로 삼았다.

김두식 법학자, 경북대 법학전문대학원 교수

© 장동석

혼자만의 기독교 신앙,
혹시 이단일지도 모른다는
부담감이 소수자로서의
의식을 심어준 것이죠.
이런 것들이 그간의
책들로 연결된 것 같은
생각이 들고요. 결국은
그간 읽은 수많은 책들이
소수자로서의 삶을 추동한
것 아닐까요?

사실 20세기 서양 문명과 문화, 철학, 신학을 이해하는 데 홀로코스트는 떼려야 뗄 수 없는 하나의 사건이었다. 미국에 체류하는 동안 홀로코스트에 관한 수많은 책들, 생존자의 수기나 구술문학 등을 읽으면서 인간이 어디까지 악할 수 있는가를 김 교수는 실감했다. 그리고 이런 이야기들이 결국은 재발 방지를 위한 하나의 구심점이 된다는 점을 깨달았다.

하지만 우리나라에서는 1980년대 이후 홀로코스트에 대한 논의가 사라졌다. 김두식 교수는 이즈음 이야기를 국내 관심사로 돌렸다. 지금 정부로 대표되는 위험성의 흐름이나 강남 기독교, 즉 은혜와 긍정만 이야기하는 사회적 분위기는 위험하다는 것이다.

TV에서 방영되는 전쟁 드라마를 보면 그 적절한 사례들이 넘친다. 몇 해 전부터 방영된 전쟁 드라마들의 두드러진 특징은 아군은 아무런 잘못을 저지르지 않는다는 점이다. 양민 학살도 없을뿐더러 고문은 상상조차 못할 일이다. 아군은 오로지 양심 세력의 기수로 등장한다. 김두식 교수는 "이것만큼 위험한 생각은 없다. 우리가 뭘 잘못했는가를 이야기하면서 다시는 그런 일을 반복하지 않겠다는 반성과 성찰이 없다면 아무런 소용이 없는 것"이라고 단언했다. 사람은 어떤 상황에 닥치면 이쪽과 저쪽을 나눌 것도 없이 누구라도 가해자가 될 수 있다. 잘못된 역사를 곱씹는 사람이야말로 "결정적인 순간에 역사 앞에 자기를 세울 수 있는 것"이다.

20세기 인간의 역사는 죽고 죽이면서 인간성의 바닥을 경험했다. 대한민국의 역사도 마찬가지다. 우리의 잘못을 들춰내는 것은 자학사관이 아니라 역사를 바로 세우는 지름길이다. 김두식 교수는 『앵무새 죽이기』와 『천국의 열쇠』 등을 읽으며 시작한 혼자만의 기독교 평화주의에서부터 최근 저서 『불편해도 괜찮아』에 이르기까지 이런 고민을 담아내고 있는 셈이다. 하지만 사람들은 사법고시 합격, 대학교수 등 주류의 삶을 사는 사람이 왜 인권 등에 관심을 갖느냐고 자주 묻는다. 김두식 교수는 이렇게 말했다.

뿌리를 찾자면 혼자만의 기독교 신앙, 혹시 이단일지도 모른다는 부담감이 소수자로서의 의식을 심어준 것이죠. 이런 것들이 그간의 책들로 연결된 것 같은 생각이 들고요. 결국은 그간 읽은 수많은 책들이 소수자로서의 삶을 추동한 것 아닐까요?

여전히 현재진행형인 문제들 »
—

김두식 교수가 탁자 위에 올려놓은 책 중 유독 눈에 들어온 것은 소설가 조성기의 『야훼의 밤』이었다. 김 교수는 1986년 출간된 『야훼의 밤』을 두고 "온몸으로 쓴 책"이자 "두고두고 읽혀야 할 책"이라고 했다. 1970년대를 배경으로 한 선교단체의 이야기를 풀어낸 이 소설은 예수를 믿는 사람들의 조직이 까딱 잘못하면 어떤 권위주의 체제보다 폭력적이고 억압적일 수 있다는 사실을 여실히 보여주었다. 하지만 30여 년이 흘렀다고 해서 『야훼의 밤』의 가치가 떨어진 것은 아니다. 지금의 기독교 단체나 교회, 또는 조직들의 현실과 실상이 그 시절 『야훼의 밤』의 배경이 된 선교단체에 견주어 그리 나을 것이 없기 때문이다.

그는 작가 조성기의 책을 읽을 때마다 인간 욕망의 노골적인 부분과 마주하게 되고, 이 때문에 고민하는 지식인의 표상을 발견한다고 했다. 김 교수는 "조성기 선생이 이미 한 세대 전에 내가 했던 고민을 먼저 시작했

© 장동석

다"면서 "내가 못 가본 길을 걸었던 선배의 길을 발견하고 배운다"고 하며 사람 좋게 웃었다.

또한 그보다 앞선 길을 간 이를 다룬 『문익환 평전』을 자주 읽고 여러 사람에게 권한다. 여전히 "그 빨갱이 책을 왜 읽느냐"고 타박하는 사람이 있지만 실로 『문익환 평전』은 한국의 초기 기독교의 전래 과정을 보여주는 하나의 산 교과서다. 『문익환 평전』에는 고루하고 전통적인 지식인들이 국권회복을 위해 기독교를 수용하는 감동적인 이야기가 펼쳐진다. 김 교수는

"어떤 근본주의 기독교 목사님의 책에서 이런 이야기를 발견할 수 있겠느냐"면서 "한국 기독교가 어떤 성격을 가지고 발전했는지 잘 보여주는 책"이라고 칭찬을 아끼지 않았다. 다른 한편에서는 한국 사람들의 이야기로 민중신학을 풀어낸 신학자 안병무의 책도 책상에 자주 오르내린다고 덧붙였다.

또한 『PD수첩: 진실의 목격자들』도 흥미를 가지고 읽은 책 중 한 권이다. 김두식 교수는 "'〈PD수첩〉으로 본 한국 현대사' 정도로 부제를 달아도 될 듯하다"면서 〈PD수첩〉 20년의 공과를 다시금 생각하게 하고, '그럼 지금 우리는 새로운 시대를 살고 있는가'를 묻게 한 책이라고 강조했다. 〈PD수첩〉이 20년 전 보도했던 일들은 여전히 현재진행형인 것이다.

김두식 교수는 『김대중 자서전』도 열심히 탐독했다. 『김대중 자서전』에 대한 그이의 첫 평가는 "거인은 거인이더라"였다. 김대중이라는 한 인물을 통해 한국 현대사를 다시금 생각토록 했으니 거인이 아니고 무엇이랴. 또한 김대중 전 대통령의 눈으로 본 또 다른 거인들에 대한 짤막한 평도 재미있게 읽었다. 김 교수는 이를 "촌철살인이라고밖에 달리 표현할 길이 없다"고 했다.

새로운 사회를 위한 상상력 »

—

그이는 "좋은 책이 많이 나오는 시기가 요즘"이라면서 특히 "요즘 세대의 특징을 알고자 하는 목회자들이라면 최신 소설을 읽어보시라고 권한다"고 했다. 어디 목회자들뿐일까 만은 시대의 변화에 그만큼 둔감한 것이

김두식 법학자, 경북대 법학전문대학원 교수

어쩌면 목회자 아니겠는가. 아무튼 그중에서 김혜나의 『제리』는 요즘 평범한 아이들이 어떤 도전에 직면하고 있는지, 그들의 문화가 어떤 것인지 가장 적나라하게 보여준다. 영어식 표현에 익숙한 사람들이라면 "웁스, 이건 뭐야" 할 정도의 충격이다.

젊은 세대들을 가르치는 현장에 있는 김두식 교수로서는 『제리』가 그린 현장을 고스란히 경험하고 있지만, 여전히 목회자들은 자신이 20여 년 전에 들었던 결혼과 성에 대한 담론만 되풀이하고 있다. 그런 이야기를 듣는 젊은이들이 목사님 앞에서는 고개를 끄덕일지 몰라도 속으로는 "말이 전혀 안 통하는 양반이네"라고 생각할 수 있다. 목회자뿐 아니라 기성세대도 요즘 젊은이들과는 너무나 다른 세계에서 헤매고 있다는 사실을 이제 깨달아야 할 때가 되었다.

김두식 교수와의 대화는 상쾌했다. 스스로를 "이류법률가"라고 칭하면서도 법의 테두리 안에 담긴 복음의 진정성, 펄펄 뛰는 예수의 기운을 안고 사는 역동성이 그대로 전해졌기 때문일지도 모른다. 한편으로는 용기가 없어 그동안 말하지 못했던 우리네 속사정을 그이가 먼저 나서서 속 시원히 뚫어주었기 때문일 수도 있다. 그러나 무엇보다 김두식 교수가 그간의 책을 통해 보여준, 우리가 꿈꿔야 할 새로운 사회를 위한 상상력의 근간을 알 수 있었던 것이 바로 상쾌함의 가장 큰 이유였다. 앞으로 출간될 그의 수많은 저서와 향후 행보가 기대된다. ●

인간 냄새나는 한국형 평전을 그리다

전 독립기념관 관장

저술가,
김삼웅

© 유정호

김삼웅 선생은 《대한매일신보》^{(현 《서울신} ^{문》)} 주필을 거쳐 성균관대에서 정치문화론을 가르쳤다. 독립기념관 관장으로 일했고, 민주화운동관련자 명예회복 및 보상심의위원, 제주 4·3 희생자 진상규명 및 명예회복위원회 위원, 백범학술원 운영위원, 친일파 인명사전 편찬부위원장 등을 맡아 바른 역사 찾기에 부단히 애쓰고 있다.

저서로는 『친일정치 100년사』⁽¹⁹⁹⁵⁾, 『곡필로 본 해방 50년』⁽¹⁹⁹⁵⁾, 『백범김구전집』 ^(전12권 공저, 1999) 등이 있고, 『백범 김구 평전』⁽²⁰⁰⁴⁾, 『심산 김창숙 평전』⁽²⁰⁰⁶⁾, 『단재 신채호 평전』^(개정판, 2011), 『만해 한용운 평전』^(개정판, 2011), 『송건호 평전』⁽²⁰¹¹⁾ 등을 선보이며 한국형 평전의 새로운 지평을 열어가고 있다.

독립기념관 관장을 지낸 김삼웅 선생의 집에 들어설 때면 항상 부러움에 사로잡힌다. 벌써 몇 차례 그이의 집을 드나들었지만 그 부러움은 쉬이 가라앉지 않는다. 한 개그맨의 유행어를 빌려 말해보자면 "김삼웅 선생 댁에 안 가봤으면 말을 하지 마세요"라고나 할까. 읽는 것보다 모으는 것에 희열을 느끼는 얼치기 장서가인 내게, 2만여 권의 책이 저마다의 자리에서 내밀한 대화를 나누고 있는 선생의 서가는 그야말로 별천지다. 남한강 물결이 내려다보이는 그의 서가는 책으로 쌓은 성채와도 같다.

●

여유당과 단재를 사숙하다 »

—

김삼웅 선생의 집에 가본 이라면 『여유당전서』를 반드시 보았을 것이다. 1936년 다산°茶山 정약용의 외손자 김성진과 정인보, 안재홍 등이 154권 76책으로 간행한 책이다. 예나 지금이나 일주일에 두 번은 어김없이 헌책방을 순례하는 선생이 20여 년 전, 서울 변두리의 한 헌책방에서 구입한 것이다. 일본으로 넘어가기 직전, 당시로서는 고가를 주고 구입했다고 한다.

다산의 꼿꼿하고 검소한 생활이 그대로 보존된 생가 여유당°與猶堂과 절로 고개가 숙여지는 묘소 지척에 그이가 생활 터전과 서가를 마련한 것은 단지 우연만은 아니리라. 김삼웅 선생은 한마디 덧붙였다.

**평생 20권의 평전을 저술하려고 하는데, 그 마지막 작업이
정약용 선생 평전이 될 것 같아요.**

『여유당전서』와 함께 단재 신채호의 『**조선사론**』과 『**을지문덕**』을 내놓았다. 이제는 어느 고서점을 가도 손에 쥘 수 없는 귀한 책들이다. 2005년 『단재 신채호 평전』을 저술하기도 했던 그는, 독립기념관 관장으로 재직 당시 『단재 신채호 전집』(전10권) 발간을 주도했다.

이 전집에는 신채호가 중국 베이징에서 발행한 잡지 《천고》가 수록되어 있다. 《천고》2호는 베이징 현지에서 김삼웅 선생이 직접 발굴했고, 베이징 대학교 도서관에 소장된 3호는 독립기념관 연구원들을 파견해 꼼꼼히 기록해와 전집에 포함시켰다. 그렇게 탄생한 『단재 신채호 전집』은 단재 연구를 한 차원 높이는 계기가 되었음은 물론 독립운동사 연구에도 큰 활력소가 되었다고 역사학계는 평가하고 있다.

인생의 스승이자 정신적 지침 《사상계》 »
—

김삼웅 선생은 10대 후반부터 《**사상계**》를 읽으며 비판의식과 정의감을 갖게 되었다고 한다. 그는 "《사상계》야말로 내 인생의 스승이요, 정신의 지침이었다"고 고백한다.

박정희 정권의 탄압으로 언론이 제 기능을 하지 못할 때 《사상계》는 정론지로서 늘 진리의 편에 서 있었습니다. 당시 청년 학생들은 《사상계》를 통해 역사의식을 배웠다고 해도 과언이 아니죠. 《사상계》는 민족의 진로를 늘 고민하는 것과 동시에 그 방향성을 제시했습니다. 특히 《사상계》가 제시한

국제정치를 읽는 세계적인 안목은 지금 생각해도 탁월한
것이었습니다.

김삼웅 선생은 그 시절 《사상계》, 낡아서 표지가 바스러진 옛 책들을
보며 회상에 잠겼다.

의롭게 살고자 하는 지식인이라면 《사상계》를 읽었어요.
그 방향과 가치관을 배울 수 있는 몇 안 되는 창구였기
때문이죠. 하지만 《사상계》의 가장 큰 영향력은 사상과 이론이
관념에만 머물지 않고 항상 실천하는, 행동하는 지성상을
보여주었다는 겁니다. 장준하 선생과 《사상계》를 지금도
제 인생의 지표로 삼고 있는 이유가 바로 이 때문입니다.

엄혹한 군사정권 시절, 야당지인 《민주전선》과 《평민일보》 등에서
기자와 편집장, 주간으로 일하며, 때론 옥고를 치르기도 했던 그의 강단
은 《사상계》에 뿌리를 두고 있다 해도 지나친 말은 아니다. 《사상계》를 통
해 세상의 문리°文理를 깨치던 10대 시절을 훌쩍 지나 자신의 인식의 근간
을 형성해준 장준하를 만나게 되었고, 그를 못 잊어 '장준하 평전'을 《오마
이뉴스》에 연재했다. 9만 7천 명, 《오마이뉴스》가 개인 블로그를 시작한
뒤로 이처럼 많은 네티즌이 방문한 적이 없었단다. 눈을 씻고 찾아봐도 사
표°師表를 찾을 수 없는 시대에 아직도 많은 이들이 장준하를 그리워하고 있
음을 알 수 있는 대목이다.

김삼웅 선생은 "불의한 집단에 발 딛지 않고 평생을 살게 해준 힘이 바

김삼웅 저술가, 전 독립기념관 관장

로 《사상계》"라고 계속해서 강조했다. 쇼비니즘적 지성이 아닌 열린 지성을 지향한 《사상계》는 부산 피난 시절에 창간된 잡지인데도 서구 사회의 진보적 저서를 소개하고 저자들과의 인터뷰도 수록했을 정도로 선구적이었다. 선생은 1970년 5월호, 그러니까 김지하의 「오적」이 수록된 책만 빼고는 《사상계》 전 권을 소장하고 있다. 그는 "공안기관이 사상검열을 이유로 가져가고는 이제까지 반환하지 않는다"며 사람 좋은 웃음을 짓는다.

정명을 지킨 잡지 《기독교사상》　»

김삼웅 선생은 《기독교사상》과도 특별한 인연을 맺고 있었다. 그는 《사상계》와 함께 시대를 밝힌 잡지로 주저 없이 《기독교사상》을 꼽았다. 매달 사서 읽었지만 때론 빠지는 것도 있을 터, 그때마다 헌책방에 달려가 해갈했다. 그는 《기독교사상》을 이렇게 평가한다.

소수의 양식 있는 사람들, 도처에서 엄혹한 시기를 걷고 있는 사람들이 소통할 수 있는 창구였을 뿐 아니라 그들의 일용할 양식이 되는 잡지였죠.

그는 지금도 《기독교사상》을 정명°正名을 지킨 잡지로 기억한다. 박정희 정권의 삼선개헌을 반대하는 특집은 아직도 기억이 생생하다. 교회의 참모습과 참뜻을 밝히 알리는 것에도 열심이었지만, 사회적 정의를 실현하는 광야의 소리로도 충분히 제 역할을 다했다는 것이다.

    김삼웅 선생은 "《기독교사상》이 600호를 넘기면서 우리 사회의 올곧
은 소리로 자리매김한 것은 내부 편집자들의 부단한 노력의 결과"라고 말
했다. 뜻있는 필자 발굴에 게으르지 않았고, 그들이 제 뜻을 온전히 전할 수
있도록 멍석을 깔아주는 데 인색하지 않았다는 말이다. 수많은 잡지들이
하루가 멀다 하고 명멸하는 요즘 세태에 50년, 600호를 이룬 것만으로《기
독교사상》의 가치는 충분하다. 그는《기독교사상》이 앞으로도 이 시대 지
식인들의 지적 보루가 되기를 기대하고 있다.

> **《기독교사상》은 기독교적 뿌리를 든든히 할 뿐 아니라 정도를**
> **걸으며 의로움을 추구했던 양심 세력을 추동했고 수용하는**
> **능력이 있었어요. 앞으로도 끊임없이 필자와 독자를 발굴하면서**
> **노골적으로 언론을 장악하려는 이들에게 우리 시대 잡지가**
> **마땅히 가져야 할 역할을 제대로 보여주는《기독교사상》이**
> **되기를 바랍니다.**

    한편 그는 1975년에서 1976년 사이, 함석헌이 1970년에 창간한《씨올
의소리》편집위원으로도 일한 바 있는데《씨올의소리》,《뿌리깊은나무》등
은 그의 사상적 기반을 다져준 원동력이 되었다. 한국 현대사에서 굵직한
족적을 남긴 잡지들을 통해 그는 인식의 토대를 마련했고, 지금도 그 위에
두 발 굳게 딛고 서서 세상과 소통하고 있다.

김삼웅 저술가, 전 독립기념관 관장

책에서 고난에 대처하는
삶의 용기를 배웠고,
지식인 삶의 전범을
수혈받았습니다.

ⓒ 유정호

삶의 지표 백범과 함석헌 그리고 신채호 »

—

청년 김삼웅은 『백범일지』를 탐독했다. 그 어떤 권력과 위압에도 굴하지 않았던 백범은 그에게 정의와 민족 사랑, 지도자의 의지를 가르쳐준 스승이자 거대한 산맥이었다. "나는 통일된 조국을 건설하려다가 38선을 베고 쓰러질지언정 일신의 구차한 안일을 취하여 단독 정부를 세우는 데는 협력하지 아니하겠다"는 백범의 사자후는, 비록 직접 듣지 않았지만 청년 김삼웅의 마음을 두드린 울림으로 남았다.

『백범일지』에서 비롯된 백범에 대한 흠모는 평전 저술로 이어졌는데, 그가 쓴 『백범 김구 평전』을 일러 리영희는 "백범이라는 인간의 자연인, 혁명가, 정치인, 또한 교육자와 '문화주의' 신봉자로서의 면모가 총체적으로 약연하게 드러나 보인다"고 평한 바 있다. 혁명가, 독립투사로만 백범을 이해하는 이들에게 교육자적 자질과 정신과 이상을 깨닫게 해준다는 뜻이다. 아울러 완강한 민족주의자로만 이해하는 이들에게 민족의 장래와 국가의 미래로 문화·예술·평화의 실현을 궁극적 목표로 삼아온 백범의 생애와 사상을 전한다는 것이다.

김삼웅 선생은 함석헌의 『뜻으로 본 한국역사』를 통해 바른 역사관을 세웠다고 말한다. 함석헌을 "사가史家의 안목과 문사文士의 필력을 갖추고, 지사의 의기와 무인의 용기로써 불의와 우상과 폭력과 싸운 사람"으로 평하는 그는, 어릴 적부터 수많은 교과서와 참고서에서 배운 친일적 사관이 배제된 진정한 한국사를 『뜻으로 본 한국역사』에서 배웠다고 회고한다.

함석헌은 『뜻으로 본 한국역사』를 통해 세계 역사 속에서 한국 민족과 그 역사의 의미를 묻는 독창적 세계관을 형성했다. 민족분단의 책임을 외세에 돌리지 않고 민족정신의 부재에서 찾았던 함석헌은 민족 문제를 떠나 평화와 생명을 말한 적이 없다. 그의 민족에 대한 이해와 평화, 그리고 생명 사상은 오늘의 김삼웅을 있게 한 자양분이 되었다. 그래서 선생은 한때 이런 마음도 품었다고 한다.

지금 돌아보면 오만한 생각이지만, 젊었을 때는 『뜻으로 본 한국역사』를 읽지 않은 사람과는 30분 이상 대화하지 않는다고 결심한 적도 있었죠. 그만큼 절박한 현실의 문제가 있었고, 그것에서 해답을 찾았기 때문이겠죠.

한편으로는 식민지 시대를 사는 지식인의 표상을 가르쳐준 단재 신채호의 저작을 읽으며 군부독재에 맞설 용기를 얻었다. 단재의 사관을 그 자신의 사관으로 받아들였고, 그의 역사의식을 삶의 지표로 삼던 시절이었다.

『역사를 위한 변명』, 『봉건사회』 등을 선보이며 선구적 역사가로 평가받는 프랑스 역사가 마르크 블로크의 저작들과 19세기 말에서 20세기 초, 구질서가 붕괴하고 새로운 문화가 뿌리를 내리던 중국의 역사적인 과도기에 문학혁명을 주도하며 조국의 근대화에 앞장섰던 루쉰의 저작들은 김삼웅 선생에게 마음의 위로와 삶의 용기를 주는 책들이다. 그는 두 사람에게서 "고난에 대처하는 삶의 용기를 배웠고, 지식인 삶의 전범°典範을 수혈받았다"고 말한다. 아널드 토인비의 **『역사의 연구』**는 지금도 틈나는 대로 읽는단다.

김삼웅 저술가, 전 독립기념관 관장

한국형 평전을 전하다 »

—

김삼웅 선생은 1996년『박열 평전』을 시작으로, 2004년『백범 김구 평전』등 본격적인 평전 저술에 매진하고 있다. 한국 근현대사의 걸출한 인물들을 오늘에 걸맞은 시선으로 재조명하기 위해 이미『단재 신채호 평전』과『심산 김창숙 평전』,『만해 한용운 평전』,『녹두 전봉준 평전』,『약산 김원봉 평전』을 선보였다. 또한『안중근 평전』,『장준하 평전』뿐 아니라 쉬지 않고『죽산 조봉암 평전』,『김대중 평전』,『리영희 평전』,『이회영 평전』,『송건호 평전』을 내놓았다.

특히『장준하 평전』은 이승만·박정희 독재정권에 맞서 양심 세력을 대변했던《사상계》창간일에 맞춰 내놓은 데 의미가 있었고, 2009년 사법살인 50년을 맞아『조봉암 평전』을 내놓아 그 의미를 더했다. 독립기념관 관장직을 내려놓기 무섭게 각종 자료 뭉치에 매달린 결과물들이 빛을 보는 것이다. 그의 평전은 외국 인물의 평전만이 각광받는 세태 속에서도 "한국형 평전의 새로운 전기를 마련했다"는 평가를 듣고 있다.

지금은 위인전도 다양하지만 내 어린 시절 때만 해도 특색 없는 위인전밖에 없었어요. 천재성을 보였다, 어려서부터 강직했다 등 천편일률적인 내용이 대부분입니다. 이런 내용들 때문에 독자들이 꼭 알아야 할 인물인데도 거리감을 갖게 되고, 그 사람의 진면목은 사라지는 거죠. 우리 시대 젊은이들이 한국 근현대사의 중요한 인물에 대해 거리감을 갖게 된 주된 원인이 바로 이 때문입니다.

멀찍이서 바라보는 위인의 풍모가 아니라 '인간 냄새나는 우리 선배들의 일상'을 평전을 통해 전해주자는 것이 김삼웅 선생이 가진 평전론이다. 이렇듯 그가 고군분투하며 한국형 평전을 선보이고 있지만 세간의 반응은 신통치 않다. 체 게바라나 덩샤오핑 등의 평전에는 열렬한 반응을 보이는 언론들이 국내 인물 평전에는 인색한 반응을 보인다는 것이다.

체 게바라나 덩샤오핑에 비해 백범과 단재의 활동은 물론 철학과 지식, 역사관에서 모자랄 것이 없습니다. 또한 일제의 잔혹한 침탈과 압제를 생각하면 오히려 점수를 더 줘도 모자랍니다. 그러나 반응은 차갑기만 합니다. 학계와 언론계가 외세지향적이기 때문이라고 생각해요. 가끔 지식인들의 식민지 근성이나 변방의식이 작용한 것 아닌가 하는 마음에 서글퍼지기도 합니다.

그러나 이제 막 반환점을 돌았을 뿐이다. 숱하게 반복된 투옥과 출소, 그 와중에 당한 고문의 후유증 때문에 아침저녁으로 심장약을 먹어야 하는 그로서는 원고지에 한 자 한 자 눌러 쓰는 것이 무리일 수도 있다. 그래도 그들의 글과 마음가짐을 평생 사숙°私淑해왔기에, 그들을 닮고자 하며 그들의 가르침을 체화하고자 노력했기에 감히 그들의 평전을 쓰고 있는 것이다. 그들의 빛나는 가르침과 삶의 유산을 달라진 오늘날에 맞는 옷으로 입히려는 시도를 누구라도 해야 하지 않겠는가.

김삼웅 선생은 한평생을 책과 씨름하며 우리 시대 지식인의 모습은 어떠해야 하나 고민하며 살아왔다. 그 길을 선배들에게 물었고 삶으로 옮겼

김삼웅 저술가, 전 독립기념관 관장

으며, 다시 그들의 삶을 평전이라는 이름의 책으로 후배들에게 전해주고 있다. 2만여 권이 빽빽이 들어찬 그이의 서가는 그 자신의 삶을 잉태한 곳이면서 정신을 이룬 울창한 숲이기도 하다. 또다시 그의 서가를 찾아갈 때는, 지나간 미래인 숱한 책들과 조우할 뿐 아니라 그 풍성한 사유의 숲을 거닐어보고 싶다. ●

한신대 교수

철학자,

김영민

철학과 종교의 사잇길을 걷다

© 유정호

김영민 교수는 1958년 경남 통영에서 태어났다. 부산대 철학과를 졸업하고, 미국 워싱턴 주립대학교에서 석사를, 드류 대학교에서 철학박사 학위를 받았다. 부산대 강사와 감리교신학대 종교철학과 조교수를 지냈고, 1996년 전주 한일장신대 인문사회과학부 부교수가 되었다가 2006년에 교수직을 사임했다. 숙명여대를 거쳐 2011년부터 한신대에서 철학을 가르치고 있다. 저서로『서양철학사의 구조와 과학』(1992), 『신 없는 구원, 신 앞의 철학』(1994), 『철학으로 영화보기, 영화로 철학하기』(1994), 『컨텍스트로, 패턴으로』(1996), 『탈식민성과 우리 인문학의 글쓰기』(1996), 『손가락으로, 손가락에서: 글쓰기의 철학』(1998), 『자색이 붉은색을 빼앗다』(2001), 『보행』(2001), 『사랑 그 환상의 물매』(2004), 『산책과 자본주의』(2007), 『동무와 연인』(2008), 『동무론』(2008), 『영화인문학』(2009), 『김영민의 공부론』(2010), 『비평의 숲과 동무공동체』(2011) 등 20여 권이 있다.

김영민 교수를 만나러 가는 길은 어려웠지만 쉬웠다. 어려웠다 함은 핸드폰이 없다는 사실 때문이었고, 쉬웠다 함은 그런데도 곧바로 만날 수 있었기 때문이다. 김영민 교수의 연락처를 묻자 한 지인은 "김 교수님은 이메일이 가장 빠르다"며 달랑 이메일 하나만 알려주었다. 지난 10여 년의 취재 경험상 이메일로 인터뷰를 부탁해 '제대로' 성공한 일은 없었다. 설사 있다고 해도 이메일을 보낸 뒤 수차례 전화 통화 끝에야 만날 수 있었다. 그래서 김 교수에게 만남을 요청하는 메일을 보내고 나서도 막연한 불안감에 휩싸였다.

●

한겨울에 벌인 핸드폰 축구 »

―

불안은 그리 오래 가지 않았다. 한나절이 지나지 않아서 김영민 교수는 '장 기자님'이라는 말머리를 달아 만날 날짜와 시간을 선택할 수 있도록 친절하게 이메일을 보내왔다. 김영민 교수를 만나러 가는 길이 어려웠던 것은 실상 핸드폰이 없으면 소통이 어렵다는 편견이 만든 내 마음의 불편에 불과했다.

김영민 교수를 만나 가장 먼저 물었다. 핸드폰을 쓰지 않는 이유가 있느냐고. 그러자 "그간 핸드폰 선물도 몇 개 받았다"며 말문을 열더니 그중 하나로 주변 사람들과 빙판 위에서 축구를 했다고 한다. 일명 핸드폰 축구다. 한겨울에 벌인 핸드폰 축구는 체계적인 것을 거부하는 일종의 퍼포먼스였다. "핸드폰을 가지고 있어야 편리하다는 것은 내게는 쓸모없는 말"이라는 김영민 교수. 그는 "근년의 타자들은 모두 내게 '핸드폰을 지닌 자'로 다가와서 움직인다. 이들은 모두 핸드폰을 만지거나 들여다보거나 두드리 거나, 혹은 그곳에 대고 말하는 존재들"(『동무론』 중에서)이라고 현대인들을 규 정한다.

김영민 교수는 핸드폰이라는 신매체를 소통과 정보의 유형화된 틀, 그 기초 단말기라고 규정했다. 핸드폰이 "도구적 인간의 소통 방식이 도달한 최고의 기술적 영광이면서도 성숙한 인간이 도달할 수 있는 최하의 비인문 적 소통"이라는 것이다. 그에 따르면 핸드폰을 포함한 모든 매체는 체계적 인 것이다. 매체는 곧 체계인데, 여기서 정작 중요한 것은 그 매체가 인도하 는 지점이다. 『동무론』에는 이를 가리켜 "그것은 가령 에라스무스나 토머 스 모어, 볼테르나 연암의 능변°能辯이 시사하는 '대화적 풍성'의 인문주의 가 발붙일 수 있는 현장을 그 뿌리에서부터 거세시키고 있는 셈"이라고 표 현했다.

그렇다고 핸드폰으로 대표되는 모든 매체를 무조건 갖지 말라는 것은 아니다. 체계가 인도하는 지점을 정확히 알고, 상호 접점을 잘 파악하는 것 이 무엇보다 중요하다는 것이다. 인간이란 어떤 매체를 많이 쓰면 그것에 맞는 삶을 살기 마련이다. 그런 의미에서 김영민 교수는 일반적인 매체, 즉 주민등록증과 신용카드, 통장, 자동차 등을 포기했다. "어떤 의미에서는 아 내도 중요한 매체인데, 저는 아내도 없다"는 대목에서는 놀라움마저 일게 했다. 그러나 그는 별것 아니라고 했다. 그러고는 "인문학자로서 다른 매체 를 활용해서 다른 삶을 지향하며 사는 것을 후배들에게 보여주는 심볼릭한 작업"이자 "소소한 생활의 맥락에서 조금 나은 삶을 살기 위한 노력"이라 고 덧붙였다. 이것은 그의 학문적 관심사인 "무능의 급진성"과도 궤를 같 이하는 작업이다.

대학교수와 스피노자 사이를 비틀거리다 »

—

김영민 교수의 지적 편력에서 빼놓을 수 없는 사람이 바로 **윤노빈** 전 부산대 교수다. 김영민 교수가 대학을 입학하던 당시 부산 지역은 그의 말마따나 "지적 경쟁이 심하지 않았던 곳"으로, 그는 혼자만의 재주에 의지해 지적 탐험에 나섰다. 그러던 중 윤노빈 교수라는 분명한 "지적 권위"를 만났고, 윤 교수를 통해 "나를 알게 되는 성찰의 체험"과 "적성과 열정, 재주를 승인받는 체험"을 하게 되었다. 그러나 윤노빈 교수는 1982년 9월 월북했다. 청년 김영민이 군생활 중이던 때였다. 더 오래도록 깊은 만남을 갖지 못한 것이 아직도 아쉬움으로 남지만, 윤노빈 교수와의 만남이 지금의 김영민 교수를 있게 한, "지적 방향을 잡는 데 도움"을 준 유일한 사건임은 분명하다.

> 어떻게 철학을 하게 되었느냐는 원인과 기원은 자기변명에
> 불과한 사후적 추인이나 알리바이에 지나지 않죠. 더 중요한
> 것은 누구를 만났느냐는 것인데, 제 학문적 맥락에서 가장
> 중요한 만남은 월북하신 윤노빈 교수님입니다.

김영민 교수는 윤노빈 교수가 국내에 남긴 단 한 권의 저서 『신생철학』을 말했다. 자세하게 이야기하지 않았지만 깊은 애정이 묻어나는 눈치다. 세계관, 고통, 악마, 언어 등의 범주를 통해 전개한 『신생철학』은 민족적 고통을 극복하는 방법으로 동양사상의 근원적인 혁명성에서 모티브를 찾으며 궁극적으로는 최제우의 동학에까지 이른다. 김영민 교수는 『신생철

김영민 철학자, 한신대 교수

학』을 어느 글에서 이렇게 표현했다.

> 늘 서양철학자 그 이상이었던 윤노빈 교수는 그 브니엘을
> '님'이라 불렀습니다. 물론 브니엘은 더 이상 『구약성서』에
> 나오는 이스라엘의 이야기가 아니라 20세기의 고통이 결절하는
> 지점인 한반도의 이야기입니다. 그의 『신생철학』에서 너무나
> 절절히 외치고 있듯이, 그의 브니엘, 그의 한울님, 그의 님은
> 고통 속의 한반도지요.

　월북 전 어느 사석에서 윤노빈 교수는 당시 대학교 2학년이던 김영민 교수에게 "대학교수가 될 것"과 "스피노자처럼 살 것"을 "이율배반적으로(!) 주문하고 예언"했다. 윤노빈 교수의 말처럼 그는 지금 대학교수이면서도 스피노자처럼 살고 있다. 김영민 교수의 책 『동무와 연인』을 보면 "그런 탓인지 나는 내내 대학교수와 스피노자의 사이를 비틀거립니다"라는 말이 있다. 김영민 교수의 지적 편력에 윤노빈 교수가 차지하는 자리를 여실히 보여주는 대목이다.

　윤노빈 교수의 '이율배반적' 예언 때문인지는 모르나, 김영민 교수는 스피노자를 즐겨 읽는다. 『에티카』는 물론이거니와 그의 저서라면 뭐든 읽었다. 책을 읽으며 스피노자의 사상뿐 아니라 삶의 양식에 대해서도 관심을 가지게 되었고, 그렇게 살려고 노력했다. 김 교수는 "스피노자는 내게 윤노빈 교수님 정도의 위상으로 자리하고 있다"고 말했는데, 두 사람의 삶의 자세를 푯대 삼아 철학의 자리와 삶의 자리를 일구고 있는 것이다. 특히 유학 당시 외로울 때면 스피노자의 전기를 읽었단다. 신에 대한 지적인 사

랑을 주장한 스피노자를 김영민 교수는 "여전한 빛"으로 생각하는데, 삶의 태도와 양식이 그 자체로 윤리인 까닭이다.

유학 시절, 전미학생인명사전에 오를 정도로 뛰어난 학생이었지만 그는 "그 시절이 흥미롭거나 유익한 체험은 아니었다"고 못 박는다. 더더욱 삶에 보탬이 되지도 않았다. 오히려 한국에 돌아와 학생들을 만나면서, 그들과 스터디 모임을 진행하면서 흥미롭고 유익한 체험을 많이 했다.

사실 이러한 체험은 유학 전, 그러니까 대학 입학 전부터 시작되었다. 대학에서 철학을 전공하기도 전에 그는 20세기 유수한 신학자들과 조우하고 있었다. 독일의 신학자이자 성경학자인 루돌프 불트만은 물론이고, 신학과 철학으로 오가며 족적을 남긴 폴 틸리히와 '희망의 신학'을 주장한 위르겐 몰트만 등을 이미 10대 후반에 경험한 터였다. 또한 이들과 함께 디트리히 본회퍼의 신학을 접하면서 종교적이면서 실존주의적인 맥락을 발견했다.

대학 시절, 김 교수는 교회 대학부의 회장을 맡을 정도로 신앙에도 열심을 내었다. 비록 20~30명 정도가 출석하는 작은 모임이었지만, 김 교수는 여기서도 지적인 충만함을 누리기 위해 노력했다. 삶에 대한 지적인 물음과 함께 종교적인 물음으로 가득한 나이에 김 교수는 종교적 의문을 확장하고 심화시켜, 철학적 물음으로 나아갔다. 또한 이미 10대 시절부터 진지한 문학도였던 그가 인문학적 관심사로 영역을 확대한 것은 어찌 보면 당연한 수순이었다고 할 수 있다.

김영민 철학자, 한신대 교수

© 유정호

자본제적 세속을 넘어가는
인문의 가능성은 항상
침묵과 부재, 눌변과 무능,
절망과 폐허에의 정직한
대면 속에서야 급진적으로
잉태한다고 믿습니다.

인문 좌파적 연대와 실천 »

—

김영민 교수의 지적 관심사는 주로 4개의 범주에서 이루어졌다. 인문학과 철학, 남성과 여성, 좌파와 우파 그리고 종교와 철학이다. 유학에서 돌아온 그는 과학사 스터디 모임을 만들어 3년간 열심히 활동했다. 김 교수는 "인문학자에게는 낯선 과학과 만남으로써 내 공부의 방향에 중요한 영향을 미쳤다"면서 이때의 경험이 "학문적 배경이 되었다"고까지 표현했다.

그리고 두 번째 영역은 남성이면서 여성을 꿈꾸는(?) 것이다. 여성은 남성에게 함께 살아가야 할 가장 중요한 타자다. 그러나 남성들 대부분은 심지어 지금까지도 이를 인정하지 않는다. 김 교수는 남성 입장에서 여성을 연구하는 일은 자신의 글쓰기에 많이 반영되었다면서, 남성으로서 여성을 연구하고 이해하는 일은 결국 "실천적 공부"임을 강조했다. 그는 여성학이니 하는 전통적 방식으로 여성을 공부할 것이 아니라 삶의 과정으로써 여성을 이해하고 연구해야 한다고 말했다.

한편 김영민 교수는 스스로를 우파라고 규정했다. 기독교의 영향 아래 자란 그로서는, 자신이 '신과 나' 일 대 일 관계로만 설명할 수 있는 개인주의의 영향을 받았고, 우파로 규정할 수밖에 없다는 것이다. 그러나 그는 개인주의를 뛰어넘는 새로운 사회적 구조와 체제에 대해 고민했고, 결국 좌파에 관심을 가질 수밖에 없었다. 그러나 그가 말하는 '좌우'는 이데올로기의 개념이 아닌 학문적 개념임을 명확히 해야 한다. 그의 『동무론』 뒤표지에는 이런 문구가 적혀 있다.

자본주의적 유능을 인문°ㅅ敝적 무능으로 대체하려는 인문°ㅅ文

좌파적 연대와 실천.

다시 말해 인문 좌파적 연대와 실천이 곧 김영민 교수가 추구하는 학문적 지향인 셈이다.

마지막으로 그는 철학과 종교 사이에서 각자의 길을, 또는 공통의 길을 찾아가는 철학자다. 이 대목에서 그는 한국 철학계의 세속적 풍토와 종교계의 무지에 대해 일침을 가했다. 종교를 모르거나 백안시하면서 철학의 자리를 논한다는 것이다. 서양철학은 대개, 아니 모두가 유일신의 존재를 찾아가는 것에서 나온 사상적 조류다. 그러나 한국의 서양철학자들은 종교에 대해 무지하다.

서양철학은 종교적 양식을 모르면 깊이 있게 공부할 수 없는
학문입니다. 계몽주의적 비판의 입장에서 종교와 철학,
종교와 과학 이야기만 합니다. 여전히 종교는 철학을 악마시하고,
철학은 종교를 맹하게 봅니다.

한국의 철학적 풍토도 문제지만 종교적 풍토 또한 문제다. 그는 "종교는 관심이자 근심"이라는 말로 종교, 특히나 몸담고 있는 기독교의 현실을 안타까워했다.

김영민 철학자, 한신대 교수

'지는 싸움'의 급진성 »

—

김영민 교수는 『동무론』 서문에서 "무능과 부재의 인문적 급진성만으로 가능한 '지는 싸움'은 걷다가 죽는 것인데"라고 썼다. 무능의 급진성과 "지는 싸움"은 생소한(물론 내게만 그렇다) 개념이지만, 최근 그의 학문적 관심사라고 했다. 그는 지는 싸움의 실례로 예수와 소크라테스를 들었다. 김 교수에 따르면 소크라테스는 "당대 최고의 위력적인 변론의 홍수 속에서 아테네 체계의 합법성을 까부르고 빈정거리며 그 너머의 인문°人紋적 가능성을 시험"했다. 말로는 천하에 그를 당할 자가 없었지만 어느 순간, "자살적 몸짓°noble death의 급진성으로 그 체계의 역사적 모순과 한계를 단번에 밝힌다." 달변이었던 소크라테스가 오히려 침묵으로 아테네 체계의 지리멸렬함을 드러낸 셈이다.

그렇다면 예수의 급진성을 어디서 찾을 수 있을까. 예수의 십자가 구원은 언뜻 무능해 보이지만 그것이 의미하는 바가 실로 무능하지 않기 때문에 의미가 있다. 신과 같은 영향력을 가진 사람이 십자가로 가는 길목에서 한 번도 변명하지 않았다. 예수는 실상 완벽한 무능 속에서 죽은 것이다. 예수의 싸움은 누가 봐도 "지는 싸움"의 양상이었다. 그러나 구원의 유무를 떠나 예수의 십자가 죽음은 그를 죽인 체제에 대한 고발이었다. 신적 후광을 가진 인물의 무능한 죽음은 그것을 정죄한 사악한 체계에 대한 완벽한 고발인 셈이다. 『동무론』에서 그는 예수의 지는 싸움에 대해 이렇게 말한다.

마치 예수의 그 침묵이 군중의 종교·도덕적 허영을

'급진적으로' 고발하는 것처럼, 민중의 원망°願望 속에서
이윽고 신이 된 이 사나이는 제 땀과 제 피를 속절없이
다 쏟으며 종말을 고하는 그 역설°逆說로써 세속에 웅변한다.
정치범의 자리에 내몰리기까지 내내 역설°力說해왔던 그는,
죽을 자리에서는 내내 침묵하는데, 그 역설과 침묵 사이에서,
제국의 유능°有能과 신이 된 한 목수의 무능 사이에서,
미래적 인문°人紋의 자기 갱신적 급진성이 태어난다.

김 교수는 "모든 흔적과 기미를 체계적 삶의 공시성 속으로 함몰시켜
버리는 자본제적 세속을 넘어가는 인문°人紋의 가능성"은 항상 "침묵과 부
재, 눌변과 무능, 절망과 폐허에의 정직한 대면 속에서야 급진적으로 잉태
한다"고 믿는다.

희망으로 삶 일구기 »
—

김영민 교수는 난독°亂讀이라는 말로 스스로의 책읽기 스타일을 정의
했다. 수많은 책을 가지고 있거니와 그보다 더 많은 책을 읽었을 것이다. 그
것을 하나하나 끄집어내어 말하는 것은 어떤 면에서 보면 의미 없는 작업
일 수 있다. 그도 그럴 것이, 어느 책 한 권이 그이의 사상과 삶의 토대가 되
지 않은 것이 있겠는가. 또 어느 책 한 권이 그이가 삶의 자리를 일구고 열
매 맺는 일에 도움을 주지 않았겠는가.

그는 욕망과 희망을 구분할 줄 아는 삶을 살아야 한다고 인터뷰 말미

김영민 철학자, 한신대 교수

에 말했다. 체계와 욕망을 멀리하고, 아직 오지 않은 희망을 이야기하며 삶의 자리를 일구어야 한다는 말이다. 값이 안 되는 일에도 열심을 낼 줄 알고, 인간이면 충분히 납득할 수 있는 이유, 희망을 모두 함께 찾아 나서야 한다는 것이다.

'양' 자가 들어가는 도시가 좋아 밀양에 산다는 김영민 교수가 대학교수와 스피노자 사이를 비틀거리며 산 지 몇 해. 지금은 대학교수에서 다시 스피노자의 삶으로 마음이 더 많이 비틀거리고 있다고 한다. 2009년에는 그가 오래도록 꾸려온 인문학 공동체 '장미와 주판'마저 해체했다. 이제는 어디에서 이 같은 깊이의 철학적 물음과 답을 찾을 수 있을지 아쉬움이 앞서지만, 아직 읽지 못한 김영민 교수의 저서들이 내 작은 서가에 몇 권 보이는 것으로 아쉬운 마음을 달래본다. ●

철학은 '여명에 비행하는 부엉이'여야 한다

영산대 교수
철학자,
김용석

© 유정호

김용석 교수는 1952년 서울 출생으로 한국외대 이태리어과를 졸업했다. 로마 그레고리안 대학교에서 철학박사 학위를 받고, 그곳 철학과에서 교수로 재직하며 사회문화철학과 칸트 철학을 가르쳤다. 1997년 귀국해 연구와 강의, 집필과 방송 등을 병행하며 철학과 문화를 접목하는 다양한 시도를 선보였다. 최근 대중문화와 철학, 자연과학과 인문학을 연계하는 작업에 공을 들이고 있으며, 다양한 분야의 고전 재해석 작업에도 몰두하고 있다. 김용석 교수는 철학의 비판적 기능 이상으로 철학의 '창조적' 역할을 강조하는데, '철학이란 무엇인가'라는 질문에 머물지 않고, '철학은 무엇을 할 수 있는가'라는 물음에 다양하고 구체적인 답을 주고자 노력하고 있다. 저서로는『미녀와 야수 그리고 인간』(2000), 『깊이와 넓이 4막 16장』(2002), 『일상의 발견』(2002), 『두 글자의 철학』(2005), 『인문학의 창으로 본 과학』(공저, 2006), 『철학정원』(2007), 『예술, 과학과 만나다』(공저, 2007), 『서사철학』(2009), 『메두사의 시선』(2010), 『철학광장』(2010), 『문화적인 것과 인간적인 것』(개정판, 2010) 등이 있다.

'양산골 철학자'로 불리는 김용석 교수. 지금은 뜸하지만 한때 김용석 교수는 TV 화면에 자주 등장하는 명사였다. 책과 관련한 프로그램에도 자주 얼굴을 내밀었고, 영화와 관련한 프로그램에도 종종 등장했다. 김용석 교수가 방송에서 어떤 내용을 철학적으로(?) 말했는지는 다 기억나지 않지만, 그이의 말은 편안하고 설득력 있었으며, 그래서 이해하기 쉬웠다. 양산골에 파묻혀 지내지만 그는 세상의 흐름을 읽어내는 철학자였고, 세상과 소통하는 철학자였다.

●

실천적 지식으로 충만한 '마스터 요다' »

—

인터뷰를 위해 찾은 김용석 교수의 방은 비교적 널찍했다. 벽에는 여러 영화 포스터가 붙어 있었고, 영화 주인공을 형상화한 미니어처가 곳곳에 놓여 있었다. 구석진 곳에 놓인 몇몇 DVD도 눈에 들어온다. '책은 그다지 많지 않은데……'라고 생각할 즈음, 김용석 교수가 마음이라도 읽어낸 듯 "일부러 연구실을 조금 다르게 꾸며 보았다"면서 자리를 잡는다.

학생들이 제 연구실을 자주 찾는데, 책으로 연구실을
도배해놓으면 지나치게 학자 냄새만 풍기게 되고, 그럼 학생들이
부담을 갖거든요. 그래서 제가 관심이 많은 물건이기도 하지만
학생들에게 친근할 만한 것들로 연구실을 꾸며본 겁니다.

학생들은 김용석 교수를 '마스터 요다'라고 부른단다. 영화〈스타워즈〉에 등장하는 마스터 요다는 지혜의 상징으로, 깊은 연륜과 삶의 실천적 지식으로 충만하다. 어떤 학생이 처음 그렇게 불렀는지 모를 일이지만, 학문적 영역에만 갇히지 않고 삶의 문제에 대한 실제적 대안을 모색하고 있는 철학자 김용석에게 꼭 어울리는 별명이 아닐까 싶다.

신문과 한국 단편소설에서 배운 인생살이 »
—

김용석 교수는 초등학교 시절부터 신문을 열심히 읽었다. 심지어 광고 문안까지 한 자도 빼놓지 않고 읽을 정도였다. 읽을 만한 책이, 아니 책 자체가 많지 않던 시절이니 그럴 수밖에 없었을 터. 비록 4면, 많아야 8면으로 나오는 신문이었지만 매일매일 읽으며 세상 돌아가는 이치를 조금씩 배웠다.

**인터넷 때문인지 요즘은 사람들이 신문을 구독하지 않아요.
그런데 전 지금도 두세 개의 신문을 구독해서 읽어요.
어려서부터 버릇이 들어서인지 지금도 스크랩을 열심히 하죠.
인터넷에서는 물론 기사를 스크랩하는 대신 검색하면 되지만
오래 지난 것은 잘 안 하게 되잖아요. 아직은 신문, 잡지 등을
스크랩해두면 나중에 유용하게 쓰일 때가 많아요.**

김용석 교수의 신문 스크랩은 외국에서 공부할 때도 계속되었단다. 체

계적으로 스크랩을 하는 것도, 스크랩한 것을 다 활용하는 것도 아니지만 열심을 내는 이유는 "세상살이가 담겨 있기 때문"이다. 세상살이란 결국 김용석 교수에게 철학하는 이유인 셈이다.

신문과 함께 열심히 읽은 것은 전기와 한국 단편소설이었다. 경제학을 공부하고 사업에 뛰어든 아버지 서가에는 경제학 관련 책들이 즐비했지만 소년기를 지나던 김 교수에게는 재미없는, "나와는 다른 세계의 책"이었다. 그러나 문학의 세계는 "어린 나이에 접한 생소하고 신기한 세계"였기 때문에 "다 받아들일 수 있었다"고 한다. '내 인생의 책'이라고 어느 한 권을 꼭 집어 이야기할 수 없는 이유가 바로 이 때문이란다.

한국 단편소설들은 인간 삶의 다양한 측면을 보여주었어요. 한국 근현대사의 아픔과 그것에서 전이된 민초들의 삶의 애환과 고통을 고스란히 체험하게 해주었다고나 할까요……. 이효석, 김동리의 작품이 주로 기억나고, 이범선의 『오발탄』도 기억이 생생합니다.

철학, 여명에 날갯짓하는 부엉이　》
—

김용석 교수는 2010년 안식년을 맞아 영국 옥스퍼드 대학교에서 머물렀다. 떠나기 전에 김 교수는 분주했는데, 10여 년 전 펴낸 『문화적인 것과 인간적인 것』을 몇 년간의 고민과 수정 작업 끝에 개정판으로 내놓았기 때문이다. 신화와 과학, 철학의 연계적 사고를 집약하고 응축한 『메두사의 시선』도 함께 선보였다.『문화적인 것과 인간적인 것』은 몇 해 전부터 출판사에서 개정판을 내자고 조르던 터였다. 몇몇 대학과 대학원에서 교재로 사용되고 있어서 찾는 이들이 적지 않았기 때문이다. 어느 교수는 출판사에 전화를 걸어 "이런 책은 계속 내야지, 뭐하는 거냐"며 담당 편집자를 호되게 야단치기도 했단다.

그래도 김용석 교수는 참고 참았다. 10여 년 전 자신의 철학적 고민이 지금 이 시대에도 유효한가를 확신하지 못했기 때문이다. 김 교수는 이 대목에서 '미네르바의 부엉이'에 대해 말을 꺼냈다.

로마신화에 따르면 미네르바는 지혜의 여신으로, 부엉이는 미네르바와 항상 함께 다닌 이른바 신조°神鳥였으며 지혜의 상징이기도 했다. 이후 헤겔은『법철학』서문에서 "미네르바의 부엉이는 황혼녘에야 그 날개를 편다"는 유명한 경구를 남겼다. 헤겔이『법철학』에서 미네르바의 부엉이를 말한 이유는 "미네르바의 부엉이가 낮이 지나고 밤에 그 날개를 펴서 활동하는 것처럼, 철학은 앞날을 미리 예측하는 것이 아니라 이미 이루어진 역사적 조건이 지나간 이후에야 그 뜻이 분명해진다"는 사실을 명확히 하기 위해서였다.

그러나 김용석 교수는 헤겔이 주장한 철학의 과거 지향에 일종의 반기를 든다. 물론 철학이 이미 이루어진 역사적 조건이 지나간 이후에야 그 뜻이 분명해지는 것은 사실이지만, 철학적 사유가 반드시 과거 지향일 필요는 없다는 것이다. 황혼녘에야 날갯짓을 시작하는 부엉이임을 자임하는 철학의 겸허(?)에도 불구하고, 철학적 사유가 미래의 새벽빛을 보며 '여명에 비행하는 부엉이'의 역할을 할 수 있다는 확신"(『문화적인 것과 인간적인 것』 중에서) 때문이다.

김 교수는 "비록 1990년대 말, 인터넷이 아니라 PC통신이 왕성하던 때 쓰였지만 『문화적인 것과 인간적인 것』이 내포하는 철학적 고찰은 앞으로 10년 정도는 더 유효할 것"이라고 생각했다. 지난 10여 년간 이 책이 독자들에게 어떤 의미를 주었는가도 물론 중요하다. 그러나 더 중요한 것은 지금, 그리고 앞으로 10년 동안 독자들에게 '어떤 철학적 의미를 던져주는가' 하는 것이다. 김용석 교수는 황혼녘에야 날갯짓하는 부엉이가 아니라 여명에 비행하는 부엉이고 싶은 것이다.

교육 잘하는 것이 또한 연구의 길이다 »

—

김용석 교수가 영산대에 처음 부임한 것은 2002년 3월. 그러나 첫 강의를 시작한 것은 그해 9월로, 김 교수는 부임 후 첫 학기를 '임용 휴직' 상태로 보냈다. 첫 학기 임용 휴직은 영산대에 자리 잡으면서 학교에 내건 조건 중 하나였다. 보직을 맡지 않는다는 것과 내 강의를 준비할 수 있도록 첫 학기를 휴직한다는 것이 조건이었다. 둘 다 학생들을 위해서였다. 보직을 맡지 않아야 강의에 충실할 수 있는 것은 자명한 사실. 첫 학기를 쉬어야 내 강의를 할 수 있다는 것은 무슨 의미일까.

대학의 봄학기 강의는 12월에서 1월 사이에 대부분 정해지죠. 그건 '내 강의'가 아니라 다른 사람이 정해준 거니까, 그래서 한 학기 동안 강의 준비를 하고 9월부터 강의를 시작하겠다고 했죠. 학교도 받아들였고요. 저는 학생들 교육 잘하는 것이

김용석 철학자, 영산대 교수

또한 연구의 길이라고 생각해요. 교육과 연구가 분리된 게 아니거든요. 교육 준비 과정에서, 그리고 호기심에 넘치는 젊은이들과의 소통 과정에서 연구 아이디어도 나오며 그것을 천착하면 좋은 연구 성과가 나올 수 있기 때문입니다.

대학교수라면 누구나 자신의 전공에 따라 몇 개의 '학회'에 가입하지만, 김용석 교수는 단 하나의 학회에도 가입하지 않았다. 학회에 가입해야만 학회지에 논문을 게재할 수 있고, 연구 실적에 포함할 수 있는데도 김 교수는 우리나라 학회가 제대로 갈 길을 가지 않으면 그 어떤 학회에도 가입할 의사가 앞으로도 없다. 스스로 폐쇄적인 학문 시스템은 여타 학문과 교류할 수 없고, 자신들만의 이익에 집착할 뿐이기 때문이다.

지난 20여 년 동안 교수들을 양적 연구 업적으로 평가한 시스템에도 김 교수는 일침을 가했다. 연구 성과에 집착한 교수들은 함량 미달의 논문을 양산했다. 표절과 자기복제가 판을 쳤다. 최근 몇 년 동안 장관이 되겠다고 나선 대학교수치고 누구 하나 논문의 표절이나 자기복제에서 자유로운 사람이 있었던가. 김 교수는 "누가 그 자리에 나서든 어쩔 수 없이 터질 수밖에 없는 일"이라고 했다. "창의적인 연구에 대한 열망이 있는 교수라면 동시에 학생들과의 소통과 교육에 마음을 쏟아야 하지 않겠냐"며 웃는 김용석 교수의 얼굴에서, 한 번도 본 적 없는 영산대 학생들의 해맑은 얼굴이 오버랩된다.

일상 관찰은 그 자체로 고도의 학문적 행위 »

―

　김용석 교수는 로마 그레고리안 대학교에서 임마누엘 칸트의 철학을 가르쳤지만, 스스로 칸트 신봉자는 아니라고 말한다. 오히려 칸트는 물론 플라톤, 프리드리히 니체 등의 철학자들의 사상에 비판적 입장을 견지하는 편이다. 철학은 항상 실험적 사유를 추구하기 때문에, 한 사람의 철학을 신봉하는 것보다 자유로운 사유를 추구한다. 김용석 교수는 "철학의 실험은 앎에 대한 진지한 탐구"라며 "그것은 자기 성찰을 가능하게 할 뿐 아니라 다른 사람들의 사유를 자극하는 미덕을 가지고 있다"고 강조했다.

　다른 사람의 사유를 자극한다는 점에서 철학은 일상과 맞닿아 있어야 한다. 그래서 일상은 김용석 교수에게 철학하는 가장 큰 실험무대다. "철학자는 일상의 삶을 때론 망원경으로, 때론 현미경으로 들여다볼 줄 알아야 한다"고 한 김 교수는 "일상의 변화는 연구실과는 멀리 떨어진 곳에서 일어나기 때문에 철학자 스스로 그곳으로 들어가야 한다"고 말했다. 일상의 관찰은 그 자체로 고도의 학문적 행위인 것이다.

> **나는 철학자의 일상에 '일상의 철학'을 위한 자리가 있기를**
> **바란다. 그것이 학문의 전문성을 위한 자리를 침해한다고**
> **생각하지 않는다. 마당이 넓으면 앉을 자리도 많은 법이며,**
> **그 자리에서 하는 대화의 깊이는 소재를 어디서 가져오는지에**
> **따라 다른 것이 아니라, 대화를 이끄는 능력에 따라 달라지는**
> **것이기 때문이다.** (『일상의 발견』 중에서)

김용석 철학자, 영산대 교수

책의 죽음에 대해 논쟁하는
것도 필요하지만, 지금
더 중요한 것은 마지막
시기일지도 모르는 책의
장점을 이용하고 그 혜택을
받을 마지막 기회를 살릴 수
있도록 노력하는 것입니다.
책을 아끼고 사랑하는
사람이라면 발만 구를
일이 아니라 새로운 길을
모색해야죠.

© 유전

김용석 교수가 귀국한 뒤에 대학이라는 직장에 자리 잡는 것에 연연하지 않고 몇 년 동안 단지 '철학자'로서 일상의 자유로움과 마주한 것은 바로 이 때문이다. 또한 바로 지금, 일상의 자리인 경남 양산의 영산대 주변과 부산의 일상, 그리고 그것이 둘러싸고 있는 문화 현장으로 하루도 빠지지 않고 발걸음하는 이유이기도 하다. "사소한 것이 큰 것을 품고 있으면 큰일들의 운명이 사소함에 좌우될 수 있다"는 김 교수의 말은 어쩌면 오늘을 허비하며 사는 우리 모두가 귀담아 들어야 할 말이다.

때로는 아이들의 말이 맞을 때도 있다   »

김용석 교수가 한 사람의 철학이나 한 철학 사조를 신봉하지 않는 또 다른 이유는 '훈계식의 철학'에 빠지지 않기 위해서다. 지혜가 모자라는 사람들에게 새로운 길을 보여준다는 점에서 철학은 '훈계'도 해야 한다. 그러나 그것만으로는 불충분하다는 것이 김 교수의 생각이다. 지식을 타인에 대한 권력으로 행사하면 자칫 그것만이 학자의 길이라고 생각할 수 있기 때문이다. 결국 모든 권력은 부패하듯 권력자로서의 학자나 철학자도 부패할 수밖에 없다는 것이다. 물론 종교도 여기서 자유로울 수 없다.

이쯤에서 김용석 교수는 고전°古典을 금과옥조°金科玉條로 여기는 세태에 대해 말했다. 고전이 주는 지혜와 덕목을 들어 삶의 현장을 무조건 비판하지는 말아야 한다는 것이다.

물론 고전에서 하는 말이 정당할 때도 있지만, 시대의 변화가

**주는 가치가 다르다는 사실을 명심해야 합니다. 고전을 들어
세태를 비판하는 것은 쉬운 일이죠. 어른의 훈계가 맞을
때도 있지만 훈계를 들어야 하는 아이의 말이 바를 때도 있지
않겠어요?**

고전의 가치는 충분히 보전하되 절대적이라는 생각에 빠져서는 안 된다는 말이다. 정말 필요한 옛 가치는 회복해야 한다. 그러나 옛날로 돌아가자고 하면 안 된다. 고전을 읽어 시대를 밝히자는 사람들도, 여러 철학 사조를 들어 오늘의 세태를 말하는 사람들도 강압성을 보이기보다 자기반성에 먼저 철저해야 한다. 비판과 성찰이 중요한 이유가 바로 이 때문이다.

**전통적 지혜와 덕목으로 현대인을 비판하거나 훈계하거나
계몽하기는 어렵지 않다. 다만 그 성과가 별로 없다는 것이
문제인 것이다. 그 이유는 과거의 것이 현재에 잘 맞지 않기
때문이 아니라 그것이 확고한 주장의 근거가 되어주기 때문이다.
기존의 것은 미지의 것에 비해 항상 확고한 근거이다. 어떤
주장을 위해 확고한 근거로 되돌아가 버릇하면, 변화의 현실을
잘 보지 못하며 따라서 생각의 변화를 시도하기 어려워진다.
…… 물론 과거의 것은 현재뿐만 아니라 미래를 위해서도
항상 필요하다. 그러나 결코 충분하지 않다. 과거의 지혜를
재해석해서 현재에 알맞게 적용하는 것은 변화의 삶에
대처하기에 불충분하다. 우리는 생각을 개발해야 한다.** (『두 글자의
철학』 중에서)

김용석 철학자, 영산대 교수

책에 '사랑의 마음과 손길'을 »

김용석 교수는 한편으로는 "책의 죽음"을 이야기했고, 한편으로는 "책은 살아 있다"고 했다. 책의 죽음이란 결국 세상의 모든 문자가 디지털 코드에 항복할 태세라는 것이다. 책을 읽는 행위는 별도의 노력을 요하는 행위다. 그러나 인터넷 클릭은 별다른 노력이 필요치 않다. 문자 문화는 이미 오랜 시간을 거치면서 노력이라는 윤리적 권위를 내포하고 있었다. 하지만 이제 윤리적 권위는 편의 앞에서 설 자리를 잃을 것이다. 이미 모든 문자들은 중년 이상의 나이를 걷고 있다. 어쩌면 말기암 환자쯤 될지도 모른다.

그러나 사람들은 책의 죽음에 대해 논쟁만 하거나 책이 사라지는 것이 아쉬워 발만 동동 구를 뿐, 책을 위해 무엇을 할 것인가 생각하고 실행에 옮기지 않는다. 김 교수는 바로 이어서 "말기암 환자가 들어줄 만한 소리를 많이 하는 법"이라며 "책이 살아 있음"을 강조했다.

> 책이 쇠퇴기인 것만은 명확한 사실입니다. 그런데 만약 책이
> 시한부 인생을 살고 있다고 해도, 그것이 들려줄 만한 말이
> 많다는 것은 왜 외면하는지 모르겠어요. 책의 죽음에 대해
> 논쟁하는 것도 필요하지만, 지금 더 중요한 것은 마지막
> 시기일지도 모르는 책의 장점을 이용하고 그 혜택을 받을 기회를
> 살릴 수 있도록 노력하는 것입니다. 책을 아끼고 사랑하는
> 사람이라면 발만 구를 일이 아니라 뭔가 할 일을 모색해야죠.

책은 영원할 거라고 외치는 사람들도, 책의 사망을 공언하는 사람들

© 유정호

도 사실 무엇이 정답인지 모른다. 한 가지 분명한 것은 "지금이 이제 곧 만나보지 못할 책이 남기고 갈 보석 같은 말을 들을 마지막 기회"라는 사실이다. 김용석 교수는 서둘러 책의 죽음을 공언하거나 애도할 필요도 없고, 책의 영원성을 지나치게 장밋빛으로 과장할 필요도 없다고 말한다. 지금 책에게 필요한 것은 그의 말마따나 "사랑의 마음과 손길"이다.

인터뷰를 마치고 함께 연구실을 나서며 김용석 교수는 자신의 행선지를 '손수 써 붙인' 도서관으로 바꾸어놓았다. 나의 궁금증을 눈치챈 김 교수

김용석 철학자, 영산대 교수

는 "연구하는 사람이 도서관에 있는 건 당연한 일 아니냐"고 웃는다. 그러고는 덧붙이기를 "학생들이 이 행선지를 보고 도서관으로 교수를 찾아와서 책도 읽으면서 함께 담소도 나누면 그 아니 기쁘겠냐"고 했다. 참으로 그다운 발상이며 실천이었다. 미래의 새벽빛을 보며 '여명에 비행하는 부엉이'를 꿈꾸는 김용석 교수를 만나고 돌아오는 길, 비록 고된 하루가 저물 때였지만 마음만은 새벽 미명을 보는 듯 설레었다. ●

소박한 삶의 궤적을 그리다

문화인류학자,
김찬호

성공회대
초빙교수

© 장동석

김찬호 교수는 1962년 대전 출생으로 현재 성공회대 교양학부 초빙교수다. 연세대 사회학과를 졸업하고 동 대학원에서 박사 학위를 받았다. 서울시대안교육센터 부센터장으로 일했고, 한양대 문화인류학과 등에서 강의했다. 학교 강의 외에 외부 강연에 주력하고 있는데, 각종 시민사회단체와 평생학습센터, 문화예술교육기관, 공무원 연수원, 교원 연수원 등에서 문화 간 커뮤니케이션, 디자인, 청소년 교육, 부모교육, 마을 만들기, 한국문화론 등에 대해 강연하고 있다. 저서로는 『도시는 미디어다』(2002), 『문화의 발견: KTX에서 찜질방까지』(2007), 『휴대폰이 말하다』(2008), 『교육의 상상력』(2008), 『사회를 보는 논리』(개정판, 2008), 『돈의 인문학』(2011) 등을 썼고, 번역서로 『작은 인간』(1995), 『이런 마을에서 살고 싶다』(1997), 『학교현장과 계급재생산』(2004), 『경계에서 말한다』(2004) 등이 있다.

비록 짧은 거리였지만 참으로 오랜만에 숲길을 거닐었다. 멀리 교외로 나간 것도 아니다. 서울의 도심 한복판, 일요일의 연세대 후문 근처 숲길은 고요했고 잠시나마 김찬호 교수와 함께 거닐며 나눈 이야기는 흥겨웠다. 소탈한 모습의 그이와 책을 사이에 두고 나눈 대화는 편안했고, 묵직한 주제들이 오고 갔으나 유쾌했다.

●

고등학교 시절을 관통한 시와 신학 »

─

고등학생 때부터 김찬호 교수는 시에 남달리 관심이 많았다. 이효석의 수필도 많이 읽었지만 그 시절 주된 관심사는 역시 시였다. 본고사를 대비해 이런저런 책을 읽어야 했지만 시를 읽는 재미는 남달랐다. 여기에는 친구인 고운기 시인의 영향이 컸는데, 고등학교 시절을 함께 보낸 고운기 시인에게서 자주 시집을 빌려 읽게 되었다. 이후 대학에 진학해서는 김종삼 시인과 박재삼 시인의 시집을 일부러 사서 읽었다. 최근 세상을 떠난 최하림 시인의 시집도 자주 읽었던 시집 목록에 올라 있다.

시와 함께 김찬호 교수의 고등학교 시절을 관통한 것은 '신학'이다. "신앙은 그리 깊지 않았지만 신학적인 언어, 종교적인 언어에는 관심이 많았다"고 말하는 김찬호 교수는 "남들은 겉멋이라고 말할 수도 있지만 이때가 인문학과 신학이 만나는 지점을 처음 발견할 때가 아닐까 싶다"고 했다. 그래서일까, 재수를 마치자마자 김찬호 교수는 『**여해 강원룡 전집**』을 구해 한 장 한 장 탐독했다.

김찬호 문화인류학자, 성공회대 초빙교수

여기서 이야기가 잠시 곁길로 들어섰다. 청소년기에 읽는 책은 모름지기 한 사람의 평생을 좌우하는 법. 김찬호 교수는 자녀들에게 책 읽는 즐거움을 선사하는 방법 하나를 팁으로 전해주었다. 대부분의 부모는 자녀에게 책을 읽으라고만 닦달한다. 무슨 책 읽었니, 어디까지 읽었니, 다 읽었어라는 짜증 섞인 부모의 잔소리는 자녀에게서 책을 영영 멀리 떨어뜨려 놓고야 만다.

김찬호 교수는 고등학생인 둘째딸에게 책을 읽으라고 강요하지 않고 강의를 부탁했다고 한다. 『곰브리치 미술사』를 읽고 있는 딸에게 김 교수는 "언제 강의해줄 건데?"라고 말한단다. 사실 속내는 여느 부모의 그것과 다르지 않다. 하지만 받아들이는 딸의 마음자리는 다르다. 부모로부터 존중받고 있다는 마음뿐 아니라 책을 읽어야겠다는 열의마저 높아진다. 강의라고 해야 책의 중요한 부분을 읽는 경우가 허다하지만 책을 읽는 것 자체로 의미가 있는 일이다.

부모와 자녀는 서로 다른 관심사를 가지고 이야기하기 때문에 세대차는 불을 보듯 뻔해요. 고민 이야기하란다고 주절주절 이야기하는 자녀도 없고요. 그런데 『곰브리치 미술사』 같은 책은 세대차가 없어요. 세대차를 굳이 좁히려는 노력을 하지 않아도 공통 관심사를 공유할 수밖에 없습니다. 어디 『곰브리치 미술사』뿐인가요? 수많은 고전들은 인류의 공통 관심사였기 때문에 부모와 자녀라 해도 대화가 충분히 가능합니다. 책도 읽고 세대차도 줄일 수만 있다면 이보다 더 좋은 게 없는 거죠.

도식에 얽매이지 않은 탐독 »
—

시와 신학에 관심을 가지고 있으면서도 김찬호 교수는 정치와 역사, 사회학에도 관심을 기울였다. 그런 김 교수를 사회학과로 이끈 것은 한완상 교수의 『**지식인과 허위의식**』이다. 고등학교 졸업과 재수, 대학 입학을 사이에 두고 읽었던 『지식인과 허위의식』은 큰 울림을 주면서 사회학을 매력적인 학문으로 인식하게 했다.

엄혹한 유신 시절 고등학교를 다녔지만, 사실 고등학생들은 사회 문제에 대해 어렴풋이 알 수밖에 없었다. 누군가 "대통령이 나쁜 사람이다"라고 말하면 "정말 그러냐?"라고 반문할 수밖에 없었는데, 그 시기에 한완상 교수의 책을 보게 된 것이다. 김찬호 교수는 "당시 해직 교수였던 한완상 교수의 책 『지식인과 허위의식』이 내 안에 있던 반골 의식과 저항 의식을 싹트게 했다"면서 "당연히 거쳐야 할 것을 거치게 된 것이고, 사회체제에 대한 근원적이고 본원적인 인식을 갖추게 된 일종의 시작점이라고 할 수 있다"고 말했다.

한완상 교수가 한, 지식인의 허위의식을 벗겨내는 작업은 지금 읽으면 비교적 단순한 논리지만 당시로서는 큰 용기가 아닐 수 없다는 것이 김 교수의 생각이다. 지식인이 한낱 상황과 역사의 관찰자나 분석자에 머물지 않고 역사와 상황 속에 살면서 그것을 증언하는 용기 있는 증인이 되어야 한다는 한완상 교수의 지적은 촌철살인과도 같이 김 교수의 폐부를 파고들었다. 지적인 성취를 떠나 한완상 교수의 책은 김 교수에게 "지식인으로서의 용기를 눈뜨게 한 일대 사건"이었던 셈이다.

한편 한완상 교수의 또 다른 책 『저 낮은 곳을 향하여』는 어릴 적부터

김찬호 문화인류학자, 성공회대 초빙교수

항상 다녔던 교회에 대한 성찰을 가져다주었다. 크지 않았지만 김 교수가 다녔던 교회도 문제가 있었다. 김찬호 교수는 자신이 다녔던 교회에 대한 비판적 의식과 함께 한국 교회 전체에 대한 문제의식을 이때부터 새롭게 벼리게 되었다.

이러한 관심은 대학교에 진학해서도 계속되었는데, 신학과 강의실을 기웃거리는 것으로 표출되었다. '기독교개론' 과목은 물론 신학자인 민경배, 은준관 교수의 강의를 듣는 데 전공과목보다 열심을 냈고, '기독교교육' 과목은 교회학교 교사로 일하기 위해 열심히 청강했다. 특히 은준관 교수의 강의를 통해 폴 틸리히의 신학과 만날 수 있었는데, 『**새로운 존재**』와 『**흔들리는 존재**』 같은 책은 "평생 간직한다"고 작정할 정도였고, 지금도 종종 탐독한다.

김찬호 교수는 몇몇 잡지도 꾸준히 그리고 꼼꼼하게 읽었다. 그는 4개의 잡지를 이야기했는데, 《샘이깊은물》과 《마당》은 역사의 뒤로 사라졌지만 《**기독교사상**》과 《**문학사상**》은 여전히 독자들과 교감하며 시대와 문화를 이끌고 있다. 김 교수는 이들 잡지를 읽은 덕분에 사회과학자면서도 사회과학의 편협한 도식에 얽매이지 않게 되었다고 고백한다. 사회구조를 보기 전에 사람의 존재에 눈떴다는 것이다. 그는 《샘이깊은물》을 읽으며 사회 현실에 좀더 깊이 천착할 수 있었고, 《마당》을 곁에 두고서는 문화적 갈증을 비판적으로 소화하는 눈을 떴다. 《문학사상》에서는 이어령의 글과 여러 시들을 읽었는데, 우리 언어의 섬세함과 아름다움에 매료되었다. 《기독교사상》은 지성과 신앙의 조화를 이루는 밑바탕이 되었다.

그 시절 마음으로 사숙했던 몇몇 스승도 있었는데 정진홍 교수의 종교학 강의와 책을 찾아서 듣곤 했으며, 김우창 교수의 책을 대학교 2학년 때부터 지금까지 늘 가까이 두고 읽는다. "1980년대, 그 분위기에 김우창을 읽는 사람은 그리 많지 않았다"는 김찬호 교수의 말에서 뿌듯함이 묻어난다. 그 뿌듯함으로 지금까지 30년 가까이 김우창 교수의 책을 손에서 놓지 않고 있다. 철학자인 박동환 교수와 신학자 한태동 교수, 경영학자 오세철 교수의 강의도 부지런히 청강했다.

또한 김찬호 교수는 재수하던 무렵부터 책과 강의에서 만난 명문장을 노트 한 권에 옮겨 적곤 했는데, 지금도 이 노트를 간직하고 있다. 현재 김찬호 교수가 쓴 책들과 한 달에 20회 넘게 강연할 수 있는 힘은 이 노트 한 권에서 시작되었다고 해도 과언이 아니다.

아파트도 공동체로 거듭날 수 있다 »
—

김찬호 교수의 석사 논문은 「철거민 정착 공동체의 형성과 유지에 관한 연구」로, 고故 제정구 의원이 도시 빈민들과 함께 경기도 시흥에 일궈낸 공동체 복음자리 마을을 현지 조사해 쓴 것이다. 이때부터 그는 공동체에 대한 꿈을 꾸고 있었는데, 사실 그 배경은 자신의 가족이다.

도시에서 태어나 도시에서 자랐지만 일요일이면 김찬호 교수의 집에는 각처에 사는 친척들이 왕래했다. 촌수도 정확히 알지 못하는, 나중에 알고서야 그렇게 먼 촌수의 친척들과 자주 왕래할 수 있었을까 싶을 정도였다. 김찬호 교수의 공동체에 대한 관심은 선천적이라고 할 수밖에 없는 셈이다.

물론 그이의 공동체에 대한 관심은 초월적 열망이 담겨 있다. 아울러

김찬호 문화인류학자, 성공회대 초빙교수

© 장동석

수많은 고전들은 인류의
공통 관심사였기 때문에
부모와 자녀라 해도 대화가
충분히 가능합니다. 책도
읽고 세대차도 줄일 수만
있다면 이보다 더 좋은 게
없는 거죠.

주변 사람들과 커뮤니티를 이룬다는 것에 대한 열망 또한 크다. 그는 지금 생활협동조합과 관련해 충북 괴산에 마을을 함께 만들고 있는 중이다. 물론 이런 활동이 100퍼센트 답은 아닐 수도 있다. 그러나 모델은 많을수록 좋다고 김 교수는 생각한다.

사실 김찬호 교수를 가장 힘들게 하는 것은 공간, 특히나 거주 환경이 한꺼번에 엉망이 되고 있는 요즘 현실이다. 토건국가의 꿈을 안은 사람들이 아파트를 양산해내는 사이 많은 사람들의 인성이 피폐해졌다. 이 지점에서 김 교수는 "지식인의 무력감을 느낀다"고 했다. 한 달에 20회가 넘는 외부 강연을 하는 그는 "나의 언어, 인문학적 언어를 요구하는 사람들이 있다는 것은 희망적이지만 다른 한편에서는 더 큰 힘으로 무너지는 것이 안타깝다"고 통탄했다. 큰 병을 심고 작은 약을 주는 것이 요즘 세상이다. 그래서인지 김 교수는 수많은 인문학 강좌보다 제대로 만든 공원 하나, 울창한 숲 하나가 중요하다고 했다. 울창한 숲만큼 인문학적 상상력을 키워주는 공간은 없다는 뜻이다.

땅만 파면 일자리가 생기는 줄 아는 사람들에게 김찬호 교수는 우리 주변에서 일자리가 창출될 만한 새로운 제안 하나를 했다. 아파트에서도 공동체의 꿈을 꿀 수 있다고 믿는 김 교수는 먼저 아파트를 창의적인 공간으로 바꿀 마음자세를 요구했다. 비리의 온상처럼 되어버린 아파트 건축 과정을 고칠 수만 있다면, 고용 창출도 문제없다. 현재 대부분의 아파트 놀이터는 번듯한 시설인 듯 보이지만 방치되어 있다. 이 공간을 창의적으로 업그레이드하고 아이들과 놀아줄 인력을 상주시킨다면 공동체성을 회복하는 단초가 될 수 있다.

요즘 젊은이들은 문화적 감수성이 높기 때문에 새로운 아이디어를 쏟아놓을 수 있다는 것이 김 교수의 생각이다. 치안도 문제없다. 사람들이 북적이는 곳은 오히려 안전한 법이다. 돌 하나 던져 두 마리뿐 아니라 서너 마리의 새를 잡을 수 있는데도, 우리 정부는 여전히 삽질에만 매몰되어 있다.

돈의 인문학, 돈의 진정한 가치 »

대화의 주제가 문화와 교육, 경제와 사회 등으로 종횡무진하다가 김찬호 교수는 문득 동경과 희열, 감사와 기쁨에 대해 이야기했다. 인문학이 궁극적으로 추구해야 할 키워드가 바로 이런 주제라는 것이다. 한 예로 우리네 결혼식을 들었다. 과거 전통적인 결혼식은 나눔의 자리이자 잔치의 자리, 즉 축제의 자리였다. 축제의 진정한 아웃풋°output은 기쁨인데, 오늘날 결혼식에서 이러한 기쁨이 사라졌다.

대부분의 사람들이 결혼식장에 눈도장을 찍으러 간다. 조금 안면이 있는 사람이라며 사진 1장 찍는 시간까지는 내줄 수 있다. 그러나 그마저도 낭비라 생각하면 얼굴도장 찍고 바로 식당으로 향한다. 진짜 축제, 진짜 잔치는 베푸는 거다. 그렇게 많은 사람들이 오고가는데 진정 즐기는 사람들은 없다. "의례에서 중요한 것은 언어인데, 지금 시대는 언어가 죽었기 때문에 더더욱 그런 것 같다"는 김찬호 교수는 이 때문에 《한겨레》에 연재한 글을 다듬어 『돈의 인문학』을 서둘러 출간했던 것이다.

한국만큼 일상에서 돈에 휩쓸려 사는 사회가 없다. 모든 사람이 돈, 돈, 돈 한다. IMF 구제금융 이후 불과 10여 년 사이에 모든 가치의 척도가 돈으

김찬호 문화인류학자, 성공회대 초빙교수

로 바뀌었다. 자기가 가지고 있는, 자기만의 자원을 소중하게 간직하지도 키우지도 못하는 시대에 우리 모두가 살고 있는 것이다. 자기만의 자원을 아는 데 대단한 지식이 필요하지 않다. 맛만 알면 누구나 뛰어들 수 있는 세계지만 이제는 모두가 돈의 노예가 되었다.

김찬호 교수는 자녀들과 가능한 많은 시간을 보내려는 노력, 즉 대화의 코드와 기류를 형성하기 위해 늘 애쓴다. 이런 가치는 돈만으로 충족되는 것은 아니다. 그러나 이 맛을 알지 못하는 사람들은 오로지 돈을 버는 일에만 혈안이 되었다.

쓰지도 않을 돈을 벌면서 만족하는 사람들에게 몇십 억, 몇백 억이 무슨 소용이 있을까. 돈은 돌아야 제 값을 하는 법인데, 안방에 돈을 쌓아놓고 사는 사람들이 일으키는 사회적 문제는 이처럼 만만치 않다. 돈을 통해 얻는 만족감을 다른 것으로 바꾸지 않는다면 우리 사회는 천박함의 끝이 어디인지 가늠할 수 없을 지경에 이를 것이다.

더불어 사는 세상을 향한 에너지 »

—

그래도 김찬호 교수는 우리 사회를 근원적으로 낙관하고 싶다고 했다. 선거를 통해 정권교체를 할 수 있는 나라가 지구상에 반도 안 된다. 짧은 기간 동안 산업화와 민주화를 이룬 나라의 저력, 물론 그로 인한 폐단도 만만치 않지만, 사회과학적 눈으로는 볼 수 없는 잠재력이 한국 사회에 흐른다.

지구촌을 들썩이게 만들었던 월드컵만 보아도 그렇다. 100만 명의 붉은 함성이 터지는 나라는 전 세계에 흔치 않다. 물론 이런 현상들이 사회 기저를 이루어서는 안 되지만 꿈틀거리는 에너지만은 인정해야 한다. 2010년 남아공 월드컵을 앞두고 김찬호 교수는 자신의 블로그°http://blog.naver.com/alohao 에 다음과 같은 글을 남겼다.

> 이제 다시 한 번 광장은 붉은 물결과 함성으로 채워진다.
> 비좁은 골방에 갇혀 지내던 몸뚱이들이 거리낌 없이 춤을 추고,
> 이어지지 못하는 언어로 괴로워하던 마음들이 거대한 에너지로
> 모아지고 승화된다. 인간은 자기를 넘어서 커다란 존재로 확장될
> 때 삶의 회열을 느낀다. 스포츠는 그러한 자기 초월과 공동체적
> 유대를 맛보는 환상의 제전이다. …… 놀이는 무엇인가.
> 현실을 벗어나 또 다른 세계를 경험하는 것이다. 이기고 지는
> 것, 이익과 손해 같은 것에 얽매인 삶을 멀리서 바라보면서
> 존재의 위대한 가능성을 만나는 것이다. 이번 월드컵에서는
> 게임을 게임대로 유의하면서 너그러움과 여유로움의 마음자리를
> 조금씩 넓혀보자.

김찬호 교수는 이렇게 되기까지 시간이 조금 걸리기는 하겠지만 낙관해야 한다고 말했다. 한국 사회의 끝없는 딜레마인 리더의 부재 또한 가슴 아픈 일이지만 이마저도 낙관해야 한다. 그것이 더불어 사는 세상을 위한 노력이기 때문이다.

그이는 가파른 경쟁으로 고단해지는 일상에서 탈출하여 마을의 풋풋한 낭만을 꿈꾸는 사람이었다. 비록 짧은 만남이었지만 느리게 산다는 것의 의미와 마음의 여유, 단순함과 소박함으로 자신의 삶을 채우려고 노력

김찬호 문화인류학자, 성공회대 초빙교수

하는 사람이라는 것을 알 수 있었다. 한창 기승을 부린 더위, 그러나 고요한 숲에서의 만남은 한줄기 소나기처럼 반가웠다. ●

《공동선》 발행인

변호사,

김형태

인권과 양심의 첨병 김형태를 만나다

© 유정호

김형태 변호사는 1980년 서울대 법학과를 졸업하고 1981년 제23회 사법시험에 합격했다. 1986년부터 변호사로 일하고 있는 그는 1988년 민주사회를 위한 변호사모임 창립을 주도했고, 1989년부터 2002년까지 천주교 인권위원장을 역임했다. 1992년에는 CBS 시사프로그램〈시사자키 오늘과 내일〉을 맡아 대선 정국에서 김대중, 정주영 등 각 당 후보들과 토론을 벌였다. 2000년부터 2002년까지 대통령소속 의문사진상규명위원회 상임위원으로 일한 바 있다. 1989년 임수경·문규현 방북사건, 1995년 영화법 사전검열조항 위헌판결, 1996년 치과의사 모녀 살인사건, 1998년《한겨레》대 박관용 손해배상 청구 사건, 2004년 송두율 교수 사건, 2007년 인혁당 사건 재심 및 손해배상청구 사건 등을 맡아 변호했다. 현재 법무법인 덕수의 구성원 변호사로 일하며 격월간《공동선》발행인, 천주교 주교회의 사형폐지 위원장, 민족화해협력범국민협의회 감사 등을 맡고 있다.

예나 지금이나 시국 사건이 터지면 늘 등장하는 반가운 이름 하나가 있다. '해방 이후 최대 간첩단 사건'이라며 냉전적이고 악의적인 잣대를 들이밀었던 송두율 교수 일에도 그이가 있었고, 울산보도연맹 유가족의 권리 회복을 위한 법정 투쟁도 그가 앞장섰다. 몇 해 전에는 이른바 '〈PD수첩〉 사건'의 변호를 맡으며 인권과 양심의 소리를 내기에 주저하지 않았다. 사람들은 그를 인권 변호사라고 부르지만, '인권'만으로 그이의 아우라를 제한하는 것은 온당치 않아 보인다. 그저 세상 모든 사람들과 더불어 사는 것이 좋아 그 모든 일을 떠맡는 것은 아닐까. 인권과 양심의 첨병을 자처하는 것은 물론 《공동선》 발행인으로 우리 사회의 반성적 성찰을 이끌고 있는 김형태 변호사가 바로 그 주인공이다.

●

책 하면 떠오르는 『플랜더스의 개』 »

—

김형태 변호사는 동화 『플랜더스의 개』 이야기부터 꺼냈다. 김 변호사는 '책' 하면 가장 먼저 떠오르는 것이 바로 『플랜더스의 개』란다. 초등학교 2학년 때 어디서 책을 구했는지 통 기억은 없지만 울고불고 정신없이 읽었다. 어린 마음에, 속 쓰리다는 것이 뭔지 몰랐어도 한참을 그렇게 감동의 자리에 머물렀다. 언젠가 한 지인에게 그 이야기를 했더니 새로운 버전의 『플랜더스의 개』 1권을 선물해주었다고 한다.

그런데 내용이 생각보다 짧던 걸요. 그때는 굉장히 길게 느껴졌는데…….

홀쩍 세월이 흘렀지만 어릴 적 느낀 감동은 그에게 여전히 윤기 있고 생명력 넘치게 남아 있었다. 이어 김형태 변호사가 기다렸다는 듯, 연대기별로 자신의 독서 편력을 풀어낸다. 초등학교 4학년, 서울 창신동에 살았던 그는 당시 육영수 여사가 노동자 복지시설로 건립한 '양지의 집' 개관식장 맨 앞줄에 서 있었다. 양지의 집에는 어린이 도서관도 있었는데, 김 변호사는 득달같이 도서관에 달려들어 새 책의 향기를 맡았다. 내 책도 아니건만 그는 수많은 책들과 만나며 가슴 뿌듯한 경험을 했다고 한다. 책 향기를 맡을 수 있다는 것, 그것은 가슴 떨리는 경험이어서 평생 따라다닐 수밖에 없다. 김형태 변호사는 그 향기로 인해 지금도 책과 함께 산다.

중학교 시절, 비록 형편없이 작은 학교 도서실이었지만 거기서 최재서 등의 소설을 읽었다. 일제강점기를 배경으로 한 작품을 열심히 본 그는 가난과 압제에 시달리던 민중의 삶에 서서히 눈을 뜨게 되었다. 어쩌면 중학교 시절의 이 경험이 오늘의 김형태를 만들었는지도 모른다. 그렇게 책과 연을 맺으며 김형태 변호사는 세상과 조우하는 너른 창을 만나게 되었다.

줄기차게 읽어댄《씨울의소리》 »

—

김형태 변호사는 고등학교 시절 다양한 철학과 학문의 세례를 받았다. 그중에서도 프롤레타리아 문학기를 거쳐 8·15 해방 이후 신비평 이론을 소개하는 등 한국 문학비평에서 대들보 역할을 했던 백철의 평론은 문학의 또 다른 세계에 대한 문리를 틔어주었다.

지금이야 백철 선생 평론이 많이 발굴되고 소개되고 있지만, 당시로서는 다양한 그의 작품을 읽을 수는 없었죠. 그런데도 많지 않던 그의 평론들이 제게 '아, 소설 말고도 이런 세계가 있구나' 하는 감탄사를 연발하게 했습니다.

김형태 변호사는 백철의 평론을 통해 다다이즘 등 저항적 사조에 대해 관심을 갖게 되었다. 존 오즈번의 희곡집 『성난 얼굴로 돌아보라』를 읽은 것도 이즈음이다. 콜린 윌슨의 『지성과 반항』을 읽고는 "앞으로 역사나 문학을 공부해야겠다"는 생각을 했을 정도다. 덧붙여 "출판사를 하면 좋겠다는 생각을 여러 번 했다"고 말한다. 지금이야 수많은 출판사가 책을 쏟아내고 있지만, 당시에 출판사를 한다는 것은 엄두도 내기 어려운 일이었다. 막연하게 생각한 일이지만, 그의 인생은 책이라는 동선을 따라 움직인 것이 틀림없다.

김형태 변호사는 고등학교를 다니며 함석헌의 《씨올의소리》를 탐독하기도 했다. 박정희 유신 시절이던 고등학교 2학년 때, 어느 날인가 우연히 들른 책방에서 《씨올의소리》를 발견했고 "줄기차게 읽고 또 읽었다." 《씨올의소리》를 통해 무교회주의를 알게 되었고, 퀘이커°Quaker도 익숙하게 되었다. 어디 그뿐이랴. 『바가바드 기타』와 『우파니샤드』는 물론 『노자』와 『장자』를 만났다.

한번은 서점에서 《씨올의소리》를 읽고 있는데, 경찰들이 들이닥쳐 자신이 읽고 있던 것까지 모두 수거해갔다. 어린 마음에 겁을 조금 먹었더란 다. 한편으로는 《현대문학》 등 문예지도 끼고 살았다. 헌책방에서 10원이나 20원을 주고 살 수 있을 만큼 과월호를 사들였고 그것으로 문학에 대한 허기를 채웠다.

존재 중심의 삶을 발견하다 »
—

대학에 들어간 그는 1학년 때부터 고시공부를 준비하던 친구들과 달리 "방황을 좀 했다." 법대 강의는 필수과목만 들었을 뿐, 주로 국문학과와 철학과 강의를 기웃거렸다. 당시 철학과 강좌 중에는 루돌프 불트만의 사상을 독일어로 강독하는 시간이 있었는데, 김형태 변호사는 "무슨 소리인지도 모르고 들었다." 번역서도 흔하지 않던 시절이었고, 번역서가 있다 해도 난해할 뿐 아니라 조악한 번역 때문에 원서를 보는 것이 더 편한 때였다.

당시 국문과에서는 『꺼삐딴 리』를 쓴 전광용이 강의를 하고 있었다. 1955년부터 서울대 국문과 교수로 재직했던 전광용은 숱한 문학도를 키워낸 것만큼 강의도 출중해, 김형태 변호사의 문학적 감수성을 자극하기에 충분했다. 문학으로 기운 관심 때문인지 1977년에 제정된 '이상문학상'에 깊은 관심을 가지게 되었다.

1977년 제1회 이상문학상 대상은 김승옥의 「서울의 달빛 0장」이었고, 최인호가 「두레박을 올려라」로 추천우수작상을 받았죠. 그때부터 지금까지 『이상문학상 작품집』은 하나도 빼지

않고 소장하고 있어요.

까까머리 고등학생 시절《씨올의소리》에 매료된지라, 친구들이 법전에 매달릴 때 명동 등지로 함석헌의 강의를 들으러 다녔다. 그의『노자익』강의는 아직도 잊을 수 없다. 또한 함석헌의 강의를 따라다니면서 손에서 놓지 않고 읽은 것은《기독교사상》이다. 헌책방에서 20~30권씩 사다가 "줄기차게" 봤단다. WCC°세계교회협의회 관련한 기사들이 많았는데, 그것을 매개로 신학과 철학의 최신 사조의 동향과 내용을 맛볼 수 있었다. 김경재 목사의 글을 재미있게 읽으며 공감했고, 신학 사상을 새로운 눈으로 볼 수 있었다. 덧붙이는 김형태 변호사의 말이 재미있다.

《기독교사상》보면서……. 신학을 공부해도 재미있겠다
싶더군요.

어찌 보면 책을 읽는다는 것은 '재미'라는 요소와 떼려야 뗄 수 없는 관계이고, 사람들은 그렇게 자신의 미래를 만들어간다고 할 수 있다. 철학과와 국문학과로 방황(?) 아닌 방황을 하던 때 김형태 변호사는 에리히 프롬의『소유냐 존재냐』를 만났다. 김형태 변호사는 이 책을 통해 소유 중심의 삶이 아닌 존재 중심의 삶에 눈을 떴다. 지금 당장, 충분히 그렇게 살고 있지 못하지만 그 필요성만큼은 잊지 않으려고 노력한다. 소유가 아닌 존재 중심, 에리히 프롬의『소유냐 존재냐』가 오늘날《공동선》발행인 김형태를 낳았는지도 모른다.

김형태 변호사,《공동선》발행인

그러고 보니 다 삐딱한
책이네요.

ⓒ 유정호

변증법으로 세상을 보는 창을 하나 더 얻다 »

우여곡절 끝에 사법고시에 합격했고, 군법무관으로 일했다. 책 볼 겨를
이 없던 사법연수원 때와 달리 군법무관 시절에는 불교 관련 잡지인《선사
상》을 탐독하며 불교와 인도철학에 빠져들었다. 군법무관 생활 후에 검사
시보로 일했지만 "전철 맞은편 사람들이 모두 죄수로 보여" 그만두었다. 그
리고 '김앤장' 정도가 유명세를 얻기 시작할 무렵 당시로서는 생소한 한 로
펌에 들어가 변호사로 일했다. 또 하나 변호사의 길을 선택할 수밖에 없었
던 것은, 동생이 몇몇 시위를 주도한 혐의로 재판을 받고 있었기 때문이다.

돌아보면 몇몇 사연이 있었지만 판사나 검사의 길을 택하지 않은 것을
잘한 일이라고 생각한다. 가혹한 군사정권이 연장된 상황이었고, 지금보다
더 시끄러운 시절이니 판검사 해봐야 바른 길을 갈 수 없었을 것이다. 자신
의 진로를 고민한 짧은 몇 마디였지만 그는 판사가 판사 역할을, 검사가 검
사 역할을 제대로 하지 못하는 오늘 우리 사회의 법 현실을 제대로 질타하
고 있었다.

변호사로서 자리가 잡혀가면서 젊은 변호사들의 모임을 만들기 시작
했다. 법무법인 덕수에서 한솥밥을 먹고 있는 이석태 변호사와 법무법인
지평의 조용환 변호사와 함께였다. 정법회가 있었지만 이돈명, 황인철 등
명망가 중심이었기 때문에 김 변호사 등은 '변혁운동으로서의 변호사 운동'
을 기치로 걸고 공부하기 시작했다. 대학 다닐 때도 하지 않았던 학습과 토
론을 위해 매주 모였고, 청변°청년변호사회이 탄생했다. 이후 명망가 중심의 정
법회와 청변의 통합을 모색한 결과, 오늘날의 민변°민주사회를 위한 변호사모임이
탄생했다.

1980년대 중반 많은 사회과학서적이 독자들에게 반향을 일으켰어요. 당시 동료 변호사들과 함께 학습하고 토론한 내용 중 가장 비중 있었던 것이 정치경제학인데, 카를 마르크스를 빼놓을 수 없었죠. 이른바 운동권 책이었는데, 변호사 노릇을 제대로 하기 위해 대학 시절 읽지 못한 것들을 벌충한 셈이죠.

마르크스와 함께 김형태 변호사의 개안°開眼을 도운 것은 헤겔이었다. 헤겔의 변증법은 3단 논법이라는 정형화된 틀에 갇혀 있는 법을 새로운 눈으로 보게 해주었다. 김 변호사는 "변증법이 특이한 사고방식이라고 생각하면서도 묘하게 매료되었다"면서 "세상을 보는 창을 하나 더 얻은 기분"이라고 당시 감정을 표현했다.

그이는 재미있는 일화도 소개해주었다. 1983년부터 1985년 사이 미국 문화원 점거 사건 등 온갖 사건에 김 변호사의 동생이 앞장섰고, 그래서 공안당국에서 자주 집에 들이닥쳤다. 그때마다 김 변호사와 동생의 책은 부대 자루에 담겨 옆집 옥상으로 던져졌다. 이후 김 변호사의 동생은 부평역 앞에 사회과학서점인 '한 권의 책'을 운동권 동료들과 함께 열기도 했다. 김 변호사도 당시 약간의 도움을 주고 있었다. 재미있는 것은, 운동하다 잡힌 후배들이 '이 책 어디서 났냐'는 공안당국의 질문에 한결같이 '한 권의 책'이라고 대답해 결국 동생이 보안법 위반으로 재판을 받기도 했단다.

민변을 만들고 김형태 변호사는 멀티플레이어로 일했다. 지금이야 민변 안에 분야가 세분화되었지만 그때만 해도 그렇지 않았고, 20~30명 안팎이 모이던 터라 그럴 수밖에 없었다. "세상을 시끄럽게 했던 사건은 모조리 변론했다고 해도 과언이 아니다"라고 말하는 김 변호사는 "북 치고 장

김형태 변호사, 《공동선》 발행인

구 치고라는 말을 그때 실감했다"며 환하게 웃는다.

민변 활동을 같이 한 이석태 변호사와 공동 사무실을 내면서 책과 소중한 인연을 또 하나 맺었다. 이석태 변호사 친구 중에 출가한 사람이 있는데, 그이는 법공양을 하는 스님이었다. 그가 번역한 라마나 마하라쉬 책 『**나는 누구인가**』를 읽게 되었고, 김 변호사는 상당한 인생의 전환기를 맞았다. 불교에서 말하는 '화두'라는 것이 마음속에 자리 잡았고, 삶의 전반적인 방향과 사고를 바꾸게 되었다. 에리히 프롬의 『소유냐 존재냐』에 이어 그의 사상체계를 전복시킨 책이었다. 라마나 마하라쉬의 『나는 누구인가』는 지금도 곁에 두고 읽는 목록 중 하나다. 『육조단경』 역시 교과서처럼 읽곤 한다며 덧붙인 말이 유쾌하다.

그러고 보니 다들 삐딱한 책들이네요.

1993년과 1994년 사이 미국 버클리 대학교 객원 연구원으로 나가 있던 시절에는 마이스터 에크하르트의 책을 자주 읽었다. 에크하르트의 신비주의는 불교와 노자의 이야기와 항상 오버랩되곤 했는데, 미국에서 그의 작품집을 구해 손수 번역할 욕심까지 내기도 했다. 김 변호사는 에크하르트의 책을 읽으면서 『성서』의 '요한복음'과 대승불교의 사상적 공통점을 발견한다고 말한다. 영지주의적 전통과 함께, 모든 종교와 경전이 특정인에 의해 만들어지는 것이 아니라 오늘날 말하는 대중들의 집합적 지식, 즉 집단지성에 의해 만들어진다는 사실이다. 문자주의를 철저하게 배격하고 자신만의 신학적 사상을 덧붙이면서 계속해서 분화·발전하는 것이 종교요, 그 경전이라는 것이다.

김형태 변호사는 요즘 불교와 물리학 관련 책들을 많이 본다. 마음속에 늘 좋은 지침을 주는 『**금강경**』과 『금강경』 이야기를 쉽게 풀어쓴, 이제는 절판되어 아쉬운 범진 스님의 『돌아가라 그대들의 저 빛나는 일상으로』를 요즘도 들추곤 한다. 스티븐 호킹의 『**시간의 역사**』는 그야말로 경천동지驚天動地였고, 그래서 고등학교 교사인 아내의 서가에서 몇몇 책들을 빌려와 "학자놀이"를 하곤 한다. 최근에는 쉽게 해설한 교양과학서적이 많아져서 대학 다닐 때는 이해하지 못했던 상대성이론도 조금 알게 되었다. 최근 리처드 도킨스의 『**만들어진 신**』을 흥미롭게 읽었다. 김 변호사는 향후 출판의 흐름도 짚어주었는데, 과학과 종교의 만남을 주선하는 책과 뇌과학 관련 책으로 집중되지 않겠냐고 했다.

꼭 이겨야 할 싸움, 사형제 폐지 »

김형태 변호사는 오래 전부터 사형제도 폐지를 위해 변호사로서 전력투구하고 있다. 그는 자신이 발행인으로 있는 《공동선》의 역할을 지극히 물질적인, 경제적 효율만 생각하는 이 시대에 대한 반성과 비판적 자세를 견지하는 것으로 규정했다. 아울러 다양한 종교가 공존하며 대안적 사회에 대한 성찰을 제시하는 것과 화해와 상생의 사회를 만들기 위한 밑바탕이 되었으면 좋겠다는 바람을 피력했다. 개인화되고 파편화되어가는 사회, 각박한 사회의 물꼬를 다시금 공동체에서 찾자는 것이 그의 바람이다.

김형태 변호사는 지금이 '사실상 폐지' 상태인 사형제도를 '법률상 폐지'로 이끌어낼 수 있느냐 없느냐의 기로에 선 시점이라고 말한다. "현 정

김형태 변호사, 《공동선》 발행인

권의 성격 자체가 억압적이기 때문에" 한시라도 빨리 법률상 폐지로 나아가야 한다는 것이다. 김 변호사는 사형제도 폐지를 사형수 개개인의 생명 문제를 넘어, 생명과 이웃을 존중하고 포용하는 사회 전체의 문제임을 강조했다.

> **베네수엘라는 1860년 사형제도를 폐지했어요. 그런데 지금**
> **그 나라 치안이 심각하게 문제가 되고 있나요? 그렇지 않아요.**
> **이미 133개 국가가 사형제도를 폐지한 상태입니다. 지금도**
> **너무 늦었어요. 폐지로 가도 모자라는 판에 사형을 집행하려고**
> **안달이니……. 답답하죠.**

김형태 변호사는 사형제 폐지야말로 우리 사회가 한 단계 뛰어올라 문화국가가 되는 상징적 의미를 담고 있다고 강조한다. 사형제 폐지를 "꼭 이겨야 할 싸움"이라고 말하는 그이의 눈빛은 단호하다기보다 인자했다. 생명과 이웃을 사랑하는 포용의 정신이 담겨 있기 때문이리라.

"이렇게 인터뷰하니 내 생각이 잘 정리되어서 오히려 고마운 걸요"라며 털털하게 웃는 김형태 변호사. 책과 함께 걸어온 인생 이야기와 세상 이야기를 끝내기가 못내 아쉬웠다. 인터뷰를 마치고 돌아서는 길에 사무실 작은 서가에 꽂혀 있는 한 권의 책을 발견했다. 『그리스인 조르바』, 김형태 변호사는 조르바를 닮은, 아니 그 자체로 자유인이었다. ●

인문학의 희망, 우정의 공동체를 열다

서원지기
길담서원
박성준

ⓒ 유정호

박성준 선생은 길담서원 서원지기다. 서울
대 경제학과 재학 시절 '경제복지회'를 만
들었고, 선배로부터 빌려 읽은 금서 몇 권
이 화근이 되어 통일혁명당 사건에 연루
되면서 13년 6개월 동안 징역살이를 했다.
옥중에서 신학으로 전공을 바꾸어 상당한
공부를 쌓았고, 1981년 출소 뒤 민중신학
자 안병무가 소장으로 있던 한국신학연구
소의 학술부장으로 일하면서 1980년대 진
보적 기독교 운동에 일조했고, 1987년 한
백교회를 개척하여 7~8년간 목회했다.
1995년 김영삼 정부로부터 처음으로 복

수여권을 받자 가족과 함께 일본으로 가
서 릿쿄 대학에서 신학박사 학위를 받
은 뒤 미국으로 건너가 뉴욕의 유니언 신
학교와 필라델피아 근교의 퀘이커 학교
펜들힐°Pendle Hill에서 평화학을 연구했다.
2000년 7월 귀국한 뒤부터 최근까지 성
공회대 NGO 대학원의 겸임교수로 평화
학을 가르치는 한편, 비폭력평화물결의
대표와 아름다운가게의 공동대표를 역임
했다. 2008년 2월 25일, 서울 종로구 통
인동에 길담서원을 열어 서원지기 일에
집중하고 있다.

서울 통인동 인왕산 자락에 있는 길담서원에 들어서면 서가 한 켠에서 책을 정리하는 서원지기 박성준 선생의 모습을 만날 수 있다. 한 권 한 권 쓰다듬으며 책을 다루는 그의 손길을 반기는지 책들도 환히 미소 짓는 듯하다. 우리네 생활 주변에서 까마득히 잊혀가는 정겨운 책방 풍경이다. 20평 남짓한 아담한 공간은 밝고 아늑하다. 작년°2011년에 칠순 고개를 갓 넘긴 그는 길담서원에서 인생의 마지막 남은 한때를 책과 벗하며 책을 좋아하는 사람들과 만나 함께 공부하는 재미로 살아가고 있다.

●

길담서원 서원지기로 보낸 시간들 »

—

책과 차와 음악과 우정이 있는 문화놀이터 길담서원. 이 도심의 인문학 배움터는 인생길에 지치고 목말라 쓰러질 것 같았던 한 길손이 스스로 마실 물을 얻으려고 작은 샘을 판 데서부터 시작되었다. 넉넉잖은 주머니 사정 때문에 샘터가 될 장소를 얻기는 쉽지 않았다. 홍대 입구에서부터 시작해 광화문을 거쳐 대학로 일대에 이르는 반월형°半月形 지역의 어딘가에 자리를 잡으리라는 생각으로 숱한 발품을 팔며 왕래하기를 십수 차례 끝에, 마침내 경복궁 근처 통인동의 어느 허름한 골목 안 3층 건물의 1층 공간에 월세로 들게 되었다.

정작 자리를 잡고 보니 이곳이야말로 길담서원이 있어야 마땅한 바로 그 자리라는 생각이 들었다. 경복궁과 인왕산 사이에 위치한 서촌°西村은 조선조에 중인들이 살던 유서 깊은 고장인데, 최근에 한옥 보존 지역으로 지정되었다. '세종대왕이 태어나신 곳'이라는 표지석이 지척에 있는가 하면 길 하나 건너면 '추사秋史 김정희 선생이 사시던 곳'이라는 표석도 있다. 숱한 선비들이 학문을 논하며 벗들과 거닐었던 산책로와 쉼터가 인왕산 자락 곳곳에 아직도 생생히 남아 있는 그곳에 길담서원이 자리한 것이다.

4년 전, 2008년 2월 25일 길담서원이 문을 열던 날은 함박눈이 내렸다. 간밤에 풍성히 내린 눈으로 경복궁 일대는 흰색 천지였다. 길담서원으로 들어오는 작은 골목길도 눈으로 곱게 단장되었다. 그날의 아침 신문들은 "대통령 내외분의 청와대 입성을 축하하는 서설瑞雪"이라 했다. 그러나 길담서원 박성준 선생의 해석은 달랐다. 하늘은 통인동 골목에 작은 책방 하나가 들어서는 것을 축하했다는 것이다. 듣고 보니 고개가 끄덕여진다. 그 유서 깊은 선비의 고향을 인문人文의 향기로 은은히 채울 서원書院이 문을 여는데 하늘인들 기뻐하지 않았겠는가.

길담서원은 우리 겨레의 서원 전통을 이어받아 21세기에 걸맞은 현대적 서원으로 발전시키고 싶다는 꿈을 가지고 있다. 꿈은 꿈일 뿐 구체성이나 계획과는 무관하다. 박성준 선생은 그 꿈을 빈 그릇에 비유한다. 길담서원은 빈 그릇처럼 그저 거기에 놓여 있다. 그 그릇이 누구에 의해 무엇으로 채워질지는 아무도 모른다. 길담서원의 친구들이 즐겨 쓰는 "이곳을 찾는 사람은 누구나 주인입니다"라는 말은 길담서원의 격언처럼 되었는데, 실로 지난 4년간 이곳에서 일어난 일들과 사건과 모임들의 중심에는 우연히 발길이 닿았다가 길담서원의 주인이 된 사람들이 있다는 것이다.

2008년 2월 25일에 '오픈'했지만 '열었다'고 과거형으로

말하지 않고 '열어가고 있다'고 현재진행형으로 말합니다. 또는

'우리 함께 열어가자!'라고 말합니다. 길담서원이 향기로운 공간이 되는 것, 길담의 물맛이 좋아지는 것은 이곳에 지금 오시는 사람들에게 달려 있습니다.

"사막이 아름다운 이유는 어딘가 우물이 있어서라고 했던가요. 길담, 사막의 우물이지요. 언제나 차고 맑은 물이 솟는 샘"이라고 어느 분이 단 덧글에 서원지기는 "그 우물은 바로 당신입니다"라고 화답했다고 한다. 그의 말은 이어진다.

길담은 '오셔서 주인이 되어주세요' 하고 초대하는 열린 공간입니다. 여러분이 오셔서 길담의 향기가 되어주시고 이 공간의 넉넉한 품이 되어주십시오. 길담서원의 인격이 되어주십시오.

그리하여 많은 사람들이 길담서원을 찾아왔고, 이곳에 수많은 둥지를 틀었다. 둥지의 내용도 이름도 다양하고 이채롭다. '책여세'('책으로 여는 새 세상'의 준말, 책읽기 모임), '책마음샘'('책이 있는 마을, 음악이 샘솟다'의 준말, 찾아가는 음악회 모임), '콩글리시'(영어 원서 강독 모임), '끄세쥬'(프랑스어문반), 'Weltreise'(독일어문반), '청소년 인문학 교실', '어른들을 위한 인문학 교실', '한뼘미술관', '철학공방'(시민들의 자율적 철학 공부 모임), 『해방일기』 공부 모임', '경제 공부 모임'······.

이렇게 지난 4년 동안 예상치 않았던 많은 일들이 이 공간에서 꼬리를 물고 일어났습니다. 그런 것처럼, 앞으로도 어떤 일이

박성준 길담서원 서원지기

일어날지 알 수 없습니다. 길담서원이 현재진행형의 공간인 만큼 사람들도 모임들도 진행 상태입니다. 언제 누구에 의해 어떤 일이 일어날지 아무도 모릅니다. 길담서원은 지금 이 순간도 그 내용을 형성해가고 있는 창조적 실험의 공간, 살아 움직이는 열린 가능성의 공간입니다.

그렇다면 길담서원이라는 것은 뿌리도 몸통도 머리도 없다는 것일까? 주체나 정체성, 계획성, 체계 같은 것이 없어도 된다는 것일까? 여기에 대한 서원지기소년(이것은 박성준 선생의 애칭이자 길담카페http://cafe.naver.com/gildam의 매니저인 그의 아이디다. 길담서원에서는 줄여서 '소년'으로 통한다)의 대답은 의외로 단순 소박하다. "'21세기에 걸맞은 현대적 서원이 되는 꿈'이라고 하지 않았어요? 그것이면 된다고 생각합니다." 개념화하지 않고 정의°定義내리지 않은 새벽의 미명 같은 꿈, 그 꿈을 함께 꾸는 사람들이 주체일 터이고 그 꿈이 지시하는 방향성이 길담서원의 정체성인가 보다. 그는 체계화나 조직화, 치밀한 계획성 같은 것을 의심하고 경계할 뿐만 아니라 위험시하기까지 하는데 여기에는 시민사회단체에 오래 몸담아온 그의 경험이 반면교사로써 작용하고 있다고 한다. 그의 이야기를 들어보자.

무슨 일이나 최초의 발상에서부터 여럿이 함께하는 것이 좋습니다. 전문성을 가진 소수의 엘리트들이 대중과 동떨어진 곳에서 자기네들끼리 기획하고 조직해내면 당장은 효율적으로 보이겠지요. 그러나 이런 방식은 시대에 뒤떨어진 낡은 패러다임에 속합니다. 그것은 체제와 권력을 온존°溫存

강화시키는 데는 효과적일지 모르나 우애°友愛에 기초한 민주적 공동체의 발전에는 질곡으로 작용합니다. ……

길담서원에서는 무슨 일을 하든지 아이디어를 내는 첫 단계에서부터 여럿이 함께하자고 초대합니다. 어떤 일을 기획할 때 되도록 최초의 발상에 여러 사람이 참여할 수 있도록 공간을 열어놓으려는 것입니다. 최초의 발상에 내가 참여했을 때, 그 일의 주인이 '나'라는 자각을 갖게 되며 자기 안에서 신명이 솟아나게 됩니다. 그러므로 최초의 발상을 누가 했는지는 중요합니다. 첫 발상은 어떤 일의 가장 창조적인 부분에 속하며 이것을 어느 개인이나 소수의 사람들이 독점하지 않고 여러 사람들과 나누는 것은 아주 중요합니다.

각자 주인이고 주체인 참여자들의 안으로부터 솟아나오는 신명과 열정은 길담서원을 '신명나는 문화놀이터'로 만들어가고 있다. 박성준 선생은 강조한다.

놀이와 축제의 요소, 우발성과 즉흥성의 요소는 창조의 과정에서 필수적입니다. 주도면밀하게 기획된 프로그램에는 수동적인, 때로는 동원된 참가가 있을 뿐, 거기엔 흥과 신명이 살아 있지 않기에 진정한 의미에서 '참여'는 없습니다. 진정한 참여는 스스로 창조의 주인공이 될 때만 가능합니다.

박성준 길담서원 서원지기

© 유정호

길을 잃었고 다시 찾아야
하는 때인데, 그럼
길 찾기를 어떻게 할
것인가? 지금 서 있는
곳에 대한 정의가 먼저
이루어져야 하는데,
해답은 역시 인문학이라고
생각했습니다. 길을
잃었으면 다시 책읽기부터
시작해야 합니다.

'길담'이라는 이름에 담긴 뜻 »

—

'길담'이라는 서원의 이름 자체가 그런 열린 구조를 상징한다고 한다. 그의 이야기는 계속된다.

인테리어 공사가 끝나갈 무렵이었습니다. 전통의 서원을 현대적으로 계승한다는 뜻에서 '서원'으로 하겠다는 생각은 이미 갖고 있었습니다. 그러나 정작 서원 앞에 놓을 이름을 지어야겠는데 쉽지 않더군요. 머리를 짜내며 고심하고 있을 때, 평소 친하게 지내는 후배 부부가 '길담'이라는 이름을 제안했습니다. '길'은 우리 집 아이의 외자 이름이고 '담'은 그 댁 아이의 외자 이름입니다. '길담서원'이라고 소리 내어 불러보니 울림이 좋아서 그 자리에서 동의했습니다. 그런데 시간이 흐를수록 '길담'은 예사롭지 않은 의미와 이미지들로 다가왔습니다.

길담서원이 위치한 동네엔 '길'과 '담'이 어우러져 있습니다. '길'과 '담'은 떠남과 머무름, 열림과 닫힘, 비움과 채움입니다. 우리는 길을 떠나야 하지만, 언제까지나 길 위에서만 살 수 없지요. 인간은 담으로 둘러쳐진 안식의 공간을 그리워합니다. 길담은 항구 또는 안식처를 뜻하는 'haven'이라는 단어를 연상시킵니다. 긴 항해에 지친 배들은 항구에 돌아와 정박하고 쉬면서 물과 식량을 채우고 고장난 곳을 수리하며 더 큰 항해를 준비합니다.

길담은 또한 '길에 관한 담론' 또는 '길°ㅎ한 이야기°談' 즉
'굿 뉴스°복음'로 읽히기도 했습니다. 그러던 어느 날은 물이
찰랑이는 작고 아름다운 '연못'의 이미지로 다가왔습니다.
담이의 이름이 한자로 못 담°潭이란 걸 안 뒤였습니다. 그 연못은
혼자 고립되어 있거나 닫혀 있지 않았습니다. 물길로 더 큰 다른
연못과 연결되어 있었고 그 다른 연못은 다시 강을 통해 바다로
연결되어 있었습니다. 마찬가지로 담과 담은 길로 연결되어 너른
세상에 닿아 있습니다.

담으로 둘린 저 나름의 개성을 지닌 모임과 공동체는 길을 통해
서로 연결되어 있습니다. 길은 내가 남에게 베풀고 가르쳐주는
통로이자 남으로부터 배우고 우정의 선물을 받아들이는
상호성의 열린 구조인 것입니다. 길은 한편으로는 '로마제국의
길'처럼 진출, 확장, 정복, 지배, 순치, 주입의 시스템이 될
위험이 있으므로 주의해야 합니다. 하지만 다른 한편으로 길은
경청, 배움, 섬김, 자율, 상생, 평화를 위한 '우정과 연대의
시스템'이 될 수 있습니다.

1940년생이라니 그의 나이가 올해 72세. 길담서원의 내일을 생각하며
다음 세대에게 바통 터치도 생각하고 있다고 한다. 그럴 때 그가 고민하는
것이 '리더십'의 문제다. 그의 '지도자론'을 들어보자.

앞에서 잠깐 말씀드렸습니다만, 어떤 일 또는 사업°project의
가장 핵심적이고 창조적인 부분을 어느 특정 개인이나 소수가

박성준 길담서원 서원지기

ⓒ 유정호

독점하지 않고 그 모임 또는 단체의 구성원들이 더불어 함께하는
것은 대단히 심오한 의미를 갖습니다.
가령 여기 한 단체가 있는데 탁월한 상상력과 뛰어난 재능을
가진 지도자가 있어서, 이 단체의 일과 사업을 구상하고
기획함에서 이 지도자의 역할이 가히 절대적이라고 합니다.
이 지도자는 머리도 뛰어날 뿐만 아니라 누구보다도 더 부지런하고
창조적 상상력에 불타고 있어서 다른 사람이 따라갈 수 없을

정도입니다. 이 단체의 일과 사업에서 가장 탁월한 아이디어는 이 지도자의 머리에서 나온 것이고 다른 간부들은 지도자가 매일같이 쏟아내는 새로운 아이디어와 구상을 뒤쫓아가기에 급급합니다.

저는 이런 단체는 건강한 단체가 아니라고 생각합니다. 이런 단체는 지도자의 우수성이 되려 단체의 발전에 질곡이 되고 있습니다. 단체의 성원들은 지도자의 기운에 눌려 자신의 잠재 능력을 펴보지도 못하거나 미처 인식조차 못하고 있기 쉽습니다. 지도자는 자신도 모르는 사이에 정신적 독재자, 억압자가 되어 군림하고 있는 것입니다. 이런 단체의 성원들은 진정한 자기 발전의 기회를 박탈당하고 있습니다. 간부와 성원들은 사실상 지도자의 권위에 복종하고 추종하거나 심한 경우에는 아첨꾼으로 전락하기까지 합니다. 이렇게 되면 우수한 지도자의 존재는 단체의 불행이 되고 지도자는 암적 존재가 됩니다.

건강한 단체는 이와는 다릅니다. 지도자는 남들보다 한 걸음 앞서 생각하고 더 많이 고민하여 수많은 좋은 아이디어를 이미 생각해냈다 할지라도 그것을 한꺼번에 쏟아 놓는 법이 없습니다. 그 아이디어들을 마음속 깊이 간직하면서 넌지시 실마리를 제시하는 방식으로 간부들이나 성원들이 스스로 같은 생각에 도달하게 북돋우고 도와줍니다. 지도자가 동료로서 참석하는 '기획을 위한 회의'나 워크숍에서 여러 사람이 대등한 자격으로 참석하여 자유롭고 즐거운 토론을 펼치는 가운데 때로는 지도자의 생각을 능가하는 탁월한 아이디어들이 분출한다면, 그리고 그 아이디어 하나하나가 다시 새로운 영감이 되고 실마리가 되어 여럿의 상상력과 창조력을 자극하고 고무한다면, 그리하여 창조의 기운과 열정, 신명이 넘쳐나는 토론 또는 이야기들°talks이 최선의 풍요로운 합의(또는 컨센서스°consensus)로 결실한다면 이 얼마나 함께 기뻐하고 축하해야 할 일이겠습니까. 지도자는 간부들의 잠재 능력을 믿고 일을 맡기고 그들의 능력을 한껏 칭찬해주며 좋은 아이디어의 발상과 우수한 기획의 탄생을 함께 축하합니다. 간부와 성원들은 민주적인 소통과 의사결정 시스템, 그리고 우정의 관계 속에서 무럭무럭 발전합니다. 우수한 지도자의 존재는 그 단체의 기쁨이자 행복이 됩니다.

지금은 서두르지 않고 천천히, 진정으로 길을 찾아야 할 때 »
—

서원지기로 책과 벗하며 살아보면 볼수록 그는 '이 시대가 길을 잃었다'는 현실을 예리하게 감지한다. 진보와 보수를 가리지 않고 길 찾기가 절실하게 필요한 시대, 이것이 서원지기소년이 감득°感得하고 있는 이 시대의 징후다. "이건 다른 사람들의 이야기가 아니라 바로 나 자신의 이야기이기도 합니다"라고 그는 덧붙이기를 잊지 않는다.

그럼 길 찾기를 어떻게 할 것인가? 해답은 '인문학'이란다. 길을 잃었으면 다시 책읽기부터 시작해야 한다는 것이다. 세상의 책들은 하나의 목소리가 아니라 다양한 목소리를 낸다. 그 다양한 소리에 귀 기울여야 하는 이유는, 길을 잃은 사람이 어떤 한 사람의 인도로 외곬으로 빠질 때 그것은 또 다른 의미의 '길 잃기'에 다름 아니기 때문이다. "자기를 열어 놓고 세상의 다양한 소리에 겸허히 귀를 기울여야 한다"고 말하는 서원지기소년은, "이제는 1980년대처럼 서두르지 말고 천천히 가야 합니다"라고 강조한다. 이번에야말로 '진정으로 길을 찾아야겠다'는 마음가짐이 필요하다는 것이다. 그것이 인문학의 길이고 고전을 다시 읽어야 하는 이유다.

그래도 서원지기소년이 다행스럽게 생각하는 것은, 물질과 경제적 가치만을 최우선으로 여기는 시대에도 정신의 빈곤과 남루를 이겨내기 위한 치열한 지적 작업을 펼치는 우리 시대의 소수의 글쟁이와 출판인들이 존재한다는 사실이다. "저술과 출판 행위는 농부가 재배하는 곡식만큼이나 인간에게 소중한 것을 만드는 사람들의 작업"이라고 말했다. 길담서원에서 좋은 책을 만났을 때 그 책을 어루만지면서 그는 이런 사람들이 아직도 우리 곁에 있다는 것을 고마워한다.

> 비유해 보자면, 책방 주인은 생선 장수이지요. 검푸른 파도를 헤치고 큰 바다에 나가 고기를 잡아오는 어부가 없으면 생선 장수는 없는 겁니다. 지식의 최전선에서 글을 쓰고 책을 만든 사람들이 있기에 책방 주인도 있는 거지요.

길을 밝혀주는 양서를 추천해야 하기 때문에 서원지기소년은 오늘도 혼잣말하듯 묻는다. "내 눈을 밝게 해주고 어제까지 보이지 않던 것을 오늘 보이게 해주는 책, 그래서 사람들의 길 찾기를 도와줄 수 있게 하는 책은 어느 책일까?"하고.

박성준 길담서원 서원지기

대형서점에 가면 상업적인 베스트셀러가 가장 좋고 쉽게 눈에 띄는 자리를 점령하고 고객들의 시선을 사로잡는다. 모처럼 책을 사러간 어느 독자가 패스트푸드와 같은 그런 책들의 바리케이드를 용케 넘어섰다 하더라도 그 넓은 매장에 그득한 책들 속 어딘가에 숨어 있을 양서를 찾아내기란 결코 쉬운 일이 아니다. 그 바리케이드에 걸려 상업적 베스트셀러를 선택해버린 고객은 좋은 책을 만날 가능성을 상실했을 뿐 아니라 그만큼의 독서 시간을 빼앗겨버리게 된다. 이와는 달리, 정성껏 책들을 선별해 놓은 길담서원 같은 작은 책방에서는 들어서자마자 좋은 책들이 손님을 맞이한다. 책과 손님이 서로 알아보고 눈인사를 나누는 격이다.

몸으로 읽은 『성서』, 인문학적 상상력의 보고　»

박성준 선생은 얼 쇼리스의 『희망의 인문학』에서 『성서』의 인문학적 상상력을 설명한 대목과 관련하여 인상 깊은 이야기를 들려주었다. 『성서』와의 인연을 묻자 그는 1968년 8월을 회상했다. 그는 이른바 불온서적을 소지하고 후배들에게 배포했다는 죄목으로 15년형을 선고받고 13년 반 동안 감옥살이를 했다. 남산의 중앙정보부에서 일주일간 혹독한 고문 속에 취조를 받은 뒤 서대문 구치소 독방에 던져졌다. 외부와의 접촉이 완전히 차단된 0.75평의 작은 방, 그곳에는 오로지 변기통과 낡은 『성서』 한 권이 놓여 있을 뿐이었다. "감옥에 던져진 것도 예삿일이 아니었지만, 책이 없다는 현실이 더 절망적이었다"고 그는 당시를 술회한다.

허용된 단 한 권의 책 『성서』를 허기진 듯 읽기 시작했지요.
그런데 『희망의 인문학』이 증언했듯이 『성서』는 문학이자
역사이고 시^詩이자 정치학이었습니다.

13년 반의 옥살이 중 부인에게 쓴 많은 편지가 검열로 불허되는 가운데서도 『성서』를 인용한 편지는 검열자의 눈을 쉽게 통과했다. 서신 검열 담당 교도관은 그 『성서』 구절에 함축된 정치적 은유를 눈치 챌 수 없었던 것이다. 감옥살이 내내 그에게 『성서』는 불온한 인문학적 상상력의 원천이었다. 『성서』는 지난 인류의 역사에서 그랬듯이 앞으로도 사회와 역사의 근본적 변혁을 꿈꾸는 수많은 사람들의 가슴에 들불을 지피는 불씨가 될 것이라고 박성준 선생은 말한다.

그는 1981년 크리스마스 새벽에 감옥에서 나와 한국신학연구소의 학술부장으로 일하면서 1980년대 진보적 기독교 운동의 이론 형성에 기여했고, 한백교회를 개척해 7~8년간 목회하며 매 주일 강단에서 설교했다. 그의 설교의 에센스는 '감옥에서 읽은 성서'의 메시지였음은 두말할 나위도 없다.

평화의 반대말은 '전쟁'이 아니라 '평화 없음'이다 »
—

얼마 전까지 박성준 선생은 성공회대 NGO 대학원에서 평화학을 가르쳤다. 그가 가르친 '평화'의 의미 또는 개념은 무엇일까? 여기서 박성준 선생의 '미니 평화학 강의'가 펼쳐졌다. 그 내용을 간추려 소개하면 이렇다.

박성준 길담서원 서원지기

일반적으로 '평화'는 전쟁의 반대말로 이해되고 있다. 그렇다면 전쟁이 없으면°absence of war 평화로워야°peaceful 한다. 그런데 현실은 어떤가? 분명 전쟁은 없는데 평화도 없다. 일용할 양식이 없고, 병이 났는데 병원에 갈 수가 없고, 돈이 없어 학교에 갈 수가 없고, 일자리가 없고 거주할 집이 없으면, 전쟁이 없어도 평화가 아니다. 평화에 대한 이런 새로운 이해와 접근법을 가지고 제1세계의 평화학에 문제 제기를 한 것은 제3세계 발전도상국의 연구자들이었다. 그들의 비판은 제3세계에는 전쟁이 없을 때도 '평화'는 존재하지 않았고 빈곤, 기아, 환경오염, 착취, 억압은 그치지 않았다는 것이다.

그러므로 평화의 반대말은 '전쟁'이 아니라 '평화 없음'이다. 인도의 평화학자 수가타 다스굽타는 '평화 없음°peacelessness'이라는 이 신조어로 제1세계 평화학자들에게 충격을 주었다. 그는 '평화 없음'의 구성 요소로 빈곤, 기아, 영양실조, 질병, 환경오염 등을 들면서 이것들은 반드시 전쟁이나 국제적 긴장의 산물이라고 할 수 없다고 주장했다. 이러한 평화 없음의 구성 요소들을 제거하고 충분한 의식주, 의료, 위생적 생활환경을 창출하는 것이야말로 제3세계 평화학의 과제라고 주장한 것이다. 세계의 현상유지가 아니라 세계의 정치·경제 구조의 근본적 변혁°變革을 평화 연구의 중심에 놓는 제3세계 평화학의 입장과 접근 방법이 여기서 탄생한 것이다.

이러한 이의 제기에 대해 북구의 평화연구자들이 적극적인 반응을 보였다. 그 대표자 격인 노르웨이의 요한 갈퉁은 단지 전쟁이 없다는 의미의 평화를 '소극적 평화°negative peace'라고 하고, 이에 반해 행복·복지·번영이 보장되어 있다는 의미의 평화를 '적극적 평화°positive peace'라고 구분했다. 즉 적극적인 의미에서 평화란 사회정의°social justice의 실현이며, 인권의 옹호와 확대이며, 궁핍으로부터의 해방이라는 것이다.

그는 또한 폭력에는 신체에 직접 위해를 가해오는 직접적이고 현재°顯在적인 폭력이 있는가 하면, 간접적이고 구조적이고 잠재°潛在적인 폭력이 있다고 했다. 전자의 예로는 전쟁, 테러, 린치, 폭행 등을 들고 후자의 예로는 나쁜 사회제도, 잘못된 관습, 불평등한 경제, 나쁜 정치나 법률, 환경파괴와 오염, 나쁜 개발 따위를 들었다.

그러나 당시 서독의 신학자로서 평화 문제를 깊이 연구해오던 볼프강 후버는 전쟁의 방지가 긴급한 과제인 현대 세계에서, '전쟁 부재로서의 평화'를 '네거티브°부정적·소극적하게 정의하는 데 대해 이의를 제기했다. 소극적 평화라고 하는 개념은 '전쟁이 없다'는 의미에서의 평화를 너무나 과소평가하고 있다는 것이다. 그리고 "어떻게 하면 전쟁이 없는 국제적 시스템을 창출할 수 있는가라는 물음을 무의미한 것으로 돌려버릴" 우려가 있다고 했다.

박성준 선생은, 수가타 다스굽타의 '평화 없음'의 개념과 요한 갈퉁의 '적극적 평화'의 개념, 그리고 이에 대한 볼프강 후버의 비판은 각각 평화의 문제에 대한 우리들의 눈을 열어주고 이해를 깊게 해주는 긍정성을 가지고 있다고 결론짓는다.

그는 요즘 '새로운 시대'에 대한 생각이 많다고 한다.《녹색평론》의 오랜 독자인 그는 최근 김종철 발행인과 그 주변 분들의 이야기에 깊이 귀를 기울이게 되었노라고 실토한다. 후쿠시마 사태의 충격 이후의 한국 핵발전소 문제, 자유당 시절 이래로 투기와 불로소득의 원천이었던 '토지'문제, 농업과 식량문제, 화폐제도의 개혁과 은행의 공공화 문제, 토지보유세를 실시하여 얻게 될 세수°稅收로 농민들에게 기본 소득을 보장하는 문제, 최근 전월세의 과도한 상승으로 인한 저소득층으로부터 부동산 과다 소유 계층

에로의 부^富의 이전 문제 등등. 그가 특히 주목하고 있는 것은 바로 '토지'의 문제라고 한다. 헨리 조지의 『진보와 빈곤』을 읽으면서 그는 우리 사회의 근본적인 변화는 토지 소유의 문제를 지혜롭게 해결하는 데서 그 실마리가 풀릴 수 있지 않을까 상상해보게 되었다고 한다.

선생은 요즘 오래 전에 손을 놓았던 경제학을 다시 공부하고 싶다는 강한 충동을 느낀다고 했다. 또한 늦바람처럼 철학 공부에도 열심이다. "인생이 무엇인가에 대해 묻지 않을 수 없는 절박한 나이가 되었다"는 것이다. 꼭 읽고 싶은 철학 책을 원전으로 읽기 위해 프랑스어와 독일어 공부도 열심히 하고 있단다.

하루하루의 시간이 금쪽같이 느껴집니다. '십 년만
젊다면……'이라고 했던 감옥 시절 어느 선배의 탄식이
나의 독백이 되었습니다.

그는 얼마 전 헬렌 켈러의 '볼 수 있고 들을 수 있고 말할 수 있는 3일간이 내게 주어진다면'이라는 에세이를 읽고 깊은 감명을 받았다고 했다. "그래도 이렇게 책을 읽을 수 있고, 젊은 벗들과 함께 공부를 할 수 있고, 길담서원을 21세기 현대적 서원으로 키우는 꿈을 꿀 수 있다는 사실에 가슴이 벅찹니다"라고 말하는 그의 눈언저리에 물기가 번졌다.

옛 지기를 배웅하듯 문 앞까지 나와 내 손을 잡아주던 선생의 모습이, 만삭이 되지 못하여 낳은 것 같은 서툰 글을 마치는 나의 가슴 한 켠을 지금도 따뜻하게 해준다. ●

'소셜 디자이너'의 심연에서 발견한 책의 향기

소셜 디자이너

변호사, 박원순

© 유정호

박원순 변호사는 1956년 경남 창녕에서 태어났다. 경기고를 졸업하고, 서울대 사회계열 재학 당시 김상진열사추모사건에 연루되어 4개월간 수감되어 제적당한 뒤, 단국대 사학과를 졸업했다. 1980년 사법시험에 합격했고 1982년 대구지검에서 검사로 6개월간 일하다가 1983년부터 인권변호사 활동을 시작했다. 영국 런던 정경대학과 하버드 대학교에서 공부한 뒤 귀국해 참여연대 창립을 주도했다. 1995년부터 2002년까지 이끌며 한국 시민 운동의 토대를 놓았고, 2000년 아름다운재단과 2002년 아름다운가게를 설립하면서 시민운동의 새로운 지평을 열었다. 2006년 희망제작소를 설립해 '소셜 디자이너'로 활동하면서 사회의식과 제도를 바꾸는 일에 매진했다. 2011년 10월 서울시장 재보궐선거에서 시장에 당선되면서 서울시를 디자인하는 데 주력하고 있다. 한국여성운동상과 심산상, 서울지방변호사회 공익봉사상, 만해상, 막사이사이상, 단재상 등을 수상했다. 저서로는『한국의 시민운동 프로크루스테스의 침대』(2002),『성공하는 사람들의 아름다운 습관, 나눔』(2002),『역사가 이들을 무죄로 하리라』(2003),『세상은 꿈꾸는 사람들의 것이다』(2004),『마을에서 희망을 만나다』(2009),『세상을 바꾸는 천 개의 직업』(2011),『박원순의 아름다운 가치사전』(2011) 등이 있다.

"일하다가 과로사하는 게 꿈"인 사람이 있다. 작은 수첩, 그것보다 더 작은 하루 일정란에 10여 개의 일정이 빼곡하게 들어찬 사람. 소셜 디자이너 박원순 변호사다. 어떤 사람은 몸이 하나여도 시간이 남아도는데, 박원순 변호사는 몸이 10개라도 맡은 일을 다 소화하기가 어려운 사람이다. 스스로를 "아직도 현장에서 펄펄 뛰고 싶은 영원한 실무자"라고 말하는 그이는 책과 어떤 인연을 맺고 있는 것일까.

●

모든 사람이 즐겁게, 신나게 일하는 사회　»

—

박원순 변호사는 "여유가 없다"는 말부터 시작했다. 차분하게 앉아 책을 읽고 싶은 마음이 간절하지만, 시간을 내기도 어려울 뿐 아니라 요즘은 마음마저 책을 접할 여유를 주지 않는다고 한다. 그래도 책읽기를 포기할 수 없는지 책상과 탁자에는 책들이 수북하게 쌓여 있다. 잠시라도 짬이 나면 수북이 쌓인 책 중 한 권을 골라 어디든 펼쳐 놓고 읽기 위해서다.

책은 결국 지식의 원천이죠. 사람들과의 만남을 통해서 또 강연이나 성인들의 말씀을 통해서도 지식을 얻을 수 있지만 책은 더 원천적인 지식에 대한 경험을 쌓게 한다고 생각해요. 그래서 더더욱 읽어야 하는데, 마음만 있고 실천하기는 어려운 게 요즘 제 사정입니다.

그가 말하는 사정이란 다름 아니라 소셜 디자이너로서 우리 사회를 새롭게 디자인하는 일이다. 새롭게 디자인하고 싶은 사회의 모습은 별스러운 것도 아니다. 다만 모든 사람이 즐겁게, 신나게 일하는 사회를 만드는 것이다. 21세기는 창의성이 지배적인 가치가 되는 사회이고, 창의성은 결국 사회 변화와 발전의 원동력이 될 것이다. 박원순 변호사는 "창의는 다름을 인정하는 마음에서 비롯된다"면서 "나와 다른 남을 인정하고 격려하고 존중할 때 꽃 피운다"고 말한다. 그이가 꿈꾸는 "즐겁게, 신나게 일하는 사회"는 어떤 면에서 보면 "틀릴 자유와 틀릴 권리"(『희망을 심다』 중에서)를 인정하고 받아들이는 사회인 셈이다.

즐겁게, 신나게 일하는 사회는 도전이 일상화된 사회다. 뭐든지 과감하게 도전할 수 있는 사회, 도전의 결과가 비록 시행착오로 끝난다 하더라도 실패를 격려하는 사회가 박원순 변호사가 소망하는 사회다. 실수를 통해 더 많은 것을 배울 수 있다. 처음부터 실수를 안 하겠다고 생각하면 성공하지 못한다는 것이 그이의 지론이다. 실패할 수 있는 기회조차 주지 않는 사회가 되어버린 요즘, 박원순 변호사의 하루 일정을 적은 작은 수첩이 더 빼곡해지는 이유가 바로 여기에 있다.

우리는 우리가 읽는 것으로 만들어진다 »

—

7남매 중 여섯째로 자란 박원순 변호사는 형님과 누님들의 틈바구니에서 책을 읽었다. 연애소설일 때도 있었고, 위인전도 있었다. 어떤 때는 흔치 않은 과학책을 읽기도 했다. 그러나 제목을 콕 집어 기억하는 책은 그리 많지 않다. 그렇다고 그 책들이 영향을 주지 않았다고 생각하면 오산이다.

그는 자주 연못에 던진 돌 하나를 비유로 들곤 한다. 연못에 돌을 던지면 물결이 일고 파문이 생긴다. 그러나 곧 물결은 잔잔해지고, 아무 일도 없던 듯 조용하다. 그렇다고 아무 일이 없었던 것은 아니다. 어떤 모양으로든 남아 연못에 영향을 주게 마련이다. 하물며 사람이라고 다를까. 한 번 읽은 책은 마음에 남아 어떤 모양으로든 그 사람의 삶에 궤적을 남기게 마련이다. 책을 읽는다는 하나의 경험이 바로 지금의 우리 모습을 만들어내는 것이다. 독일 작가 마틴 발저의 말처럼 "우리는 우리가 읽는 것으로 만들어진다."

이런 연유로 박원순 변호사는 "어떤 책이 가장 큰 영향을 주었느냐"는 질문을 받을 때면 뾰족한 대답을 찾지 못할 때가 많다고 한다. 어릴 적 읽은 책은 하나하나가 다 삶의 자양분이 되었지만 제목조차 기억하지 못한다. 하지만 그 스토리만은 아직도 생생하게 기억한다. 당시 책을 읽으며 느꼈던 감정까지도 현재 일인 양 늘 새롭다. 초·중·고를 다니는 내내 독서반을 했던 것이 지금도 삶을 지탱하는 버팀목이 되었다고 하면 지나친 과장일까. 박원순 변호사가 "그 시절 책이 내 활동의 자산"이라고 담담하게 고백하는 것을 보면 꼭 그런 것만은 아니리라.

어릴 적 읽은 책들, 감옥에서 읽은 책들이 결국 저의 지금 활동의 자양분이자 버팀목입니다. 그때 읽은 책들이 대학을 다녔지만 고졸 출신이라고밖에 볼 수 없는 제가 지금 지식인인 척 할 수 있는 근거가 되었던 것이죠.

박원순 변호사, 소셜 디자이너

전투적으로 책을 읽다 »

—

1975년 5월 22일, 박원순 변호사는 '김상진열사추모사건'에 연루되어 수감되었다. 1975년 4월 11일, 서울대 농대 축산과 4학년 김상진이 민주화와 학생들의 각성을 촉구한 양심선언문을 낭독하고 할복했다. 김상진의 추도식은 이후 대규모 집회와 시위로 이어졌는데, 박원순 변호사도 이 시위에 참여했다. 그 때문에 4개월의 옥살이를 경험하게 된다. 길다면 길고, 짧다면 짧은 4개월은 인간 박원순에게 삶의 깊이를 더한 시간이었다. 오로지, 하루 종일 책 읽는 것 외에는 할 일이 없던 시절이었기 때문이다.

박원순 변호사는 수감 시절을 잠시 회상하며 "전투하듯 책을 읽었던 시절"이라고 말했는데, 사람 좋은 웃음 또한 잃지 않았다. 그이는 수감 시절 독서 체험을 지승호와의 인터뷰에서 "오히려 저는 감옥 대학 가는 바람에 거기서 픽진하게 책을 읽었습니다"라고 고백한 바 있다.

허버트 마르쿠제의『이성과 혁명』을 읽은 것도 감옥이었고, 에밀 뒤르켐의 책들을 읽은 것도 이 시절이었다. 주위 사람들이 데이비드 리스먼의『고독한 군중』과 루돌프 폰 예링의『권리를 위한 투쟁』같은 운동권 추천 도서를 넣어주기도 했다. 찰스 라이트 밀스의『들어라 양키들아』를 탐독하기도 했고, 잡다한 소설류까지 다 읽은 시간들이었다. 헤르만 헤세의『싯다르타』를 읽고는 도가 통했는지, 교도관이 창살 안에 있고 자신이 밖에 있다는 느낌까지 받았다고 한다.

어떤 책이든 그 책만이 줄 수 있는 감동이 있어요. 그렇게 책은
제게 흥미를 유발하고 호기심을 채워주죠. 그래서 사람들이 책을

인류의 가장 위대한 유산이라고 하는 것 아니겠습니까?

인류의 위대한 유산을 찾는 작업은 감옥에서만 이루어진 것이 아니다. 1992년 박원순 변호사는 미국 하버드 대학교 객원연구원으로 1년여의 시간을 보냈다. 그는 대학 중앙 도서관의 엄청난 양의 장서에도 기죽지 않고 "이곳의 책을 다 보고야 말겠다"는 집념을 불태웠다. 그러나 1년은 짧았고, 결국 목표를 법대 도서관으로 수정했다. 법대 도서관 7층의 자료 중 필요한 자료는 대부분 복사해왔는데, 지금도 그의 방에 고스란히 보관되어 있다.

아마 복사한 분량만 몇 트럭분은 될 거예요. 한국으로
실어 나르느라 고생 좀 했죠. 그래도 그것들이 참여연대와
아름다운재단을 설립하고 공고하게 터를 잡는 데 큰 힘이
되었어요.

하버드 대학교 도서관에서 1년의 시간을 보낸 것이 모자랐던지 박원순 변호사는 자리를 옮겨 워싱턴 의회 도서관에서 4개월을 보냈고, 슈틀랜드에 있는 미국국립문서보관소에서도 1개월을 보냈다. 박원순 변호사를 잘 아는 사람들은 그를 "광적인 자료 수집가"라고 말한다. 미국에서도 그랬고, 영국에서도 그는 온갖 자료를 뒤졌다. 그렇게 발견한 신문과 잡지 기사 한 줄에서 아름다운재단을 구상하기 시작했다.

당시 논문은 전투적으로 읽었어요. 특히 시민운동과 재단 설립에
관한 글은 놓치지 않고 읽었죠. 그 자료들이 제가 한눈팔지 않고

박원순 변호사, 소셜 디자이너

시민운동을 할 수 있었던 배경이 되었어요. 제대로 정리해놓아야 하는데 사무실 한구석에서 먼지를 뒤집어쓰고 있어서 아쉽죠.

그이는 변호사로 또 참여연대에서 일할 때만 해도 독립문 근처의 헌책방인 '골목책방' 단골이었다. 소설가 김성동에게 '골목책방'이라는 제자°題字를 받아 인사동에서 판각을 하고 직접 달아줄 만큼 애정이 깊은 곳이다. 이곳에 종종 정부종합청사에서 흘러나온 책들이 모이곤 하는데, 박원순 변호사는 그 자료들을 심심치 않게 이용했다고 한다.

헌책방은 새 책보다 더 많은 정보와 의미를 담고 있다. 사람들의 손때가 묻은 책에 무슨 정보와 의미가 있겠냐고 타박할 수 있으나, 그것 자체가 소중한 정보이며 의미라는 것을 아는 사람은 드물다. 박원순 변호사는 헌책방을 드나들며 그 손때 묻은 정보와 의미를 사랑했고, 그것을 자신의 자양분으로 삼았다. 사람들에게 더 이상 필요 없어진 한 권의 책이 또 한 사람의 손에 들려 읽히고, 또 한 번 신명나는 세상을 꿈꾸는 사람들이 늘어나는 곳이 헌책방이기 때문이다.

세상 돌아가는 곳 어디나 배움터임을 잊지 않는 박원순 변호사는 이론과 실천을 겸비한 운동가로서 영원한 실무자이기를 꿈꾼다. 자기가 처한 상황을 인식하고 세상의 방향을 읽는 눈을 가진 사람, 그저 단순한 기술자에 머물지 않고 그렇다고 정신없이 자신의 일에만 몰두하는 사람이 아니라, 미래를 바라보고 자신의 역할을 다잡는 사람이 되고픈 것이다. 그래서 때로는 잡스러운 지식마저 섭렵하려고 노력한다. 시민운동가로서의 단초가 그곳에서 나올 때가 많기 때문이다.

지금은 융합적 사고의 시대입니다. 환경과 철학, 기술, 문화와 문학 등이 자유롭게 소통하고 통섭하는 시대죠. 부분만 보지 말고 다양하고 총체적인 독서가 필요한 이유가 바로 여기 있다고 봐요. 그래서 저도 닥치는 대로 읽습니다. 조용한 시간을 가지면서 책을 읽는 게 바람직하지만 삶이 거칠고 일상에 쫓기는데 그것만을 고집할 수는 없는 노릇이죠. 보시다시피 구석구석에 책을 펼쳐두고 그때그때 손에 잡히는 대로 읽습니다.

한국 사회를 새롭게 디자인하는 사람의 심연   »

—

그이는 글을 쓰는 일에도 정력적이다. 변호사 시절 그는 최고의 변론을 위해 문필가가 되었다. 변론서는 설득력이 있어야 한다. 문장을 잘 다듬고 훈련하는 수밖에 없다. 그런 지난한 훈련을 거쳐 탄생한 책들이 바로 『국가보안법연구』 1・2・3, 『아직도 심판은 끝나지 않았다』, 『내 목은 매우 짧으니 조심해서 자르게』, 『야만시대의 기록』 1・2・3, 『스스로 움직이게 만드는 힘 프리윌』, 『마을에서 희망을 만나다』 등이다. 여기에는 물론 박원순 변호사의 광적인 자료 수집벽°蒐°이 한몫했음은 두말할 나위도 없다.

사실 박원순 변호사는 더 많은 책을 써내고 싶지만 활동가로, 그리고 지금의 역할에 충실하기 위해 답보 상태다. 그만큼 한국 사회에서 활동가 박원순, 그리고 이제는 소셜 디자이너로서 남은 역할이 적지 않다는 것을 보여주는 대목이다. "제가 관여했던 일들이 제 손을 덜 타게 되면 조용한 암자라도 가서 글을 쓸까 한다"는 그이의 말은 어쩌면 둘 다 손 놓을 수 없

박원순 변호사, 소셜 디자이너

지금은 융합적 사고의
시대입니다. 환경과 철학,
기술, 문화와 문학 등이
자유롭게 소통하고
통섭하는 시대죠. 부분만
보지 말고 다양하고
총체적인 독서가 필요한
이유가 바로 여기 있다고
봐요.

© 유정호

는 인간 박원순의 천형°天刑처럼 느껴진다.

박원순 변호사는 시민운동의 핵심을 다양성으로 요약한다. 그러나 우리나라는 아직도 실천되지 않는 영역이 너무 많다. 또한 일부 시민단체의 정치적 성향 때문에 괜한 오해를 사곤 한다. 박원순 변호사는 이렇게 말했다.

삶의 질과 인격을 높이기 위해서는 자기표현이 수반되어야 합니다. 이것이 바로 '풀뿌리 운동'의 기초라고 할 수 있죠. 그런 점에서 개인의 다양성을 수용할 수 있는 것이 바로 시민운동의 다양성을 수용하는 길입니다. 그것이 바로 시민운동의 핵심이기도 하고요.

박원순 변호사는 참여연대와 아름다운재단, 아름다운가게, 희망제작소 등으로 관심의 영역을 다양하게 발전시켜왔다. 한 가지 운동을 두고 다른 사람이나 단체들과 경쟁할 의사는 추호도 없다. 남들이 하지 않는 일을 하는 일, 즉 시민운동의 외연이 확장되도록 세팅 작업을 돕고, 제대로 정착하도록 돕는 것이 자신의 일이라고 늘 다짐한다.

일부러 새로운 일을 하려고 의도했다기보다 자연스럽게 제 역할이 그런 쪽으로 가고 있는 것을 보게 됩니다. 새로운 틈새를 발견하고 일반화하는 일은 사실 쉽지 않지만 제가 잘할 수 있는 일이라고 다들 인정해주시니까 그 힘으로 하는 겁니다.

박원순 변호사는 현 정부의 시민사회에 대한 인식에 깊은 우려를 가지고 있었다. 물론 시민운동 단체가 정부의 정치적 성향과 무관하게 이루어지는, 즉 자율성에 기반한 운동을 지향하는 것이 바람직하다. 그런데 지금 정부는, 단적인 예로 촛불집회를 정권의 안보와 연관한 운동으로 규정하면서 예민하게 반응하고 있다. 정부와 시민사회의 파트너십, 즉 '거버넌스°governance'가 깨지면서 현 정부가 추진하는 주요 정책들은 실패 가능성이 농후해지고 있다고 박원순 변호사는 내다보았다.

그러나 지금이 시민사회의 새로운 도약을 이끌 수 있는 기회이기도 하다는 것이 그이의 생각이다. 시민사회와 단체들이 건강한 자율성을 회복할 수 있는 더 없이 좋은 기회라는 것이다.

참여정부 기간 동안 많은 시민단체들이 지원받았는데, 최근 이명박 정부는 지원을 중단하기도 하고 축소하기도 했습니다. 그런 점에서 시민단체가 다시 시민이 중심이 되는 본연의 역할로 돌아가는 기점이 되어야 합니다. 그런 점에서 본다면 지금이 바로 시민사회와 단체들의 건강성을 회복할 수 있는 절호의 기회이기도 합니다.

이명박 정부 들어 "민주화 이전으로 돌아가는 듯한 느낌을 받기도 한다"는 박원순 변호사는 "그러나 미래를 향한 긍정적인 마음을 회복하고 생태와 문화예술, 거버넌스 등 다양한 시민사회의 관점을 폭넓게 추구해야 한다"고 강조했다. 시민사회의 다양성과 그 역할을 이끌어내도록 지원하는 것도 소셜 디자이너 박원순이 짊어져야 할 짐이 아닐까 싶다.

인터뷰 말미에 "민주화 운동을 하다가 감옥에 갔던 사회과학 출판사

사장들을 변호하기도 했으니 책과 인연이 깊은 것 아니냐"는 말에 모두 웃음을 터뜨렸다. 해외 출장에서 돌아와 바로 사무실에서 철야 작업을 수없이도 했던 박원순 변호사. 그이는 책과의 인연을 이야기할 때면 예의 깊은 시선을 놓치지 않았다.

책을 읽으며 논길을 걷다가 웅덩이에 빠진 적도 있다는 소년 박원순은 이제 한국의 시민운동을 대표하는 활동가가 되었다. 그는 희망제작소에서 일할 때 "한국 사회에서 또 하나의 민주주의 역사를 쓸 수 있다"고 생각했다. 그것을 위해 작은 사무실에서 등산용 매트리스를 깔고 자며 일해도 피곤하지 않았다. 앞으로 어떤 역할이 주어지든 그럴 작정이라는 소셜 디자이너 박원순의 심연에는 이름 없는 수많은 책이 있었다. 그 심연에서 한국 사회의 새로운 가능성을 본다. ●

—

이 인터뷰는 2009년 9월에 한 것이다. 박원순 변호사는 2011년 10월 서울시장 재보궐선거에서 시장에 당선되었으나, 인터뷰이의 요청에 따라 호칭을 바꾸지 않고 실었다.

나는 읽는다 고로 나는 존재한다

명예교수
포항공대
철학자,
박이문

© 유정호

박이문 교수는 1930년 충남 아산에서 태어났다. 서울대 불문학과와 동 대학원을 나왔고, 프랑스 소르본 대학교에서 문학박사와 철학사 학위를 받았다. 이후 미국 서던캘리포니아 대학교에서 철학박사 학위를 받았다. 프랑스와 독일, 일본, 미국 등지에서 30여 년 동안 지적 탐구와 후학을 양성했다. 귀국 뒤 포항공대에서 철학을 가르치다가 2000년 2월 정년퇴임했다. 현재 미국 시몬스 대학 명예교수이며, 연세대 특별초빙교수로 강의하고 있다. 1955년 《사상계》에 시 「회화를 잃은 세대」가 당선되며 등단한 그는 『눈에 덮인 찰스 강변』(1979), 『나비의 꿈』(1981), 『아침 산책』(2006), 『공백의 그림자』(2006) 등의 시집을 펴낸 시인이자 평론가이기도 하다. 프랑스 철학의 대가로 손꼽히는 박이문 교수는 지적 투명성과 감성적 열정, 도덕적 진실성을 좌우명을 삼아 80이 넘은 나이에도 학문의 열정을 불태우고 있다. 『길』(2003), 『노장사상』(2004), 『논어의 논리』(2005), 『예술철학』(2006), 『나는 읽는다 고로 나는 존재한다』(2008), 『당신에겐 철학이 있습니까』(문고판, 2008), 『박이문 교수의 철학이란 무엇인가』(2008), 『예술과 생태』(2010) 등 동서고금을 아우르는 숱한 저서 및 번역서가 있다.

2009년 칸 영화제 심사위원상에 빛나는 영화 〈박쥐〉. 박찬욱 감독의 섬세한 듯 과감한 연출은 '탁월'이라는 말에 손색이 없고, 뱀파이어 신부 상현 역을 맡은 송강호의 열연은 그야말로 명불허전°名不虛傳이다. 평단의 반응도 나쁘지 않았고, 박찬욱 마니아를 자처하는 사람들로 흥행 또한 나쁘지 않았다. 하지만 사람들이 놓친 것이 하나 있다. 영화 〈박쥐〉는 빛났으되, 그것의 밑바탕이 된 텍스트는 확연히 드러나지 않았다. 『테레즈 라캥』, 1867년 발표된 에밀 졸라의 대표작으로 영화 〈박쥐〉의 원전°原典이면서도 주목 한 번 받지 못했다. 영화 〈박쥐〉와 에밀 졸라의 『테레즈 라캥』의 조합. 이 책의 번역자인 철학자 박이문 교수가 떠올랐다.

●

영화 〈박쥐〉가 되살린 문학의 힘 »

—

박이문 교수가 먼저 영화 〈박쥐〉 이야기를 꺼냈다. 박찬욱 마니아를 자처하는 사람으로, 2009년 칸 영화제 심사위원상을 받은 영화를 모를 리 없건만, 갑작스러운 질문 아닌 질문에 조금 놀랐다. "영화는 보았다"는 이야기를 하려는 순간, 박 교수는 그 영화의 모티브가 된 소설을 당신이 번역했다며 책 한 권을 내밀었다.

『테레즈 라캥』은 "자연주의 문학의 시작을 알린 작품이자, 에밀 졸라의 자연주의적 사고방식이 본격적으로 표현된 대표작 『루공 마카르 총서』를 예고한 작품"이라는 평가를 듣는 소설이다. 이미 박찬욱 감독은 몇몇 인터뷰에서 "극단적인 상황에서 도덕적 딜레마를 겪으며 해답을 찾는 게 내

박이문 철학자, 포항공대 명예교수

방식"이라면서 "〈복수는 나의 것〉을 만들 때 도스토예프스키의 『악령』을 떠올렸다면 〈박쥐〉는 에밀 졸라의 『테레즈 라캥』에서 영감을 얻었다"고 말한 바 있다. 〈박쥐〉가 칸에서 큰 호응을 얻은 것은 어찌 보면 프랑스를 대표하는 작가의 작품에 투영된 프랑스적 또는 유럽적 정서를 '제대로' 반영했기 때문이리라.

박이문 교수는 『테레즈 라캥』을 일러 "문학이론을 떠나서 구성의 논리적 견고성, 묘사의 투명성과 간결성으로 독자를 긴장시킬 뿐만 아니라 인간의 어둡고 깊은 진실과 만나게 한다는 점에서 걸작"이라고 평한다. 또한 "자연주의 문학이라는 문학사적 혁명을 일으켜 기 드 모파상, 프로스페르 메리메, 에드몽 공쿠르 같은 작가들의 간결하면서도 투명하고, 절제되면서도 강렬한 새로운 문학을 탄생시켰으며, 20세기에 알베르 카뮈, 알랭 로브 그리예, 그리고 포스트모던 작가들 속에서도 그 영향력을 발견할 수 있다는 점에서 에밀 졸라와 『테레즈 라캥』의 문학사적 의미는 크다"고 『테레즈 라캥』의 '옮긴이의 글'을 쓰기도 했다.

박이문 교수가 『테레즈 라캥』을 번역한 것은 "벌써 50년 가까이 된 이야기"다. "1959년에서 1960년 사이에 번역한 책"이라고 박이문 교수는 덧붙였다. 영화의 유명세를 타고 지난 50년 가까이 묻혀 있던 책이 다시금 빛을 발한 것이다. 박 교수가 철학자이자 문학가로 국내에서 손꼽히는 당대의 석학으로 평가받는 것은 이런 이유 때문일 것이다. 그이와 마주한 시간이 흐를수록 점점 책과 함께하는 기쁨의 물꼬가 터졌다.

책, 정보와 지식·지혜의 보고 »

—

박이문 교수는 책을 가리켜 "정보와 지식, 지혜의 보고°寶庫"라고 했다. 인류의 희로애락을 함께한 고전은 두말할 것도 없고, 가장 최근에 나온 신 간이라고 해도 예외가 아니다. 모든 좋은 책들은 특정 개인이나 집단이 제 한된 시대에서는 얻을 수 없었던 정보와 지식, 지혜의 보고인 것이다. 박 교 수는 "이제는 힘이 빠지고 눈이 나빠져서 책을 보는 것이 전처럼 쉽지 않지 만, 여전히 내게 독서는 삶의 존재 양식"이라고 말한다.

충남 아산의 벽촌에서 태어난 박이문 교수가 책에 처음 눈을 뜬 것은 초등학생 때로, 일본에 유학 가 법학을 공부하던 형 때문이다. 법학을 공부 하는 줄 알았던 형은 문학에 심취해 있었다. 학병을 피해 시골집으로 돌아 온 형이 지니고 있던 일본 근대 문학작품들을 통해 소년 박이문은 새로운 세계에 대한 눈을 뜨기 시작했다. 그때부터 막연히 문학을 동경했고, 서울 경복중학교로 진학하면서 본격적으로 한국 소설을 접하게 되었다. 그러나 해방 전후의 사회는 혼란스러웠고, 덩달아 모든 것이 불분명할 때였다.

조용하고 차분하게 책을 읽을 만한 시간이 없었어요.
지금 생각하면 그 시절이 가장 안타깝게 느껴져요.

문학에 대한 막연한 동경은 전공으로 이어졌고 대학에서 불문학을 공 부하게 되었다. 당시 박이문 교수의 관심은 조지훈·박두진·박목월이 함 께 한 청록파°青鹿派에도 있었지만 조선문학가동맹°朝鮮文學家同盟 계열의 평 론가 김동석에게 닿아 있었다. 김동석은 「순수의 정체」라는 평론을 통해 계

박이문 철학자, 포항공대 명예교수

급문학과 물질론, 사회주의 리얼리즘을 강조하면서 김동리 등 민족주의 경향의 평론과 맞섰다. 당시 김동리는 「독과문학의 본질」이라는 평론을 통해 민족주의 문학을 강화하고 있었다. 박이문 교수는 "당시 젊은 나로서는 서정적인 감성보다는 근대적이고 감각적인 것에 더 끌렸다"고 소회했다.

철학과 문학의 경계를 넘나들며 »

—

시인을 꿈꾸었던 박이문 교수는 1955년 《사상계》에 시 「회화를 잃은 세대」가 당선되면서 등단했다. 하지만 시작詩作 외에도 그것을 뒷받침하는 이론을 끊임없이 탐구했다. 김광림과 김기림을 흉내 내며, 이상의 모험적이고 실험적인 시들을 읽고 또 읽었다. 샤를 피에르 보들레르의 감성과 폴 발레리의 이성과 지적 관심을 겸비하고 싶었던 그는 결국 이화여대 불문학과 조교수 자리를 박차고 프랑스로 유학을 떠났다.

오매불망 작가의 길을 가고자 했던 박이문 교수가 철학에 눈을 뜬 것은 프랑스 소르본 대학교에서 불문학박사 학위논문을 제출하고 심사를 기다리던 33세 때였다. 박 교수는 당시 상황을 "좋은 시, 이론이 겸비한 시를 쓰기 위해서 철학 공부는 비켜갈 수 없는 도전이자 훈련처럼 생각되었다"고 말했다. 이후 미국으로 건너가 서던캘리포니아 대학교에서 철학박사를 받았는데, 당시 논문 주제는 스테판 말라르메와 모리스 메를로-퐁티였다.

오늘날 세계에서 시와 철학의 경계는 이미 희미한 것이기에, 그가 미국에서 공부하면서 철학박사 학위논문에 말라르메와 메를로퐁티를 선택한 것은 필연이었다. 박 교수의 말에 따르면 "두 사람은 위대한 시인이었으며,

동시에 가장 지적이고 철학적인 시인이었다"는 것이다. "이 세상은 한 권의 아름다운 책으로 귀속되기 위해 만들어졌다"고 말했던 말라르메의 시를 박이문 교수는 사랑하지 않을 수 없었을 것이다. 20세기 초반의 프랑스 철학을 대표하는 철학자이자 철학적 세계가 어느 철학자들보다 시적이었던 메를로-퐁티 역시 그랬을 것이다.

또 한 사람, 전쟁의 폐허 속에서 절망에 빠져 있던 20대 초반의 젊은 문학도에게 장 폴 사르트르의 실존철학은 말 그대로 경이의 세계였다. 사르트르의『존재와 무』는 청년 문학도 박이문에게 "인간으로 살아가는 것의 실존적 고통과 환희, 그러한 경험의 의미를 생생하게 사유케 한 일대 사건"이었다. 이후 철학을 공부하게 된 주요 동기로 "내 이야기를 제대로 할 수 있는 사유의 훈련을 하고 싶었다"고 말한 것을 보면, 이미 젊은 날부터 그는 철학과 떼려야 뗄 수 없는 인과관계를 맺고 있었음이 분명하다.

종교, 우연과 필연 사이에 있는 그 무엇   »

—

다독가이면서 다채로운 서평으로도 이름이 높은 박이문 교수는 자크 모노의『우연과 필연』을 자신의 삶과 사고의 틀, 종교적 태도에 결정적 영향을 준 책이라고 말했다. 앙드레 미셸 루오프, 프랑수아 자코브와 함께 유전자가 효소의 생합성을 지배함으로써 세포대사를 조절한다는 사실을 밝힌 공로로 1965년 노벨생리학·의학상을 수상한 자크 모노는『우연과 필연』에서 근대과학의 가장 중요한 탐구 대상이었던 원인과 결과 사이의 필연성을 찾는 일을 전복시켰다.

© 유정호

인간은 방대한 우주 안에서
고독하게 혼자 관찰하고,
생각하고, 결정하고,
행동해야 하는 존재입니다.
결국 인간 자신을 포함한
우주 전체의 운명, 인간과
동물의 삶과 죽음, 문명,
생태계, 자연의 운명이
이제 인간 자신의 선택에
달려 있게 되었습니다.

자크 모노와 같은 일단°一團의 사람들이 과학의 기본 전제인 '필연성은 계속 확장되고 있는가'에 대해 회의하게 되었다. 모든 현상의 원인이 드러나면 드러날수록 '가지°可知의 영역'이 커지기보다는 '불가지°不可知의 영역'이 더 많이 드러났기 때문이다. 자크 모노는 '우연과 필연'이라는 말로 이 현상을 설명한다. 아울러 '우연과 필연'이라는 생명 원리 속에서 끊임없이 진화하는 인간에 대해 평소에 품고 있던 무신론적 휴머니즘을 표현한 것이다. 박이문 교수가 숱한 종교에 대한 글로 종교에 대한 관심을 표명했는데도, 스스로를 "철저한 무신론자"라고 표현하는 이유는 바로 이 때문이다.

초월적 세계에 존재하는 인격적 신은 현실에 존재하지 않아요. 삶의 목적과 의미는 밖으로부터 부여되는 게 아니라 인간 스스로의 선택에 의해서 부여된다는 것이 모노가 주장한 핵심입니다. 결과적으로 종교적 세계관은 진리가 아니라 하루 빨리 깨어나야 할 환각이라는 거죠.

그러나 박 교수는 이 대목에서 "자크 모노의 이야기가 단순히 세계와 인간, 우주와 자연에 관한 지식을 제공하는 데 멈추지 않고 저자 자신의 실존적 고백인 동시에 나아가 문명·인간·자연의 구원을 외치는 일종의 가르침이라는 점에서 의미가 있다"고 강조한다. 철저한 무신론자이지만 문명과 인간, 자연의 구원을 마음 깊이 성찰한다는 점에서 그는 이미 하나의 종교를 가지고 있는 것이리라.

철학의 핵심 이정표, 칸트 »

—

박이문 교수는 미국에서 철학박사 학위를 받았지만 문학의 시작과 철학의 시작이 유럽, 그것도 프랑스라는 점에서 "유럽적 철학 스타일이 자신의 사고와 몸에 잘 맞는다"고 고백한다. 그중에서도 칸트의 철학을 접하면서는 "철학하는 게 이런 것이구나"라고 무릎을 수차례 쳤단다. 2008년 선보인 책 『나는 읽는다 고로 나는 존재한다』에서 "히말라야 산맥의 산봉우리 중에서도 에베레스트 산봉이 가장 압도적이라면, 칸트는 플라톤 이후 철학사의 에베레스트 같은 존재"라고 평한 바 있다.

> 파리 대학의 기숙사에서 밤늦게까지 혼자 책을 읽다가 그 놀라운 충격에 무릎을 치면서 '아! 칸트! 아 이 친구!'라고 외쳤었다. 심정 같아서는 밖으로 뛰어나가 아르키메데스처럼 '유레카!'를 외치고 싶을 정도였다. (『나는 읽는다 고로 나는 존재한다』 중에서)

우리는 시간과 공간, 원인과 결과, 양과 질 등이 자연의 일부로 존재한다고 믿는다. 보고 경험하는 것들은 원래부터 우리 밖에 존재했던 것의 발견이라고 생각해온 것이다. 그러나 칸트는 『순수이성비판』을 통해 이러한 우리의 생각을 완전히 뒤집었다. 그래서 박 교수는 칸트의 『순수이성비판』이 "자연과 우리 자신을 새롭게 볼 수 있는 일관성 있는 그림을 보여주었다"고 말한다.

비록 아인슈타인의 상대성이론과 의식 구조의 불변성에 근거를 둔 선험성 범주는 비트겐슈타인에 의해 변형되면서 미완의 철학 혁명에 그

박이문 철학자, 포항공대 명예교수

쳤지만, "칸트의 철학은 인식론에서 언제나 철학의 핵심적인 이정표로 서 있을 것"이라고 박 교수는 강조했다. 칸트의 철학 체계는 인류 사상사에서 가장 높은 산맥 가운데 하나임에 변함없다는 박이문 교수의 말을 듣고 있자니, 중도 포기했던 칸트의 『순수이성비판』을 다시금 읽어야겠다는 마음이 든다.

작은 서가에서 느끼는 삶의 절절한 진정성   »
—

한평생을 책과 함께한 노°촌철학자 박이문 교수는 오래 전부터 환경철학에도 관심을 가지고 있었다. 2002년에 『환경철학』을 선보이기도 했는데, 박 교수는 이 책에서 "신은 침묵만 지키고, 우리가 무엇을 어떻게 선택하여 어떻게 행동할 것인가를 알려주는 지침은 우주 어디에도 쓰여 있지 않고, 들리지도 않으며, 보이지도 않는다"고 일갈한 바 있다.

결국 "인간은 방대한 우주 안에서 고독하게 혼자 관찰하고, 생각하고, 결정하고, 행동해야 하는 존재"라는 것이다. 박 교수는 "인간 자신을 포함한 우주 전체의 운명, 인간과 동물의 삶과 죽음, 문명, 생태계, 자연의 운명이 이제 인간 자신의 선택에 달려 있게 되었다"고 말한다. 하루가 다르게 황폐하게 변해만 가는 이 땅의 생태계가 오로지 인간의 책임이며, 그것을 치유할 책임도 오로지 인간에게 있다는 말과 다르지 않은 셈이다.

박이문 교수는 지금 자신의 철학적 사고를 정리하는 집필에 매진하고 있다. 계간 《비평》에 연재하던 「둥지의 철학」을 2010년 단행본으로 출간한 것도 그런 작업의 일환이다. 박 교수는 "내게는 모든 것이 경이롭다. 나는 모든 것을 알고, 느끼고 설명하고 싶었다. 내가 철학을 공부하기 시작한 것은 바로 그 때문이다"라고 말했다.『둥지의 철학』은 결국 박 교수가 80 평생을 걸쳐 배워서 알게 된, 느껴서 알게 된 것을 설명하는 경이로운 작업인 셈이다. 박이문 교수는 '둥지의 철학'에 대해 이렇게 묘사한 적이 있다.

> **새들의 둥지 짓기, 그런 활동의 의도, 둥지의 구조가 그러하듯이 철학도 인간의 둥지 틀기 활동이며, 그 활동의 밑바닥에는 '행복'이라는 원초적 동기가 있다. 그리고 그러한 의도를 충족시킬 수 있는 건축 구조를 지향한다. …… 이런 의미에서 지적 활동으로서의 철학은 모든 차원에서 지적으로 만족하고, 정서적으로 편안할 수 있는 자연·우주·존재의 지적 둥지 짓기이다. 그리고 세계관으로서 철학은 관념적·언어적으로 지어진 지적 건축물, 즉 둥지이다.**(『나는 왜 그리고 어떻게 철학을 해왔나』 중에서)

철학을 사랑하는 독자들에게『둥지의 철학』은 문학과 예술, 신화 등 세계를 이해하는 다양한 방법을 제시한다. 그래도 박 교수에게 아쉬움이 없지 않다. "팔십을 살았어요. 나는 평생 늙지 않을 거라고 생각하며 살았는데, 이제 보니 꿈만 같아요"라고 말하는 노철학자의 한마디 한마디에는 진정성이 묻어나고 있었다. 책이 발현하는 진정성, 무한히 가변적인 열린 행위인 독서의 세계에 묻혀 살아온 80년 세월이었다.

박 교수는 책을 통해 갇혀 있던 세계에서 해방되어 열린 세계로 나왔다. 또한 안주하고 있던 삶의 수면에서 깨어나 황홀한 심연의 세계에 눈을

박이문 철학자, 포항공대 명예교수

떴다. 삶과 책이 다르지 않은, 작지만 세월의 연륜이 묻어나는 박이문 교수
의 서가에서 삶의 절절한 진정성을 다시 한 번 깨닫는다. ●

씨올사상연구소 소장
철학자,
박재순

유영모·함석헌으로 시대정신을 말하다

© 유정호

박재순 소장은 1950년 충남 논산에서 태어났다. 서울대 철학과를 졸업했고, 한신대에서 신학박사 학위를 받았다. 한국신학연구소 번역실장, 한국기독교사회문제연구원 연구실장, 한신대 연구교수, 성공회대 겸임교수, 씨올사상연구회 회장 등을 지냈다. 현재 재단법인 씨올 상임이사와 씨올사상연구소 소장, 다석학회 이사로 활동하고 있다. 저서로 『예수운동과 밥상공동체』(1988), 『민중신학과 씨올사상』(1990), 『열린 사회를 위한 민중신학』(1995), 『한국 생명신학의 모색』(2000), 『다석 유영모』(2008), 『씨올사상』(2010) 등이 있고, 『갈등하는 인간은 아름답다』(1994), 『신학의 길잡이』(2002) 등 여러 책을 번역했다.

이제 식자°識者치고 '함석헌'의 이름을 모르는 사람은 없을 것이다. 그 뜻을 다 헤아리지는 못해도 수많은 책에서 그이의 글을 발견했을 터이고, 어쩌면 문맥에 맞춰 한 줄 글월 정도는 인용해보았을지도 모른다. 함석헌은 우리 현대사에서 빼놓을 수 없는 거장이며, 아니 그보다는 우리 사회를 밝힌 스승이라는 데 누구도 부인할 수 없을 것이다.

하지만 '다석 유영모'라는 이름은 여전히 생소하다. 몇 권의 책이 출간되기는 했지만 대중의 관심과는 멀었기에, 유영모의 이름은 여전히 감추어진 것이나 진배없다. 함석헌의 스승으로 우리의 말과 삶으로 '철학함'의 깊이와 넓이, 높이를 보여준 유영모의 삶을 자세히 알지 못한다. 씨올사상연구소 박재순 소장이 유영모와 함석헌을 알리기 위해 오늘도 동분서주할 수밖에 없는 이유다. 우리 땅에서 세계를 밝힐 철학과 사상이 탄생했는데도, 밖의 것이 무조건 우수하다는 가려진 눈이 아쉽기에 박재순 소장은 다급하다.

●

세계에 내놓아도 손색없는 유영모·함석헌 철학 »

—

박재순 소장은 하루의 대부분을 함석헌과 유영모와 더불어 산다. 일상의 삶을 함께 나눌 수는 없지만, 두 사람의 생각과 말씀을 마음으로 품고 살기에 "더불어 산다"고 말할 수 있다. 2008년 초, 다리가 부러지면서 후유증으로 오랫동안 고생하면서도 박재순 소장은 두 사람과 더불어 살았다. "무릎이 굽혀지기는 하는데, 내 힘으로 끝까지 펴지지가 않았어요. 관절이 이렇게 억센 줄 미처 몰랐어요"라고 말하는 박재순 소장은 육체적으로 힘든

박재순 철학자, 씨올사상연구소 소장

시간을 보냈을 것이 분명한데도 사람 좋은 미소를 머금었다.

> 제가 주로 앉아서 책을 보는 사람인데, 이 자세가 관절에는
> 가장 안 좋다고 그러더라고요. 열심히 물리치료를 하고 있지만
> 큰 차도는 없습니다.

당시 하루 2시간 이상 책상에 앉아 있지 말라는 의사의 충고가 있었단다. 하지만 책상 앞에 앉을 수밖에 없었다. 그래도 칩거 아닌 칩거가 약이 되었다. 자의 반 타의 반의 칩거였지만, 함석헌 사상의 정수를 모아『씨올사상』을 낼 수 있었기 때문이다. 여전히 박재순 소장은 책상에 앉아 유영모와 함석헌을 연구한다. 개인적인 연구를 넘어 재단법인 씨올 설립에 주도적으로 참여했다. 두 사람의 사상과 철학을 "실천하고 널리 알리기 위해" 그는 뛰어다니지 않을 수 없다. 유영모와 함석헌의 사상과 철학에 대해 박재순 소장은 다음과 같이 설명했다.

> 유영모 선생과 함석헌 선생의 사상은 세계에 내놓아도 손색이
> 없는 한국 철학이자 동아시아 철학입니다. 두 분의 철학은
> 철저한 민주 철학이면서 민중 철학이고, 생명 철학이기도
> 합니다. 마땅한 돌파구를 찾지 못하고 있는 서양철학의 대안이
> 되기에 충분하며, 세계 평화와 통일을 위한 대안이기도 합니다.

날마다 『성서』를 생각한다　»

＿

　박재순 소장의 독서 편력에서 가장 첫 자리를 차지하는 것은 역시 『성서』였다. 초등학교 3학년, 아버지를 일찍 여읜 박재순 소장은 신앙에 깊이 몰입해 어린 나이에도 새벽예배를 빠지지 않았다. 그때부터 『성서』를 읽었고, 초등학교 6학년 때 이미 "성서를 읽으면 모르는 게 없을 것 같다"는 느낌을 받았다.

**이해가 되지 않는 부분도 믿음으로 받아들이니까, 『성서』와
내가 소통이 된다고 생각한 거죠. 당시 『성서』는 중요한
내 친구였어요.**

　중학생이 된 박재순은 한 부흥회에서 감격적인 신앙 체험을 했다. 당시 부흥사는 『이사야서』 25장을 본문 삼아 설교를 했는데, 박재순 소장은 6절의 "만군의 여호와께서 이 산에서 만민을 위하여 기름진 것과 오래 저장하였던 포도주로 연회를 베푸시리니 곧 골수가 가득한 기름진 것과 오래 저장하였던 맑은 포도주로 하실 것이며"라는 말씀에 매료되었다.

　누구나 배고프고 가난하던 시절 '잔치'를 열어주시겠다는 하나님의 약속이 눈물겨웠다. 또한 극히 건강이 좋지 않아 "곧 죽을 것 같은 위기의식"에 사로잡혀 있던 박 소장에게 그 말씀은 곡진한 위로였던 셈이다. 그때 박재순 소장은 "30세까지 살려주시면 복음을 위해 일하겠다"고 기도했단다. 한편 그이는 『성서』를 읽을 때마다 "내 속에 사랑이 가득 차는 것을 느낀다"고 했다. 마음과 몸뿐 아니라 천지와 우주만물이 하나님의 사랑으로 가득

박재순 철학자, 씨올사상연구소 소장

한, 그래서 하나님의 사랑이 실재하는 것이라는 사실에 몸서리쳤다.

1981년 한울공동체 사건으로 2년 반을 교도소에서 생활할 때도 『성서』는 큰 위로였다. 신학과 사회과학서적도 많이 보았지만 수인으로 읽는 『성서』는 또 다른 세계였다. 박재순 소장은 재미있는 이야기를 하나 들려주었다.

성경은 온통 밥 이야기예요. 구약성경을 보면 ' - 하고 밥을 먹었다'는 표현이 수도 없이 나와요. 예수님도 밥 이야기를 많이 하셨죠. 성만찬도 결국 밥 이야기예요.

박 소장은 "밥을 먹을 때마다 예수의 살과 피를 같이 먹고 마시는 것" 이라고 말했다. 일상생활에서 예수의 살과 피를 날마다 생각하라는 뜻이 결국 『성서』의 전체 내용이라는 것이다. 이는 박재순 소장의 책 『예수운동과 밥상공동체』가 담고 있는 주요 내용이기도 하다.

읽는 것만으로도 힘이 되는 그 무엇 »
—

박재순 소장은 함석헌을 대학교 1학년 때 처음 만났다. 그러나 본격적으로 그의 강의를 들은 것은 대학교 4학년이 되고서다. 서울대 철학과 3학년 시절에는 동기와 후배들과 성경공부반을 만들기도 했던 그는, 1974년 민청학련 사건으로 5개월 복역하고 나온 뒤에 철학과 후배들과 한신대 학생들을 모아 함석헌의 『바가바드 기타』 강의를 들었다. 토요일 오후에 모여 공부했던 이 모임은 1년 이상 지속되었는데, 장준하의 의문사 등 시국 문제와 수술 등 개인적인 문제가 겹치면서 중단되었다. 박재순 소장은 "그때 함께 공부했던 사람들이 지금 씨올학회의 주요 멤버들"이라며 애정을 나타냈다.

박재순 소장은 어려서부터 문학에 심취했다고 말했다. 동화 『집 없는 아이』를 읽었는데, 재산을 노린 삼촌 때문에 길에 버려진 레미가 어느 가난한 양배추 농가에게 배춧국을 대접받는 장면을 아직도 잊을 수 없단다. 추운 겨울밤, 거리를 헤매는 소년에게 배춧국 한 그릇을 대접한 손길이 어찌나 고맙게 느껴지던지……. 박 소장은 『집 없는 아이』를 읽은 뒤로는 예나 지금이나 배춧국을 좋아한다. 박 소장의 『예수운동과 밥상공동체』는 머리로만 연구한 결과가 아니라 이러한 경험이 농축된 진실한 저작인 셈이다.

대학 시절에는 철학도답게 쇠렌 키르케고르와 앙리 베르그송의 책을 탐독했다. 테야르 드 샤르댕의 『인간 현상』도 이즈음 읽었다. 이기백 선생의 『한국사』도 이때 읽은 책 중 하나다. 그러나 대학 시절 박재순 소장을 매료시킨 것은 바로 도스토예프스키다. 돈도 한 푼 없으면서 20권 가까이 되는 『도스토예프스키 전집』을 월부로 구입해 읽고 또 읽었다. 옆에서 눈독을 들이던 친구들이 한 권 두 권 빌려가기 시작했는데, 몇 권은 회수가 되지 않았단다. 책을 돌려주지 않은 사람은 지금 이름만 대면 알 만한 대학교수지만 차마 이름을 밝히지 않겠다고 해서 함께 한참을 웃었다.

박재순 소장은 "함석헌 선생의 책은 열심히 공부하지 않아도 보는 것 자체만으로 힘이 되는 그 무엇"이라고 했다. 그런 영향으로 박 소장은 『논어』와 『맹자』, 『대학』, 『중용』 등을 열심히 읽었고, 한신대 시절에는 기숙사에서 『노자』와 『장자』를 "심심하면 봤다."

오늘 한국의 문제는
우리의 삶과 역사에 뿌리를
내리지 않은 외래적이고
비주체적인 학문 연구
전통에서 비롯된 것이며
이 시대의 삶과 문제를
가지고 씨름하는 치열한
시대정신과 절실한 심정의
부재에서 온 것입니다.

ⓒ 유정호

함석헌의 철학과 사상은 마하트마 간디의 비폭력 평화 정신과 궤를 같이 하는데, 이에 따라 박재순 소장도 간디의 책을 열심히 읽었다. 당시 삼성문고에서 나온 『간디 자서전』은 간디를 이해하는 시작점이었다. 그 책에는 돋보기를 쓰고 상반신을 드러낸 간디 사진이 있었는데, 박 소장은 한신대 기숙사에서 생활하는 내내 창틀에 그 사진을 붙여 놓았다.

조직신학을 전공한 이답게 카를 바르트의 책을 손에서 놓지 않았고, 박사학위 주제였던 디트리히 본회퍼에 관한 책도 두루 섭렵했다. 감옥에서는 『성서』와 함께 장 칼뱅의 『기독교 강요』를 영어로 읽었다.

박재순 소장은 자신을 일러 "책을 보며 사는 사람"이라고 했다. 또한 "나를 형성하는 것 중에서 기도와 성찰도 중요하지만, 대부분은 책에서 비롯되었다"면서 "책은 내가 접하는 세계를 형성하고 확장하는 기능을 하게 마련이고, 그런 점에서 책은 또 다른 세계"라고 강조했다. 한 걸음 더 나아가 책은 스승과의 만남이라고 박 소장은 말했다. 책을 통해 스승의 인격과 만나고, 스승의 정신을 만나는 것이다. 덧붙여 가장 의미 있는 만남을 그이는 이렇게 말했다.

**예수님을 어디서 만날 수 있습니까? 예수님과의 만남은
기본적으로 『성서』라는 책을 통해서만 가능합니다. 책은 곧
삶이며 사람인 것이죠.**

이 대목에서 박재순 소장은 다석의 가르침을 이야기했다. 유영모는 경전을 "나를 비춰주는 거울"이라고 했다. 경전을 읽는 것은 나를 읽는 것인데, 결국 모든 책이 그렇다. 경전을 읽고 읽어서, 줄이고 줄이면 결국 나를

비춰주는 거울이 나오고, 나를 찾는 길이 나온다. 다석의 가르침은 곧 "경전은 나"인 셈이다.

이어서 박재순 소장은 안병무 교수가 젊을 때 다석에게 직접 들었다는 일화를 하나를 소개해주었다. 다석이 "예수께서 나는 길이요 진리요 생명이니, 라고 하셨는데 거기서 나는 곧 나"라고 말씀했단다. 지성인 안병무가 반문했다. "그게 예수지 어떻게 나냐"고 말이다. 그러자 다석이 이렇게 말씀하시더란다.

나는 『성서』를 남의 책으로 읽지 않고, 내가 죽고 사는 책으로 읽는다.

유영모의 이 말은 기독교 신앙의 핵심을 통찰한다고 박재순 소장은 말했다. 십자가에서 함께 죽고 함께 산 우리 아닌가. 『성서』의 모든 이야기는 남의 이야기가 아니라 바로 우리 자신, 바로 나의 이야기다. 그래서 『성서』는 지금도 살아 분출하는 생명의 활화산인 것이다. 거기서 참된 삶이 살아 분출하고, 생명이 분출한다. 박재순 소장의 말에 따르면 모름지기 모든 책은 그렇게 읽어야 하는 것이다.

씨올사상을 널리 알리다 »
—

박재순 소장은 재단법인 씨올을 통해 유영모와 함석헌의 철학과 사상을 삶에서 실천하고 널리 알리는 일에 온 힘을 기울이고 있다. 현재 월례강

박재순 철학자, 씨올사상연구소 소장

좌와 교육강좌가 진행되고 있지만, 그것으로는 부족하다. 그래서 2010년 3월부터는 씨올지기 양성 과정을 시작했다. 일상생활에서 씨올사상을 가르치고 실천할 수 있는 지도자를 양성하는 것이 목표다.

6개월을 한 학기로 2년 과정으로 진행되는 씨올지기 양성 과정은 더 많은 사람들이 동참했으면 하는 바람으로 지원 자격도 없고 수강료도 없다. 다만 빠지지 않고 참석하고자 하는 마음의 열정과 수고만 있으면 된다. 그리고 삶에서 씨올지기로 살고 널리 알리면 그뿐이다. 박재순 소장과 김경재 교수, 정양모 신부, 박영호 선생 등 유영모·함석헌을 흠모하는 이들이 강사로 나섰으니 영화 제목처럼 "이보다 더 좋을 수는 없다."

사실 함석헌의 이름은 많이 알려졌지만 그의 사상과 철학을 제대로 이해하는 사람들은 그리 많지 않다. 하물며 유영모는 오죽하랴. 그나마 지난 2008년 세계철학대회를 통해서 유영모와 함석헌의 철학이 세계에 소개되면서 국내외에서 조금씩 반응을 얻고 있다. 2008년 열린 세계철학대회에서 유영모와 함석헌의 철학이 소개된 데는 박재순 소장의 공이 컸다.

아시아에서는 최초로 개최된 세계철학대회에 한국이 자랑할 만한 철학이 없다는 사실에 공감한 세계철학대회 준비위원회가 박재순 소장에게 도움을 청했다. 박 소장은 유영모·함석헌 연구자들을 총동원해 두 사람의 철학과 비전, 역사와 현실 등 총 5개 분과로 나눠 특별 세션을 꾸렸다. 현장 반응은 폭발적이었다. 다른 세미나나 라운드테이블은 참여 인원이 많아야 10명을 넘지 못했는데, 유영모·함석헌을 다룬 세션에는 200명 규모의 공간을 모두 채우고도 돌아가는 사람까지 발생했다.

"생각하는 씨올이라야 산다"는 유영모·함석헌의 명제는 철학자들의 전유물로만 여겨지던 철학과 사상을 평범한 소시민들에게도 돌려준 것으로 평가되었고, 세계 철학계는 큰 반응을 보였다. 특히 일본의 반응이 남달랐는데, 몇몇 철학자들을 중심으로 만들어진 교토포럼이 유영모와 함석헌의 사상과 철학에 주목했다.

교토포럼은 10여 년 전, '일본은 왜 경제대국이 되지 못했는가'라는 문제를 풀기 위해 기업인과 지성인들이 모여 만든 학회다. 교토포럼은 자본과 기술만 있을 뿐 일본을 지탱하는 정신과 사상, 철학의 부재가 일본의 현실이라고 진단하면서, 그것에 걸맞은 시대정신을 찾고자 노력했다.

마침 2008년 세계철학대회가 열렸고, 교토포럼은 구세주처럼 유영모와 함석헌을 만난 것이다. 교토포럼은 씨올사상에서 착안하여 활사개공°活私開公, 즉 '개인을 살림으로써 공공의 영역을 연다'는 기본 원리를 만들어냈고, 일본 공공철학의 기본원리로 삼을 것을 천명했다. 교토포럼은 씨올사상을 좀더 체계적으로 연구하고자 재단법인 씨올에 한일철학포럼을 제안했고, 2009년 7월 목포대에서 제1회 한일철학포럼이 열렸다.

일본을 비롯한 세계 철학계가 씨올사상에 관심을 집중하는 이유는 그만큼 교회가 교회답지 못하다는 반증일 것이다. 박재순 소장은 "지금은 제2의 종교개혁이 일어날 때"라고 힘주어 강조했다. 교회와 교인 수는 점차 늘어나는 듯 보이지만 교회는 빛과 소금의 역할을 감당하지 못한다. 예수의 삶과 정신을 삶으로 구현하지 못하는 것이다. 지금이야말로 생명과 신앙 운동이 일어날 때다. 박재순 소장은 "세상은 새로운 영성을 요구한다"면서 "그 모델이 바로 유영모 선생과 함석헌 선생"이라고 못 박았다.

기독교식으로 이야기하자면 예수와 바울의 모습에 가장 가까운

사람이 바로 유영모와 함석헌입니다. 그들은 예수를 믿고,

박재순 철학자, 씨올사상연구소 소장

예수를 따르고, 예수를 살았습니다. 교리적이고 제도에 얽매인 예수를 이야기하는 것이 아니라 참된 빛으로서의 예수를 살았던 분들입니다.

예수에서 출발해 서양의 철학을 섭렵하고 동양적인 것을 넘나든 두 사람이야말로 참 믿음으로 통하는 길을 발견한 사람들이라는 것이다.

유영모·함석헌을 다시 기억해야 하는 이유 »
—

철학계를 중심으로 씨올사상이 퍼져나가는 것도 중요하지만, 박재순 소장은 더 많은 사람들이 씨올사상을 배우고, 삶으로 살아내며, 널리 알리기를 기대한다. 세미나나 워크숍, 심포지엄의 형태로 발전되면 더 좋겠지만, 먼저 독서회의 형태로 각 지역에서 일어나기를 바라고 있다. 씨올의 꿈틀거림을 일으켜야 한다는 것이다. 재단법인 씨올이나 박재순 소장이 그 모든 일을 감당할 수 없지만 도움을 요청하는 곳이라면 어디든 달려갈 요량이다. 씨올 한 사람 한 사람이 역사의 중심이며, 그러한 믿음을 공유한 공동체가 역시 씨올이기 때문이다. 다행이 최근 씨올의 사상을 공동체적으로 살아보자는 움직임이 일고 있어 박 소장은 감사할 따름이다.

아무도 시대정신을 이야기하지 않는다. 점점 '거꾸로' 세상이 돌아가는데도 누구 하나 나서서 '시대'를 이야기하지 않고, 그것을 담아낼 '정신'을 이야기하지 않는다. 하여, 한국 사회는 지금 '위기'다. 위기를 말하면서 "왜 유영모, 함석헌의 사상과 철학을 이야기하지 않는가?"를 되묻는 박재순 소장의 일성°一聲은 죽비 소리와도 같았다. 그것은 오늘 우리가 유영모와 함석헌을 다시 기억해야 하는 이유이기도 하다.

오늘 한국의 문제는 우리의 삶과 역사에 뿌리를 내리지 않은 외래적이고 비주체적인 학문 연구 전통에서 비롯된 것이며 이 시대의 삶과 문제를 가지고 씨름하는 치열한 시대정신과 절실한 심정의 부재에서 온 것입니다. ●

박재순 철학자, 씨울사상연구소 소장

더디 가는 지름길 '다르게' 살기

제천 간디학교 교장

목사, 양희창

© 유정호

양희창 제천 간디학교 교장은 1963년 1월 부산 출생으로, 연세대 사학과와 총신대 신학대학원에서 공부했다. 산청 간디학교 교장과 대안교육연대 대표를 역임했고, 현재 전국 YMCA 실행이사로 일하고 있다. 1997년부터 제천 간디학교 교장을 맡고 있는 양희창 교장은 후배와 함께 대구 빈들교회에서 설교 사역을 하는 목사이기도 하다.

제천 간디학교 학생들은 그를 '초고추장'이라고 부른다. 추장보다 높아 고추장이고, 고추장보다 높아서 초고추장이란다. 명색이 교장인데 함부로 별명을 불러도 될까 싶은데, 그이는 아랑곳없다. "애들이 얼마나 예쁜지 교육이 안 됩니다"라는 희한한(?) 교육철학을 가진 사람이 바로 제천 간디학교 양희창 교장이다. 그를 만나기 위해 월악산 어느 자락엔가 있을 학교를 찾아 차를 모는 사이에도 가을은 소리 없이 깊어가고 있었다.

●

다르게 사는 사람들에 대한 연민   »
—

양희창 교장이 청소년들과 제천에서 부대끼며 산 것이 15년. 산청 간디학교의 시작이 1994년이니 벌써 18년 넘게 청소년들과 동고동락하고 있는 셈이다. 그 자신도 청소년기를 겪었기에 물었다. 청소년기에 어떤 책을 읽었느냐고. 돌아온 양희창 교장의 대답이 재미있다.

동화류 책을 많이 읽었어요. 『모모』, 『어린 왕자』도 즐겨 있었고, 『꽃들에게 희망을』도 자주 봤죠. 동화처럼 읽히지만 깨달음을 주는 책들이었고, '무엇이 더 중요한가'를 생각하게 하는 책들이었죠. …… 그리고 사람들에게 잘 보이려는 마음이 있었는지 조금 어렵다 싶은 책을 많이 읽는 편이었죠. 그런데 그렇게 읽은 책을 통해서 '우리와는 다르게 사는 사람들이 있구나'라고 어렴풋하게 인식하기 시작했어요.

양희창 목사, 제천 간디학교 교장

그 책들은 다름 아닌 존 스타인벡의 『**분노의 포도**』와 조세희의 『**난장이가 쏘아올린 작은 공**』이었다. 정직하게 살았지만 하루아침에 비참한 이주노동자로 전락한 조드 일가를 통해 대공황 시대 미국의 참혹한 현실을 그려낸 『분노의 포도』는 흡사 오늘을 사는 한국 소시민의 몰락을 고스란히 재현하는 듯하다. 산업자본주의의 득세와 그로 인한 농촌과 소시민의 몰락은, 허울 좋은 세계화의 이면에서 돌이킬 수 없는 양극화의 길을 걷는 이 시대의 자화상인 셈이다.

『난장이가 쏘아올린 작은 공』은 또 어떤가. 개발 논리에 밀려 삶의 터전을 강탈당해야만 했던 30년 전 민초들의 삶은 '재건축'이나 '뉴타운'이라는 망령으로 되살아났다. 소시민들의 보금자리는 용역들의 손에 무너지고, 그렇게 무너진 소시민들은 변두리와 길거리로 밀려난다. 양희창 교장은 자신의 청소년기를 관통한 몇 권의 책에서 다르게 사는 사람들에 대한 연민을 배웠다.

아는 만큼 고난에 동참하는 삶　》
—

대학 2학년을 마치고 양희창 교장은 1년 동안 출소자를 위한 갱생보호소에서 생활했다. 원치 않는 결핵에 걸려 어쩔 수 없이 선택한 일이었지만 양희창 교장은 이때 『**성서**』를 읽는 새로운 묘미를 발견했다. 출소자들과 함께 『성서』 공부를 한 것이 그 시초였다. 출소자들은 대학생 양희창과 『성서』 공부에 매달릴 만한 상황이 아니었다. 그들은 오로지 생존을 고민할 때였으니 창조와 타락, 구속으로 이어지는 성서의 파노라마가 귀에 들어올리 없었다.

　양희창 교장도 그들의 자활을 돕기 위해 함께 포장마차를 끌었고, 그들과 함께 울고 웃었다. 『성서』말씀이 '복음'이 되는 길은 결국 함께 부대끼며 살아야만 가능한 일이었기 때문이다. 그렇다고 양희창 교장이 꼭 민중신학적 입장을 견지한 것은 아니다. 『성서』말씀은 곧 삶으로 살아내는 것임을 깨달은 것뿐이다. 아울러 『성서』를 읽을수록 이스라엘의 역사가 단순한 세계사의 한 자락이 아니라는 것을 알게 되었다. 출애굽의 역사가 지닌 사회적 의미, 현재적 의미를 재확인할 수 있었다. 지금도 그때 동고동락했던 사람들과 만나 옛일을 회상할 때가 종종 있다고 한다.

그런 꿈 같은 시절을 보내고, 『성서』가 재미있는 줄 알고
신학대학원에 들어가게 된 거죠. 그런데 신학대학원 들어가니까
묘하게도 『성서』가 재미없어지더라고요. 오히려 신학대학원
가서는 『성서』를 덜 읽었어요. (웃음)

　그래도 예수의 행적을 기록한 '사복음서'는 열심히 읽었단다. 예수의 행적을 읽다보면 자신도 모르는 사이에 감동했고, 나름대로 은혜도 받았다. 혼자서 울기도 숱하게 했다. 예수의 이름만 알 뿐 『성서』 읽는 재미를 알지 못하는 시대. "교회 다니는 사람들에게 『성서』가 재미없으면 무슨 의미가 있겠냐"며 웃는 양희창 교장의 얼굴이 해맑다.

　한편 제천 간디학교 홈페이지°http://www.gandhischool.org에 가면, 양희창 교장을 비롯한 교사들의 면면을 자세하게 볼 수 있다. 그중에 '내 생애 한 권의 책'을 묻는 코너가 있다. 난데없이 여성잡지 《우먼센스》를 말하는 교사

양희창 목사, 제천 간디학교 교장

가 있는가 하면, 만화『캔디캔디』를 추천한 교사도 있다.

양희창 교장의 답은 역사를 공부한 이다웠다. 함석헌의『뜻으로 본 한국역사』를 꼽았기 때문이다.『뜻으로 본 한국역사』를 대할 때마다 '아는 만큼 책임져야 한다'는, 그리고 '아는 만큼 고난에 동참해야 한다'는 내면의 목소리가 메아리친다고 한다. 그래서 양희창 교장은『뜻으로 본 한국역사』를 일러 "마음의 에너지가 충만해지는 책"이라고 소개했다.

그 마음의 에너지를 따라 대학시절부터 야학을 했다. 당연히 무엇을 가르칠까 날마다 고민했고, 검정고시 예상문제가 아니라 '아는 만큼 책임지는 삶'과 '아는 만큼 고난에 동참하는 삶'을 알려주고자 동분서주했다. 함석헌이 던진 화두, 즉 마음의 에너지는 야학을 시작하게 했고, 산청과 제천에서 간디학교라는 이름으로 지금도 현재진행형이다.

더디 가는 길처럼 보이는 지름길　》
—

학교 이름을 '간디'라고 했으니 거기에도 깊은 속내가 있으리라. 양희창 교장은 "간디의 불복종 정신과 공동체를 지향했던 열정 때문"이라고 대답했다. 간디의 이름이 들어간 웬만한 책은 모두 섭렵했다. 신자유주의 물결의 거센, 양극화의 피폐가 전 지구적 현상으로 등장한 지금, 간디가 추구했던 소박한 꿈, 즉 욕망을 줄이는 것 자체가 얼마나 어려운 일인가를 실감한다. 양희창 교장은 간디를 가리켜 "선각자, 선지자적 혜안을 가진 사람이었고, 그 실천에 있어 늘 올곧은 길을 걸으려고 했던 사람"이라고 평했다.

이런 정신은 간디학교를 운영함에도 고스란히 반영된다. 소유의 개념만을 놓고 보자. 요즘 세대를 보면 공부하는 목적도 더 많은 것을 움켜쥐기 위한 것이다. 좋은 대학은 좋은 직장, 즉 소유로 연결된다. 타인을 짓밟지 않으면 소유할 수 없는 것이 요즘 현실이다. 그것은 결국 기득권이라는 카르텔을 형성하고, 결국은 모두가 파멸의 길을 걸을 수밖에 없다.

그래서 양희창 교장과 제천 간디학교 교사들은 소유보다 '존재의 중요성'을 늘 생각한다. 간디가 그랬던 것처럼 '스스로 선택하는 가난'을 실천하려고 애쓰는 것이다. 찌들거나 불행한 삶이 아니다. 오로지 스스로 선택한 자발적 가난이며, 타자와 함께 살고자 하는 눈물겨운 노력이다. 양희창 교장은 "간디학교 아이들이 패배자나 소외자로 사는 것이 아니라 '다르게 사는 것'을 배우는 중"이라고 말했다.

그렇다고 불안감이 없는 것은 아니다. 좋은 대학을 가기 위해 유치원에 들어가기 전부터 선행학습을 하는 시대이다 보니, 중·고등학교 6년을 제천에서 보내는 것은 세상 시선으로 보면 '미친 짓'이나 다름없다. 그렇지만 양희창 교장을 비롯한 제천 간디학교에 젖줄을 댄 모든 사람들은 "소박한 삶, 봉사하는 삶, 나누는 삶이 세상을 변화시키는 리더의 삶"임을 의심하지 않는다. 세상 사람들 눈에 더디 가는 길, 아니 잘못된 길처럼 보일지 몰라도 "이 길이 더 지름길이라고 깨달은 것이다." 양희창 교장은 젊은 시절부터 간디의 책을 읽으며 이런 생각을 실천에 옮겼고, 결국 제천 간디학교는 학생과 학부모들이 함께 만들어가는 '더디 가는 길처럼 보이는 지름길'인 셈이다.

사실 대안학교의 문을 두드리기 위해서는 부모와 자녀의 동의가 절대적이다. 공교육 부적응이 이유가 아니라 "다르게 살겠다는 절대적 의지"가

양희창 목사, 제천 간디학교 교장

사람들에게 잘 보이려는
마음이 있었는지 조금
어렵다 싶은 책을 많이
읽는 편이었죠. 그런데
그렇게 읽은 책들을 통해서
'우리와는 다르게 사는
사람들이 있구나'라고
어렴풋하게 인식하기
시작했어요.

ⓒ 유정호

대안학교를 찾는 이유가 되어야 한다는 것이 양희창 교장의 생각이다. 비인가 학교이기 때문에 학력을 인정받을 수도 없는 학교, 그것도 도시에 익숙한 학생들이 제천의 산골에서 또래 아이들과 부대끼며 살아야 하기 때문에 부모는 물론 아이들의 의지도 무시할 수 없다. 그래서 양 교장은 요즘 제천 간디학교를 중심으로 마을 공동체를 이루기 위해 분주히 움직이고 있다.

> 제천 간디학교를 다닌 6년 동안 자기 수레바퀴를 지고 뒹굴뒹굴하며 제 삶을 고민한 아이들은 이미 저마다의 끼와 재주를 발견했어요. 그렇지만 졸업하고 세상에 나가면 막막한 게 사실이죠. 혼자서는 버거워요. 결국 연대와 공동체가 필요합니다. 졸업 이후가 더 중요하다는 것을 이제야 깨달은 거죠. 대안적 직업과 진로를 고민한 아이들이 네트워크를 형성할 수 있도록 우리가 먼저 이곳에서 마을 공동체를 하는 겁니다.

이미 열 가정이 넘게 제천 간디학교 주변에 정착했다. 학부모들도 이제는 중앙집권적인 사고로는 아무것도 해결하지 못한다는 사실에 눈을 뜨게 되면서, 제천에서 함께 마을 공동체를 실험해보자는 열의가 생긴 것이다. 이런 마음을 품는 데 결정적인 역할을 한 것이 간디의 책『마을이 세계를 구한다』이다.

간디는 "깨어난 자유로운 인도는 신음하고 있는 세계에 전할 평화와 선의의 메시지를 가지고 있다"고 했다. 양희창 교장은 이제 걸음마 단계라고 겸양의 말을 건넸지만, 제천 간디학교가 추구하는 마을 공동체의 이상과 꿈이 하나씩 실현된다면 "깨어난 자유로운 제천 간디학교 마을 공동체는 신음하고 있는 한국에 전할 평화와 선의의 메시지를 가지게 될 것이다."

양희창 교장은 "세계화가 되니까 역설적으로 우리 사회가 가진 왜곡된 모습을 적나라하게 보게 된다"면서 "제천 간디학교가 대안교육을 하고 있는 것이 아니라 대안적 사고와 실천들이 세계 곳곳에서 보편적으로 이루어지고 있는 것을 발견한다"고 말했다. 판디트 네루에게 보낸 간디의 편지에는 미래를 내다본 혜안은 물론, 제천 간디학교와 마을 공동체가 이루려는 기본 정신이 담겨 있다.

인도가 진정한 자유를 얻고 인도를 통해 세계가 또한 진정한
자유를 얻으려면 조만간 사람들이 도시가 아니라 마을에서,
궁전이 아니라 오두막에서 살아야 한다는 사실을 모두 깨달아야
한다고 나는 확신합니다. 수많은 사람들은 도시에서, 궁전 같은
집에서 결코 평화롭게 살 수 없습니다. 그렇게 되면 폭력과
거짓밖에 의지할 데가 없을 것입니다.

상상력이 넘치는 간디 아이들 »
—

간디 아이들은 도시에 찌든 아이들과 달리 활달했다. 수도 없이 재잘거리며 친구들과 이야기했고, 공을 찼다. 컴퓨터 게임이 놀이의 전부인 도시 아이들과 달리 제천 간디학교 아이들은 월악산을 제집 드나들 듯하며 논단다. 이곳 아이들은 개인 컴퓨터는 물론이고 휴대폰조차 갖지 않는다. 몇 해 전, 기계의 노예가 되는 것에 대한 학생들의 열띤 토론이 있었고 컴퓨

양희창 목사, 제천 간디학교 교장

ⓒ 유정호

터와 휴대폰이 그 주범이라는 사실에 모두가 공감했다. 무려 한 달 동안 끌어온 논쟁은 스스로의 결정에 따라 컴퓨터와 휴대폰을 소유하지 않는다는 합의에 도달했다. 물론 가끔 교무실에 비치된 컴퓨터를 이용하기 위해 한밤중에 기숙사를 탈출(?)하는 학생들이 있긴 하지만 학생들은 자신의 결정을 실천하는 용기를 가지고 있다.

스스로의 길을 고민할 시간이 도시 아이들보다 많은 간디 아이들에게 양희창 교장은 책 읽는 습관을 들여주고 싶지만, 만만치 않은 일임에 분명하다. "구체적이고 문화적인 코드를 가지고 접근하지 못하는 것이 현실"이라고 말하는 그이는 "요즘 세대들이 기본적으로 텍스트에 약하다"고 말했다. 철학을 가르치고 있는 양희창 교장은 궁여지책으로 영화나 연극 등 아이들의 관심사와 접목해서 책을 읽도록 유도한다.

양 교장에게 책을 읽는 일은 상상력을 충전하는 모태와도 같다. 교육계에서 창의력이라는 말을 자주 사용하지만, 그 말은 결국 오도될 확률이 높다. 그래서 양희창 교장은 창의력보다 상상력이라는 말을 자주 사용하는데, 그에게 상상력이란 "함께 살아갈 수 있는 능력"을 뜻한다. 자기 삶을 기획할 수 있는 능력, 땀 흘리며 살 수 있는 능력, 근본적으로 사고할 수 있는 능력의 근원은 결국 상상력이다. 상상력이 충만하면 자기 기획력을 가지고 대안적 삶을 주도적으로 살 수 있다. 양희창 교장이 간디 아이들에게 기대하는 바가 바로 상상력이 충만한 삶이다. 그는 아이들이 상상력 넘치는 삶을 살 수 있도록 네트워크를 다져주는 사람이고 싶은 것이다.

제천 간디학교 3학년 학생들은 4학년 진학(제천 간디학교는 중·고 통합과정으로 중학교 나잇대 학생들이 1·2·3학년이 되고, 고등학교 나잇대 학생들이 4·5·6학년이 된다)을 앞둔 10월이면 한 학기 동안 준비한 논문을 발표한다. 여름 한철 동안 땀 흘리며 논문을 준비한 학생들은 긴장할 법도 한데, 시종 진지한 모습을 잃지 않으면서도 웃음이 만발한 발표를 이어간다고 한다.

양희창 교장은 "한 학기 동안 고생한 걸 한나절에 풀어놓자니 힘들기도 할 것"이라고 했지만 아이들은 지친 기색도 없이 친구들과 재잘거렸다. 3학년 학생들은 생태와 봉사, 흙집 짓기, 유기농 먹거리, 공정무역 등 자신만의 관심 분야를 찾아내 한 학기 동안 고민하며 부딪혔고, 그 결과물을 쏟아냈다.

양희창 목사, 제천 간디학교 교장

양희창 교장은 "산골 학생들의 관심 분야지만 우리가 대학 다니던 시절 졸업논문 수준은 될 것"이라며 "마음대로 되지 않아 울기도 하고 좌절도 하지만, 이렇게 논문 한 편을 쓰고 나면 아이들이 훌쩍 자란다"고 말했다. 그리고 덧붙이기를 "우리 대학 시절 논문이야 이 자료 저 자료 베낀 것인데 이 아이들의 논문은 온전한 연구와 행동의 결과여서 오히려 내가 부끄럽다"고 말했다. 학생들에 대한 온전한 신뢰와 사랑이 묻어나는 대목이 아닐 수 없다.

책, 한눈팔지 않고 한 길을 걷는 이유 »
—

양희창 교장은 강수돌 교수의 『살림의 경제학』을 읽고 감명받았다고 한다. 모두 경쟁과 효율을 이야기할 때 강수돌 교수는 개인의 인격과 건강, 공동체, 생태계가 함께 살아야 한다는 살림의 경제, 상생의 경제를 말했다. 한 마을의 이장으로 공동체를 보듬기도 했던 강수돌 교수는 두 자녀를 제천 간디학교에 맡겼던 학부모이기도 했다. 양 교장은 "살림의 경제는 결국 인간다운 사회를 만드는 행복의 경제학이라는 강 교수님의 말은, 끝내 모두를 패배자로 만드는 오늘날 경제 시스템을 치유하는 유일한 길인 듯싶다"고 말했다.

하지만 양희창 교장은 이런 시도들, 즉 인간다운 사회를 만들고자 노력했던 사람들이 모두 사라진 것은 아니라며 안도한다. 예로부터 수도원 실험이 그랬고, 세계 곳곳에서 일어나는 대안적 삶을 위한 노력들이 그렇다. 초대 교회의 함께 살기를 위한 노력도 결국은 창조의 본래 목적, 곧 인간다운 삶을 위한 실험이었다. 그가 읽었던 수많은 책은 결국 인간다운 삶을 실현하기 위한 도전이었고, 지금껏 한눈팔지 않고 이 길을 걸을 수 있었던 버팀목이었다.

> 대안학교를 하지만 이 중에서도 20~30퍼센트만 대안일
> 수 있다는 생각을 종종합니다. 대안학교에서 어떤 아이들은
> 불행해지기도 하니까요. 그런 점에서 간디학교는 유토피아가
> 아니라 고름이 터져 나오는 곳입니다. 그렇지만 그 고름은
> 깨달음 그 자체이고, 진실이기 때문에 인격과 사회를 위한
> 굉장한 힘이 될 거라 확신해요.

책을 가까이 하는 것만으로도 삶의 질이 고양될 것이라는 양희창 교장은 여유로웠다. 손님 접대를 위한 작은 방에서 나눈 이야기는 일방적인 질문과 기계적인 대답이 오가는 자리가 아니라 우리네 소탈한 삶을 나눈 정겨운 담소 자리였다. 깊어가는 가을의 제천을 뒤로하고 돌아오는 길, 그곳에서 우리 사회의 내일을 밝힐 청소년들이 자라고 있었다. ●

양희창 목사, 제천 간디학교 교장

어제를 돌아보아 오늘과 내일을 밝히다

명예교수
숙명여대
역사학자,
이만열

© 유정호

이만열 교수는 1938년 경남 함안에서 태어나 마산고등학교와 서울대 사학과를 졸업했다. 동 대학원에서 석사 학위와 박사 학위를 받고 1970년부터 2003년까지 숙명여대 한국사학과 교수로 재직했다. 미국 프린스턴 신학교 객원교수와 한국기독교역사연구소 이사장, 한국독립운동사연구소 소장 등으로 일했고,《복음과 상황》공동발행인, 외국인 노동자를 위한 희년선교회 대표, 국사편찬위원회 위원장 등을 지냈다. 1992년 단재 학술상을 수상했고 주요 저서로는『한국기독교 수용사 연구』(1988),『한국근대역사학의 이해』(1989),『한국기독교와 역사의식』(1989),『단재 신채호의 역사학 연구』(1990),『한국기독교와 민족의식』(1991),『우리 역사 5천년을 어떻게 볼 것인가』(2000),『한국 근현대 역사학의 흐름』(2007),『역사의 중심은 나다』(2007),『감히 말하는 자가 없었다』(2010) 등이 있다.

역사를 공부하는 이유는 단순히 지나간 과거의 사실만을 캐기 위한 것이 아니다. 오히려 과거를 근거로 현재를 이해하고 다가올 미래를 예측하는 힘을 키우는 것이 진정한 역사 공부다. 그래서 사람들은 "오래된 미래"라는 말로 어제와 오늘 그리고 내일의 함수를 이야기한다. 역사학자로 산다는 것은 바로 이 작업에 몰두하는 일일 게다. 케케묵은 과거사를 들추는 것 같지만 오늘 우리의 삶과 내일 걸어가야 할 길을 제시하는 일 말이다. 국사편찬위원회 위원장을 지낸 이만열 교수는 서가에 빼곡하게 들어찬 수많은 자료와 책들 사이에서 어제를 통해 오늘과 내일을 바라보고 있었다.

●

독서의 기쁨을 처음 선사한 『성서』 »

ㅡ

이만열 교수에게 독서의 기쁨을 처음 선사한 책은 단연 『성서』다. 해방되던 해 초등학교 1학년이었던 이 교수는, 집안 대청소 중에 『신약성경』을 우연히 발견했다. 선반 깊숙이 자리 잡고 있던 『성서』는 뽀얀 먼지를 한 가득 뒤집어쓰고 있었고, 앞뒤는 떨어져 나가 허름했다.

이상하고 두꺼운 책이 하나 있는데 보니까 『성서』예요.
일제강점기에는 못 보던 책이니까 감춰둔다고 어른들이 그곳에
둔 것 같아요. 해방과 함께 그 『성서』도 빛을 본 것이죠.
교회에서 『성서』 열심히 읽으라고 무던히 강조할 때였고,
그러다 보니 저도 열심히 읽었습니다. 그때 암송했던

이만열 역사학자, 숙명여대 명예교수

성경 구절들이 지금도 기억에 생생해요.

해방 직후 많은 교회가 해방의 의미를 『성서』를 통해 가르치곤 했다. 주일학교 교사들이 모세가 이끈 출애굽의 역사와 우리 민족의 해방 역사를 적절하게 조합해 가르쳤던 것이다. 지금도 이 교수는 혼자 있을 때면 그때 불렀던 찬송가들을 자주 부르곤 한단다.

이만열 교수는 찬송가 이야기가 나온 김에 할 말이 있다며 자리를 고쳐 앉았다. 이 교수는 그간 찬송가의 변화를 논하면서 요즘 교회에서 많이 사용하고 있는 『21세기 새 찬송가』에 대해 "한국 교회 차원에서 꼭 생각해볼 문제"라고 강조했다. 이 교수는 두 가지 문제를 지적했는데, 첫째는 가사의 변화다.

실제로 새 찬송가의 가사는 예전과는 다른 단어가 사용된 경우가 많다. 이에 대해 이 교수는 "찬송가 자체에 지나치게 의존하게 되면서 찬송가가 주는 은혜와 묵상을 방해한다"고 말했다. 가사를 몰라 악보에 의존하다 보면 찬송가가 주는 깊은 은혜를 경험하지 못한다는 것이다. 물론 예전 찬송가가 어법에 맞지 않는 것도 있었음은 인정한다. 그러나 그것이 주는 은혜는 실로 놀라운 것이었다.

두 번째는 생존해 있는 사람들이 만든 찬송가가 지나치게 많이 수록되었다는 점이다. 사람 일은 어떻게 될지 모른다. 철저하게 신앙이 검증되었다고 보기 어려운 것이다.

단체와 관련한 사람들의 곡도 보여요. 교단 차원의 안배도 작용했다는 후문도 들리고요. 이런 경우에는 생존해 있는

**사람들의 곡을 함부로 찬송가에 넣어서는 안 됩니다. 공적인
심의를 거치면서 절차와 권위를 부여해야 하는데, 지금 찬송가는
그렇지 못합니다.**

이 교수는 비록 어린 나이였지만 이런 가르침을 통해 그리스도인으로
서의 윤리적 교훈과 삶에 대해 생각하게 되었다. 더 중요한 것은 이런 작은
일들이 이 교수가 "기독교인으로서 민족주의적 요소를 동시에 갖추게 된"
일대 사건의 시작이라는 점이다. 이만열 교수의 삶 중심에는 언제나 교회
와 신앙이 있고, 그와 함께 이 땅에 발 딛고 사는 우리가 있다.

이만열 교수가 『성서』에 더욱 천착하게 된 것은 한국전쟁을 겪으면서
다. 마산과 진주 사이인 함안에 살던 이만열 교수의 가족은 피난을 떠나지
못했다. 인민군이 대대적으로 마을에 터를 잡지는 않았지만 그렇다고 생활
이 자유로울 수는 없었다. 또 숱한 공습으로 매일 주먹밥을 싸들고 산으로
들어가야 했다. 산으로 들어가는 이 교수의 한 손에는 주먹밥이, 또 다른 한
손에는 『성서』와 『찬송가』가 들려 있었다. 몇 사람의 인민군만이 있던 터라
검문 같은 것은 없었다.

여름이었지만 산속은 시원했다. 이 교수는 산속 개울에서 철모르고 놀
던 기억도 좋았지만 그곳에서 『성서』를 읽고 찬송가를 부른 일을 지금도
선명하게 기억한다. 이 교수는 찬송가 〈내 주를 가까이 하게 함은〉, 〈내 평
생 소원 이것뿐〉 등을 마르고 닳도록 불렀다.

이만열 역사학자, 숙명여대 명예교수

슈바이처가 준 감동으로 의사를 꿈꾸다 »

이만열 교수는 일요일이면 외국인 노동자들을 돕는 단체인 희년선교회에 나간다. 희년선교회는 외국인 노동자들에게 선교하는 것을 주목적으로 만들어진 단체지만 임금 체불과 의료 문제, 언어 문제를 포함한 인권 문제를 눈감고 있을 수 없어 이만열 교수도 함께 팔을 걷어붙일 때가 많다. 또한 탈북 청소년을 위한 학교인 여명학교 이사장으로 일하고 있고, 새터민 대학생을 돕는 하나로장학회도 지원하고 있다. 하나로장학회는 지난해까지 70명의 새터민 대학생에게 월 30만 원의 장학금을 지급했는데, 경제 위기 때문에 장학금을 줄였다면서 이 교수는 보이지 않는 한숨을 토했다. 꿈도 많고 하고 싶은 것도 많은 청소년들, 삶에 대한 희망에 부풀어 있는 청년들을 위해 더 많은 것을 주지 못하는 아비의 마음이 안타깝게 묻어난다.

이야기는 자연스레 이만열 교수의 청소년기 독서로 넘어갔다. 이 교수가 다닌 교회는 일요일에 버스를 탄다거나 음식을 사먹는 일은 꿈도 꾸지 못했다. 그가 중·고등학교를 다닌 1950년대 초·중반은 이른바 '고신파°高神派 운동'이 왕성했던 때로, 여성들은 파마도 마음대로 하지 못했고, 책을 보는 데도 엄격한 기준이 알게 모르게 작용했다고 한다. 소설은 언감생심이요, 《학원》 같은 잡지도 서점에서 기웃거리기만 했을 뿐 제대로 읽어보지 못했다.

그때 이만열 교수의 마음을 사로잡은 책이 바로 『슈바이처의 생애와 사상』이었다. 이 책은 목회자이면서 한센병 연구로 유명한 의사였던 이일선 목사가 펴낸 것으로, 이 목사는 1953년, 노벨평화상 수상자인 알베르트 슈바이처 박사가 있는 아프리카로 직접 찾아가 함께 병원 일을 돌보기도 했다. 이후 한국으로 돌아와 『슈바이쳐의 생애와 사상』을 펴냈고, 슈바이처의 모범을 따라 울릉도에 들어가 의술을 펼치며 복음을 전했다. 이 교수는 슈바이처에게 마음을 빼앗겼고, 자신도 "의술을 베풀며 복음을 전하는 사람"이 되기로 작정했다.

그러나 감동과 결단도 잠시, 이 교수는 고등학교 2학년 때 시력 검사에서 '색약'으로 판정받았다. 당시 색약이라고 하면 수학과를 제외하고는 자연계 어느 학과에도 진학할 수 없는 것이 사회 통념이었다. 의사의 꿈을 그렇게 허망하게 접을 수밖에 없었다. 꿈을 접고 방황도 잠시, 이만열 교수는 목사의 꿈을 꾸게 되었다. 마산중·고등학교를 다니면서 삼촌 집에서 기거했는데, 신앙심이 깊었던 숙모가 "하나님의 일을 해야 한다"며 목사의 길을 권했다. 고등학교 졸업과 동시에 신학을 할 것인지, 학부를 졸업한 뒤 신학을 할 것인지 고민하고 있을 때 학생신앙운동°Student for Christ, SFC 선배들이 해답을 주었다. 대학을 마치고 신학을 해도 늦지 않는다는 것이었다.

'평생의 생활 신념'을 갖다 »

—

군에서 제대한 이만열 교수는 막스 베버의 『프로테스탄트의 윤리와 자본주의 정신』에 깊이 매료되었다. 독일어 원전을 보아가며 공부할 정도였다. 프로테스탄트의 윤리가 우리가 발 딛고 사는 자본주의에 어떻게 기여했는지 알게 되었을 때, 이만열 교수는 개안과도 같은 기쁨을 맛보았다. 정직과 근면, 절약과 절제 등의 기독교 윤리가 합리주의와 신용, 근면과 절제 등 자본주의의 기반을 마련했다.

그때 읽은 산문들은 지금도
인생의 길을 밝히는
안내자와도 같습니다.

© 유정호

여기에 칼뱅주의자들이 이야기한 예정설이 결합하면서, 즉 맡은 바 직업에 온전히 충성할 때 하나님의 전적인 은혜로 구원을 얻는다는 연결 고리를 알게 되면서 이만열 교수는 "내 평생의 생활 신념"을 확립하게 되었다. 이를 두고 이 교수는 평생을 학자로 살면서 대°對사회적 메시지, 즉 "프로테스탄트의 윤리를 올곧게 내세울 내적 근거를 마련한 사건"이라고 표현했다.

이때 또 한 권 마음에 남은 책은 찰스 라이트 밀스가 쓴 『들어라 양키들아』다. 이 교수가 대학을 졸업할 무렵 피델 카스트로가 쿠바에서 혁명을 일으켰다. 온통 미국에 열광하던 시절, 『들어라 양키들아』는 카스트로와 쿠바 혁명의 당위성을 이해하는 길잡이였고, 약자의 소리에 귀 기울이는 것이 혁명이라는 생각을 갖게 해주었다. 무엇보다 중요한 것은 이 교수가 일련의 사건을 통해 사회과학적 마인드를 확립하게 되었다는 사실이다.

서울대 최문한 교수의 사회사상사 강의와 민족주의에 관한 책들을 읽으며 기독교와 민족주의에 대한 생각의 폭을 넓히기도 했다. 또한 박종홍 교수의 한국사상사 강의를 들었고, 조가경 교수의 실존철학 강의도 빼놓지 않고 들었다. 대학 2학년 때부터는 당시 연세대에서 강의하던 김형석 교수의 집에 가정교사로 들어가 주일마다 『성서』 강좌를 들을 수 있었다. 김형석 교수의 원고 정리를 도우며 읽은 산문들은 지금도 인생의 길을 밝히는 안내자와도 같다고 한다.

단재의 역사학에 매료되다 »

역사학으로 자신의 길을 온전히 잡은 이만열 교수는 이병도의 『국사대관』을 통해 역사학의 맥을 잡으려고 노력했다. 고대사부터 현대사를 관통하는 실증적 공부법을 이 책을 통해 배웠다. 한편 "국사 공부에 가이드가 된 책"인 이기백 교수의 『한국사신론』을 만난 것도 이즈음이다.

> 이기백 선생의 『한국사신론』은 국사학도들에게 가장 많은
> 영향력을 준 책입니다. 일제 식민사관에 대한 정확한 반론이
> 없던 시절, 그 포문을 연 책이기도 하고요. 이 책 서문에 보면
> 식민사관에 대한 비판을 짧지만 조목조목 담아내고 있습니다.

이만열 교수는 이기백 교수의 책이 내용뿐 아니라 연구자로서의 글쓰기의 전범을 보여주는 사례라고 상찬을 아끼지 않았다. 단문 형식이지만 품위 있는 글을 썼고, 인품처럼 깨끗하고 군더더기 없는 글을 썼다. "역사학은 문학이 되어야 한다"고 생각한 이기백 교수의 생각이 스스로의 저작에 고스란히 드러난 것이다. 이만열 교수는 그의 영향을 받아 정갈한 글쓰기를 위해 노력했는데, 마침 은사인 서울대 김철준 교수의 추천으로 《대한일보》에 '한국의 학보°學譜'에 대해 연재할 기회를 얻었다. 한국의 사상사와 학맥°學脈을 연구하는 일이라 수많은 자료 조사와 연구가 뒤따랐고, 근대사상에 접근하면서 단재 신채호와 조우하게 되었다.

단재는 평범한 문헌에서도 역사적 혜안을 발견해낸 사람이었다. 그러면서도 고대사를 인식하는 골격 자체가 범인°凡人들과 달랐다. 결국 고대사

이만열 역사학자, 숙명여대 명예교수

연구로 석사 학위를 받았던 이 교수는 근대사로 넘어와「단재 신채호의 역사학 연구」로 박사 학위를 받았다. 단재가 연구한 고대사를 제대로 들여다보기 위해 그가 살았던 한말 일제 식민지 시대를 탐구했고, 결국 근현대사에 대한 학문적 인식과 현실 인식을 동시에 잡을 수 있는 기회가 되었다.

한국 기독교사 연구에 매진하다 »

—

사실 이만열 교수가 기독교적인 관심을 학문과 연관시킨 것은 1972년 유신이 선포되면서다. 한국 민주주의의 현격한 퇴보임에도 교회 지도자들은 유신을 환영했다. 저항해야 할 교회가 오히려 박수로 화답한 것이다. 이 교수는 "한국 기독교가 질곡의 역사 속에서 어떻게 행동했는지 역사적으로 따져보자"는 결심을 했고, 유의미한 시대로 한말 일제 식민지 시대를 설정했다. 그렇게 나온 논문이「한말 기독교인들의 민족의식 형성과정」이다. 원고지 350매 분량의 논문이 발표되자 여러 진보적 기독교 단체에서 찾아왔다. 기독교사°基督敎史에 관한 최초의 논문이기도 했고, 그 내용이 유신을 염두에 둔 것이라 폭발적인 반응이 있었던 것이다. 그렇게 진보 진영과 연을 맺게 되었고 당시 막 일어나던 민중신학 토론회에도 참석하게 되었다. "이때를 계기로 한국 기독교사를 충실하게 연구하게 되었다"고 이 교수는 말한다.

한편 이만열 교수는 1980년 신군부에 의해 해직되었는데, 그 공백을 프린스턴 신학교에서 메울 수 있었다. 우연한 기회에 얻은 미국행은 그에게 또 다른 세계를 열어주었다. 1984년과 1985년 사이, 기독교 선교 100주년을 맞아 곳곳에서 강연할 기회가 있었는데, 그는 항상 자료의 중요성을 역설하곤 했다. 그런데 자신에게 여유가 허락되었고, 결국 직접 한국 선교에 관한 자료 수집에 나서게 된 것이다. 당시 한국에 파송된 선교사들이 본국으로 보낸 편지와 보고서를 찾아 이 교수는 미국 전역을 돌아다녔다. 캐나다까지 다녀오는 것도 마다하지 않았다. 그렇게 수집한 자료들이 아직도 이만열 교수의 서가에서 살아 숨 쉬며, 사료로서 그 가치를 빛내고 있다.

이 교수의 이 같은 노력으로 한국 기독교사 연구의 방법론이 달라졌는데, 정확한 사료를 바탕으로 역사학적 관점에서 기독교사를 접근하게 된 것이다. 일련의 일들이 계기가 되어 1982년 9월 27일에 한국기독교역사연구회가 생겼고 1990년 한국기독교역사연구소로 발전했다. 이 연구회는 매달 연구 발표회를 갖는데 2012년 현재까지 무려 300회를 기록하고 있다. "학회 연구 월례회로는 전무후무한 기록이 될 것"이라며 이 교수는 자랑스러워했다.

과거를 통해 오늘과 내일을 바라보다 »

—

최근 이만열 교수는 일본의 역사 왜곡과 중국의 동북공정에 맞설 수 있는 저서를 집필하기 위해 기본 작업들을 진행하고 있다. 여러 곳에서 대응 방법을 논의하고 있지만 주목할 만한 대안이 나오지 않고 있음이 안타까울 뿐이란다. 한편으로는 젊은 세대들이 쉽게 읽을 수 있는 한국사 책도 구상하고 있다. 기독교 독립운동사도 조명해보고 싶고, 기독교 민족운동사도 늘 마음속에 자리하고 있다. 누가 그를 70을 넘긴 노학자라고 부를 수

이만열 역사학자, 숙명여대 명예교수

있을까 싶을 정도로 의욕이 넘친다.

　이만열 교수는 한평생 과거에 파묻혀 역사를 공부한 노학자이지만, 그는 오로지 이 땅에 터 박고 사는 사람들의 오늘과 미래를 생각했다. 고난의 역사 속에서도 조국을 위해 몸 바쳐 싸운 조상들의 삶과 역사를 되돌아보는 일은 언제나 뜻깊은 일이기에, 그것을 오늘에 되살리고 내일을 준비하는 이만열 교수는 오늘도 서가에 앉아 책장을 넘긴다. ●

여성학과 한의학의 행복한 만남

이유명호 한의원 원장

한의사,

이유명호

이유명호

© 유정호

이유명호 원장은 1953년 10월 새우젓 동네로 유명했던 서울 마포 한강가에서 태어났다. 경기여중·고와 경희대 한의과대학을 졸업했고, 서울대 보건대학원에서 공부했다. 약초밭 선생 또는 꽁지머리 한의사로 불리기를 좋아하는 이유명호 원장은 '완경 전도사'이자 건강교육가로도 활동하고 있다. 1997년부터 부모성 함께 쓰기 운동에 동참하면서 엄마 성인 '유'를 함께 넣어 '이유명호'로 쓰고 있다. 서울여한의사회 회장을 지냈고, 호주제 폐지를 위한 시민의 모임, 한국여성장애인연합, 이주여성인권센터, 문화세상 이프토피아 등 시민운동에도 적극적으로 참여하고 있다. 저서로는 『나의 살던 고향은 꽃피는 자궁』(2004), 『살에게 말을 걸어봐』(2001), 『뇌력 충전』(2007, 『머리가 좋아지는 아이 밥상의 모든 것』이라는 제목으로 2010년 개정), 『몸을 살리는 다이어트 여행』(2007), 『몸 태곳적부터의 이모티콘』(2011) 등이 있다.

한의사 이유명호 원장의 방은 단출하다. TV 출연도 잦고, 각종 사회 활동을 병행하고 있으니 의당 크고 화려하리라고 생각한 때문일까. 그이의 일터는 조금, 아니 기대보다 많이(?) 아담하다. 이유명호 원장이 환자들을 진료하는 책상은 세월의 더께가 묻어나는 작은 책상이었는데, 모르긴 몰라도 누군가 손수 정성스레 만들었음에 틀림없다. 그런데 그 방의 평범함을 깨는 것이 딱 하나 있었으니……. 보통 한의원 원장 진료실이라면 읽기도 어려운 한문으로 제목을 단 한의학 관련 서적이 즐비해야 하건만, 특이하게도 몇몇 '만화책'이 시선을 사로잡았다.

●

동네 서점을 사랑하는 마포 토박이 »

—

이유명호 원장은 동네 서점을 주로 이용한다. 얼마 전까지만 해도 한의원 주변에 두 곳의 서점이 있었으나 하나는 점점 거세지는 인터넷 서점과 대형 서점의 틈바구니에서 고전하다가 문을 닫았다. 오로지 남은 것은 한의원 인근에 있는 '한강서적'이다. 대화를 나누며 길을 걷던 그이가 한강서적으로 불쑥 들어갔다. 서점 주인아주머니와 반갑게 인사하는 품이, 단골은 단골인가 싶다.

이유명호 원장은 박범신의 『은교』를 들춰보다가 "내가 산을 좋아하니 박범신 선생의 『촐라체』, 『고산자』 같은 작품은 다 봤는데, 아직 『은교』는 못 봤네. 이런 사랑 쉽게 할 수 있을까"라며 웃었다. 몇몇 책을 더 뒤적이다가 주인아주머니에게 『심야식당』이라는 만화책을 몇 권 주문했다. "만나는

이유명호 한의사, 이유명호한의원 원장

사람마다 선물로 준다"는 『심야식당』을 두고 이유명호 원장은 "압권"이라고 했다. 수많은 인간 군상이 등장하지만, 이 식당에 밥 먹으러 드나드는 사람들은 스트리퍼로 일하는 여성을 색안경 끼고 보지 않는다. 그이는 "우리나라 사람들이 이런 시각을 가지려면 10년, 아니 15년은 더 걸릴 것 같다"면서 "별것 아니라고 생각하는 만화에서도 배울 것이 있으면 배워야 하지 않겠냐"며 몇몇 책을 더 살폈다.

이유명호 원장은 책은 모름지기 제값 쳐서, 또한 동네 책방을 살리기 위해서라도 얼마를 할인해준다는 인터넷 서점은 절대 이용하지 않는다. 대신 틈날 때마다 한강서적에 들러 주문해둔 책을 가져가고, 한 달에 한 번 몰아서 결제한다. 이쯤 되면, 이유명호 원장이 한강서적의 얼마나 큰 단골인지, 아니 그것보다는 얼마나 책을 사랑하는 사람인지 알 수 있을 듯 보인다. "한 달에 한 번 결제할 때마다 『식객』 신간을 덤으로 주는 주인장의 정이 고맙다"면서 또 사람 좋게 웃었다.

만화는 격이 낮다고? 배울 건 배워야지! »

—

사실 만화책은 이유명호 원장이 자신의 한의원을 찾아오는 이들에게 치유책으로 제시하는 방편이다. 이유명호한의원이 여성 건강을 위한 진료를 전문적으로 하다 보니 성생활과 불임 등에 관해 묻는 사람들도 많다. 여러 가지 처방도 처방이지만 남성과 여성의 차이에 대한 정확한 인식을 돕도록 책 처방을 우선적으로 해주는데, 그 책이 바로 『야야툰』이다.

시대 변화에 따라 성적 표현의 수위는 높아지고 세상에 노출되는 횟

수도 늘었다. 그럴수록 정형화되어가는 성적 판타지는 극한의 상업화로 치닫고 있다. 그이는 『야야툰』이 부부 성생활 이야기를 통해 정확하고 유용한 성 지식을 전달한다고 생각한다. 특별히 남자들에게 더 유용한데 소년에서 남자로, 다시 진정한 성인으로 거듭나는 길을 제시하기 때문이다.

『야야툰』의 작가 홍승우의 또 다른 작품인 **『비빔툰』**은 아기를 키우는 부모들에게 유용하다. 《한겨레》에 연재되었던 통통 튀는 가족만화하면, 모두가 기억할까. 『비빔툰』의 네 주인공 정보통과 생활미 부부, 다운이와 겨운이는 서로에게 강요하지 않고 큰소리 내지 않으면서도 세상살이의 따뜻함을 고스란히 전해준다. 밥 안 먹는 자녀가 고민인 부모들에게는 **『미스터 초밥왕』**을 권한다. 권할 뿐 아니라 직접 선물하는 일도 일상다반사다.

이유명호 원장이 최근 읽고 있는 만화는 **『헬프맨』**이다. 우리나라는 지금 고령화 사회로 빠르게 변하고 있다. 하지만 노인 문제에 대한 대책, 특히 의료 정책은 전무하다. 『헬프맨』은 실버 사회로 전환된 이웃 일본의 구체적인 사례를 통해 우리 현실을 반추할 수 있는 작품인 셈이다. 그이는 "얼마 전 신문을 보다가 우연히 『헬프맨』을 발견했다"면서 "보험이나 간병 등 산적한 노인 문제에 대해 공부하지 않으면 안 된다"고 했다. 배우려는 자세만 충만하다면 만화에서도 배울 것은 얼마든지 있다. 만화에 대한 엄숙주의가 이제 격이 낮은 발상인 것이다.

독서클럽 스테인리스와 『개선문』 »
—

고등학교를 다니던 시절 이유명호 원장은 독서클럽에 속해 있었다. 그런데 그 이름이 특이하다. 이름하야 '스테인리스.' 꿈보다 해몽이라고, 스테인리스가 당시는 최첨단 신소재였단다. 그것도 녹슬지 않는. 하긴 1970년대가 훌쩍 지나서야 스테인리스 소재 주방용품들이 하나둘 우리 가정에 갖춰지기 시작했으니 말이다.

에버그린이니, ○○스타니 하는 멋진 이름의 독서클럽도 수두룩했건만 이과 아이들이 즐비했던 당시 독서클럽 멤버들은 스테인리스가 가장 멋있다고 생각했다. 40년 우정을 이어오며 지금도 그 친구들을 만나는데, 그때마다 이유명호 원장이 한마디씩 한다. "그렇게 열심히 읽었어도 책 낸 사람은 나 하나뿐이니 내가 체면 세운 거다." 연이어 덧붙인 말이 솔직하다.

어디 책 보러 갔나, 남자애들 보러 갔지.

이유명호한의원 홈페이지에도 이 내용이 그대로 떠 있다. "독서를 빙자한 이성에 대한 관심 때문"이라고 말이다. 그래도 당시 읽었던 책만큼은 고스란히 머리에 각인되어 있다. 에리히 레마르크의 『개선문』이다. 제2차 세계대전의 기운이 감도는 프랑스 파리, 그곳에서 정치적 이데올로기의 격랑을 만난 인간 군상들의 몸부림은 어린 가슴에 꽤나 인상적이었다. 그런데 그것보다 더 기억에 남는 것이 있으니, 주인공이 마시던 칼바도스라는 술이었다.

주인공 이름도 생각이 잘 나지 않는데, 그 술 이름만큼은 또렷해요. 오죽하면 대학 가서 제일 처음 한 일이 온갖 칵테일을 종류별로 먹어보는 일이었겠어요.

이유명호 원장은 에둘러 말하고 있었지만, 그것은 어쩌면 수많은 사회적 금기에 대한 일종의 도전이 아니었을까 싶다.

그랬으면 세상이 벌써 바뀌었을 텐데…… »
—

수학과는 인연이 없었는데도 고등학교에서 이과를 선택하고 한의과대학에 들어간 데는『파브르 곤충기』,『시튼 동물기』,『비글호 항해기』같은 책들의 영향이 컸다. 수학이나 물리처럼 수식이나 법칙이 횡행하는 과목은 젬병이었지만 생물의 다양성과 신비로운 이야기들은 언제나 마음을 잡아끌었다. 이제는『식물의 사생활』같은 책들이 그 자리를 대신하고 있는데,『식물의 사생활』은 "식물이 없다면 어떠한 음식도 어떠한 종류의 동물도 생존할 수 없다"는 명쾌한 진리를 잘 보여준다.

『식물의 사생활』을 이야기하던 이유명호 원장은 "식성이 인성"이라는 말을 곁들였다. 편식하는 사람은 편협할 수밖에 없다. 어려서부터 편식을 잡아주지 않으면 까칠한 어린이로 자라고, 편협한 어른이 되는 것이다. 갈수록 편협한 사람들이 그리고 조급한 사람들이 많아지는 이유가 바로 편식과 패스트푸드 때문이리라. 그러나 강압과 강요는 금물이다. 강요하지 않으면서도 스스로 깨달음을 가질 수 있도록 돕는 게 부모의 역할이다.『비빔툰』에 등장하는 정보통ㆍ생활미 부부처럼.

음식 이야기를 나누다 보니 음식 장만으로 여성들만 날밤을 세워야 하는 제사로 대화가 이어졌다. 이유명호 원장은 제사가 정말 중요하다고 생각하는 남성들이 왜 준비에는 소홀하냐고 물었다. 부계 혈통만을 인정하는

이유명호 한의사, 이유명호한의원 원장

ⓒ 유정호

별것 아니라고 생각하는
만화에서도 배울 것이
있으면 배워야 하지
않겠습니까.

제사에 왜 애꿎은 여성만 고생하냐는 것이다. 그이는 남편과 동의해서 시집과 친정의 제사를 한 상에서 지낸다는 선배 이야기를 해주었다. 또한 이유명호 원장의 집에서는 설날과 추석 일주일 전에 제사를 지낸다고 한다. 그래야 딸들도 참여할 수 있고, 가족들이 연휴를 화목하게 지낼 수 있기 때문이다. 몇 해 전 설날에는 온 가족이 처음으로 함께 해외여행이라는 것을 해보았단다.

> 제사가 중요하다고 생각하면 상 차리는 수고에도 동참해야죠. TV 리모컨만 들고 살지 말고 어머니와 아내 입장에서 생각할 줄 알아야 해요. 그랬으면 세상이 벌써 바뀌었을 텐데…….(웃음)

세상이 변했다고 하지만 우리나라는 여전히 남성들이 지배하는 곳이다. 부계 혈통만을 참된 혈통으로 인정하는 고약한 사회에 우리가 살고 있는 것이다.『나의 살던 고향은 꽃피는 자궁』은 이런 배경에서 탄생한 책이다. 호주제 폐지를 설득하기 위해 이유명호 원장은 자신이 잘할 수 있는 방법이 무엇일까 고민했다. 방법은 여성을 먼저 설득하는 일이었는데, 여성의 생명력과 창조적인 몸을 통해 자긍심을 높이는 것이었다. 이를 두고 이유명호 원장은 "여성학과 한의학의 행복한 만남"이라고 말했다.

한국 남성들은 수많은 지식을 쌓고 있지만 한 사람의 인간이 아빠와 엄마의 유전자를 정확하게 반반씩 타고난다는 사실은 여전히 모른다. 아니 인정하려 하지 않는다. "남자는 씨, 여자는 밭"이라는 얼토당토않은 옛말을 들어 남성의 역할과 가치만을 내세우는 것이다. 이유명호 원장은 이화여대 최재천 교수가 책에서 주장하는 남성과 여성의 유전자가 동등하게 역할을 하는 것을 알리려고 애썼다. 최재천 교수가 바쁜 시간을 쪼개 호주제 법 폐지 활동을 돕고 있으니, 이유명호 원장으로서는 최 교수가 내는 책마저 "스토커 수준의 독자가 되지 않을 수 없는 노릇"이다.

그이는 혈통에 관해 조금 더 다른 관점을 견지하고 싶다면 네덜란드 영화 〈안토니아스 라인〉을 볼 것을 권했다. 이 영화는 우리가 생각하는 남성 위주의 혈통이라는 것이 얼마나 허위에 찬 것인지 여실히 보여준다. 〈안토니아스 라인〉과 함께 읽어두면 좋은 책이 바로 미국의 페미니스트 운동가이자 언론인인 글로리아 스타이넘의 『남자가 월경을 한다면』이다. 여성으로 태어나 유형·무형의 차별을 경험한 이들에게, 남성으로 태어나 엄마를 비롯한 수많은 여성들의 차별을 목격하고도 침묵하던 이들에게 『남자가 월경을 한다면』은 분명 신선한 충격일 것이다. 여성이 세상의 절반이라고 이야기하면서도 절반의 몫을 선뜻 내주려고 하지 않는 남성들은 꼭 읽어볼 일이다.

폐경이 아니라 완경이다 »

—

하지만 남성들의 삐딱한 시선만을 탓할 일은 아니다. 여성 스스로 먼저 깨야 한다. 그중 하나가 완경을 스스로 폐경이라고 말하는 것이다. 남성뿐 아니라 여성들도 월경을 불결한 것으로 생각하는 사람이 많다. 평생 그렇게 살다가 완경이 되어도 반길 줄 모른다. 즐겁게 받아들여야 할 일을 두려워한다. 이른바 '폐경 공포증'이다.

그러고 보면 여성들은 평생 병을 달고 산다. '임신과 출산도 병원 시스

이유명호 한의사, 이유명호한의원 원장

템 안에 들어가야만 해결할 수 있다. 폐경은 노화와 직결되고, 골다공증도 생길 수 있다'고 하는 식으로 여성들의 자연적 생명현상과 나이듦까지도 질병으로 만들고 공포심을 유발해 의료산업을 지탱하고 있는 것이다. 『여자들이 의사들의 부당 의료에 속고 있다』 같은 책들이 나오고는 있지만 베스트셀러가 되지도 못하고 사라지는 것이 오늘 우리의 현실 아닌가. 여성 의사들이 점점 많아지고 있지만 시스템 안에 들어 있기 때문에 침묵할 수밖에 없다. 흔한 말로, 그 바닥에서 살아남으려면 목소리를 높여서는 안 된다.

완경은 더 아름다운 삶으로 나아가는 통과의례다. 제2의 인생을 사는 시작과도 같은 것이다. 이유명호 원장은 남편을 먼저 저세상으로 보내고 이른 나이에 완경을 하게 된 엄마의 이야기를 책에 담았는데, 그 소제목이 '명랑 아줌마 완경기'다. 완경은 그야말로 명랑한 일이다. 완경 이후 여성의 삶은 더 밝아져야 정상이다.

이런 말들을 방송에서도 자유자재로 할 수 있는 이유는 그이가 과격하지 않으면서도 재미있게 이야기를 풀어내기 때문일 것이다. 그래서인지 친구처럼 지내는 국회의원 김진애는 "이유명호가 하는 이야기는 굉장히 위험한 것들인데, 재미있게 이야기하다 보니 사람들이 위험한지 모른다"고 할 정도다.

이유명호 원장은 여성의 삶을 더 현실적인 눈으로 직시하고 싶다면 연극 〈버자이너 모놀로그〉를 볼 것을 권했다. 그것도 꼭 연극배우 서주희 버전으로 보라고 했다. 책으로 나온 『버자이너 모놀로그』를 본 내게, "책은 생생함이 덜하니 서주희가 무대에 오를 때를 놓치지 말라"고까지 했다. 한비야는 외국 나갔다가 돌아오는 길에 이유명호 원장에게 공항에서 납치되다시피 해서 이 연극을 봤다. 중국에 갔다 돌아오던 이유명호 원장의 딸도 엄마 손에 이끌려 공항에서 바로 공연장으로 향했단다.

여성, 자신만의 일을 찾아야 한다 »
—

이유명호 원장은 여성들이 일을 해야 한다고 강조했다. 자아실현, 이런 이유가 아니다. 우리 사회가 한 방향을 향해 폭주 기관차처럼 달리는 것을 막기 위해서다. 사교육 경쟁의 장이 되어버린 우리 현실에서 엄마들은 자녀와 함께 경쟁에 올인한다. 아침부터 저녁까지 아이들을 학원으로 내돌리며 무한경쟁의 장으로 내모는 것이다. 아이들이 뒤처지면 자신의 삶이 실패하는 것인 양 생각하는 것이 요즘 엄마들이다.

사람들은 신사임당을 현모양처의 전형으로 생각하지만, 이유명호 원장은 자신만의 삶을 살기 위해 평생 삶을 불태운 사람이라고 생각한다. 신사임당은 결혼 후 아이를 여럿 낳아놓고 3년 동안 금강산에 들어가 공부에 전념했다. 지금으로 말하면 지방에서 서울로 가는 정도가 아니라 외국 멀리 유학을 간 형국이다. 어디 그뿐인가. 외가˚外家의 외가인 강릉에서 결혼했을 뿐 아니라 혼인하고 3년 뒤에야 상경해 시어머니를 만나게 된다. 혼인 직후 세상을 떠난 아버지의 3년상이 핑계였지만 실은 자신만의 학문 세계에 매진했다. 5만 원권 지폐에 새겨진 신사임당의 얼굴이 이유명호 원장에게는 현모양처의 표상이 아니라 자신의 삶을 살아낸 한 여성의 굵직한 발자취다.

이유명호 원장은 "직장에 나가지 않는 엄마들은 시민운동과 사회봉사를 담당해주면 고맙겠다"고 했다. 자녀들이 다니는 학교에 얼굴을 디밀기 위한 봉사가 아니라 우리 사회 어두운 구석을 밝히는, 아울러 여성의 삶을 윤택하게 하는 스스로를 위한 봉사 말이다. 집안일에 매몰되어 놓치기 쉬운 것이 책읽기다. 지역 도서관을 직장처럼, 개인 사무실처럼 점령하라는 것이 이유명호 원장의 생각이다.

책과 사람, 삶의 변화를 일구는 단초 »
—

해본 사람만 안다. 이유명호 원장과의 대화가 얼마나 유쾌·상쾌·통쾌한지. 솔직담백한 그이만의 어법은 함께하는 시간을 짧게만 느껴지게 한다. 이유명호 원장은 최근 『자유의지, 그 환상의 진화』를 인상 깊게 읽었다고 했다. 인간을 인간이게 하는 것은 바로 자유의지다. 그이는 자신만의 자유의지를 통해 인간 이유명호로 살고 있는 셈이다. 최근 나온 김진 목사의 『왜 기독교인은 예수를 믿지 않을까?』도 기억에 남는다고 했다.

이유명호 원장은 커다란 공책에 자신이 산 책이며 만난 사람들을 꼼꼼하게 적어 놓는다. 한 사람과의 인연이 소중하고, 책 한 권과의 만남이 삶을 변화시키는 작은 단초가 되기 때문이다. "만화책만 읽어서 인터뷰 날짜 하루 연기하고 밤새 어려운 책 한 권 읽을까 했다"는 솔직한 이야기도 거르지 않는 이유명호 원장. 소탈한 그이의 모습에서 더불어 산다는 것이 무엇인지를 다시금 생각한다. ●

세상을 위한 '진짜 역사학'을 하다

역사학자 이이화

© 김승범

이이화 선생은 1936년 대구에서 태어났다. 한학자인 부친 야산°也山 이달 선생에게 한학을 배웠다. 15세 무렵 집을 나와 부산, 여주, 광주 등을 떠돌다 여관 종업원 노릇을 하며 광주고를 졸업했다. 문학도의 꿈을 키우며 서라벌예대 문창과에 입학했지만 어려운 형편 때문에 중도에 포기했다. 20대 후반 역사학을 공부하겠다고 결심하고, 동아일보사 출판부와 색인실을 거쳐, 민족문화추진회 국역실, 서울대 규장각, 한국정신문화연구원 등에서 고전과 역사를 연구했다. 1986년 역사문제연구소 설립에 참여해 연구소장 겸 《역사비평》 편집

인으로 일했다. 이때 동학농민전쟁 등 민중·생활사 연구와 역사 답사 기행 등을 주도하며 역사 대중화의 길잡이로 나선다. 역사학자이면서 '역사바로잡기운동', '과거사 청산' 등 왜곡된 한국 근현대사의 흐름을 바로잡는 역사운동가이기도 한 그는 친일반민족행위 관련 단체 조사와 『친일인명사전』(2009) 편찬에도 참여했다. 1995년부터 10년 동안 쓴 한국통사 『한국사 이야기』(전22권, 2004)는 필생의 역작이다. 『인물로 읽는 한국사』(전10권, 2009), 『역사』(2007) 등 50여 권의 저서가 있으며 최근 자서전 『역사를 쓰다』(2011)를 펴냈다.

봄에 이어 여름이, 그 뒤를 가을과 겨울이 연이어 산하를 물들인다. 어디가 시작인지도 어디가 끝인지도 모르는 계절의 변화는, 사람들의 삶의 자리를 오롯이 물들이며 다가오게 마련이다. 파주 헤이리 예술마을로 이이화 선생을 만나기 위해 달려가면서, 계절의 변화를 생각했다. 혹시 역사 대중화를 위해 한평생을 바친 그이의 삶이 계절의 변화와도 같지 않았을까, 생각해본다. 봄 날의 새 기운으로 시작했지만 길고 지루한 비, 강렬한 태양이 가로막았다. 그 러나 흔들리지 않고 묵묵히 자신만의 길을 걸었다. 그리고 서서히 가을의 결 실을 준비하며, 흔들리지 않고 오로지 달려온 삶이었다. 소수만의 것이라 생 각했던 '역사'를 뭇사람들의 손에 들려주었던, 역사학자 이이화 선생의 인생 은 '책'과 더불어 파란만장했다.

●

역사 대중화 작업을 시작하다 »
—

역사 관련 서적은 요즘 봇물 터지듯 쏟아져 나오고 있다. 왕과 왕비, 양반을 다룬 역사서도 인기이거니와 최근에는 역관과 백정, 기생 등 당대 에 소외된 계층에 대한 조명도 활발하다. 흔히 사람들은 영화 〈왕의 남자〉 흥행 이후 영화의 바탕이 된 『조선왕조실록』 등 역사물에 대한 관심이 높 아졌고, 거기에 팩션°faction도 한몫했다고 말한다. 이는 맞는 말이기도 하지 만 틀린 말이기도 하다. 역사 대중화를 위한 도전은 이미 이이화 선생으로 부터 오래 전 시작되었기 때문이다.

20대 후반, 본격적으로 역사학을 공부하기로 마음먹은 이이화 선생

이이화 역사학자

은 혼자만의 공부로 탄탄한 기반을 쌓기 시작했다. 어려서 한학자이자『주역』의 대가인 아버지 야산 이달 선생에게 배운 한문 실력은 출중했다. 또한 《불교시보》 기자로 일하며 당시 을지로 입구에 있던 국립도서관을 틈만 나면 드나들었다. 이이화 선생은 국립도서관을 "당시 내 유일한 스승"이라고 말했는데, 그곳에서 한국사 책은 무작정 읽었단다. 이병도 중심의 진단학회가 낸『한국사』는 역사학의 기초를 다지는 교과서였다. 지금 같으면 손도 대지 않을 책이지만 그 시절에는 식민사관이 무엇인지 몰랐기에 가능한 일이었다.

우여곡절을 여러 번 거치면서 스스로의 표현처럼 "얼치기 역사학 연구자"가 되었지만, 원칙만은 확고했다. 한국사 관련한 글만 쓰기로 작정했고, 일반인 대상의 교양서, 즉 역사 대중화를 위한 작업에 매진하기로 한 것이다. 물론 절박한 이유도 있었다. 자서전『역사를 쓰다』의 한 대목이다.

> 당시 이른바 순수학문을 한다고 표방한 인사들은 신문이나
> 잡지에 쓰는 글을 '잡문'이라 해서 쓰지 않는 것을 품위를
> 지키는 것으로 여겼다. 하지만 나는 '교수' 같은 전문 직업을
> 갖지 않은 '프리랜서'로서 원고료나 인세로 살아가야만 했으니
> 대중을 위한 글을 쓰지 않으면 버텨낼 수 없었다.

어려운 일이 아니다. '본서는'을 '이 책은'이라고 쓰면 될 일이고, '본인은'을 '이 사람은'이라고 표현하면 되는 일이다. 각종 논문에서 'pp°pages'라고 쓰던 것을 '쪽'으로 바꿨다. 원문을 인용하되 철저히 본문 속에 쉽게 녹여냈다. 꼭 필요하다면 원문을 따로 달아주는 편을 택했다. 글을 읽는 사람

들의 눈높이에 맞추는 것이 역사 대중화다. 말도 안 되는 흥밋거리를 던져주는 것이 아니라 "상대가 이해할 수 있는 기준을 제공해주는 것"이 역사 대중화의 시작이라고 이이화 선생은 말한다.

문학도를 꿈꾼 고아원 시절 »

이이화 선생은 젊은 시절 역사학자가 아닌 문학도를 꿈꿨다. 어릴 적 신학문에 대한 목마름이 컸지만 "신학문을 배우는 것은 일본 놈이 되는 것"이라는 부친의 엄격한 신념 때문에 학교는 근처에도 가보지 못했다. 한글로 된 책을 처음 사본 것이 13세 무렵이었다. 오랜 세월이 지났지만 제목은 아직도 선명하다. 연희전문대 유자후 교수가 쓴 『율곡의 생애와 사상』이었다. 부친도 달리 나무라지 않았다. "아버지와 다른 인생의 길을 걷게 될 낌새"를 아버지와 아들이 함께 느낀 것이다.

신학문에 대한 목마름은 가출로 이어졌다. 15세 때였다. 『춘향전』, 『순애보』, 『마도의 향불』, 『흙』, 『상록수』 등을 읽으며 한문책을 읽을 때와는 또 다른 감동의 세계를 혼자서 헤맸다. 결국 "고루한 아버지로부터 벗어나자"고 결심했고, 전쟁 통에 가출을 단행한 것이다. 고아원에 가면 학교에 갈 수 있다는 희망이 있었기 때문에 결심한 가출이었지만, 부산 영도에 있던 고아원은 마음 놓고 공부할 수 있는 분위기는 아니었다. 전쟁 통에 모여든 아이들은 불량기가 넘쳤고, 어쩌다 구한 책이라도 읽을라치면 "주제넘게 책은 무슨⋯⋯"이라는 말과 함께 매타작이 들어올 때도 있었다.

읽을 만한 책도 변변치 않았다. 당시 부산의 고아원에 있던 책이라고

© 김승범

는 정부가 발행한 중학교 국가고시 준비용 참고서인 『지능고사』가 유일하다시피 했다. 그 책을 읽는 아이라고는 소년 이이화뿐이었다. 그 책을 샅샅이 읽은 덕에 3명만 중학교 입시를 허락받았으니, 나름 인생의 의미가 담긴 책이 아닐 수 없다.

또 다른 곡절 끝에 이이화 선생은 여수의 한 보육원으로 향했다. 여수보육원은 부산에 비하면 양반이었다. 한문 실력 덕에 사무실에서 일을 할 수도 있었다. 무엇보다 반가운 일은 여기저기서 기증받은 책이 많았다는 사실이다. 그곳에서 다른 아이들은 거들떠보지도 않는 《새벗》을 독차지했다. 그래도 책에 목말랐던 그이는 길거리에 버려진 신문이며 책들을 보면 무조건 들고 왔다. 글자라면 모두 읽었던 시절이었다.

책을 원 없이 읽는 또 한 가지 방법은 책방을 이용하는 것이었다. 한 책방에 들어가 이리저리 기웃거리다가 한 책을 10분 정도 읽는다. 못마땅한 주인이 내쫓으면 또 다른 책방에 가서 10분을 읽는다. 이 책방 저 책방 왔다 갔다 하며 책 한 권을 다 읽었고, 그렇게 읽은 책만도 부지기수다.

혼자만의 힘으로 역사학에 뛰어들다 »

사실 이이화 선생의 정식 학력은 고졸이다. "여관 뽀이"를 하며 어렵게 다녔던 광주고등학교가 그의 학력의 전부다. 하지만 광주고 시절 그는 대부분의 문학작품을 섭렵했다. 윌리엄 셰익스피어와 톨스토이, 괴테, 앙드레 지드, 사르트르, 카뮈 등 문학과 철학을 경계를 넘나들며 문학도의 꿈을 품었던 시간이었다. 그 바탕에는 《사상계》가 있었다. 읽기 어려운 부분도 없지 않았지만 멋으로 곧잘 《사상계》 등 사회과학서적을 끼고 돌아다녔다.

《사상계》의 영향력은 광주고 시절부터 나타났는데, 그는 교지에 「까뮈와 창조적 윤리」라는 글을 싣는 등 단골 필자가 되었다. 《전남일보》 학생 문예 작품 모집에 「최후의 불안」이라는 시를 출품해 가작에 당선되기도 했다. 시인 김현승은 "지나치게 의식이 앞서지만 가다듬으면 좋은 시"가 될 것이라고 평하기도 했다.

당시 선생은 책 한 권을 읽으면 그와 관련한 글을 한 편씩 꼬박꼬박 썼는데, 그 글들은《학도주보》와《학원》등의 잡지와 신문에 보내곤 했다. 그렇게 보낸 시와 에세이 등이 심심치 않게 게재가 되는 행운을 얻기도 했다. 《사상계》를 만나지 않았으면, 그 안에서 발견한 수많은 문학과 철학 이야기를 읽지 않았다면, 문학을 꿈꾼 이이화도 없었고, 역사학자 이이화도 지금 없었을 것이라고 말하며 선생은 사람 좋은 웃음을 보였다.

하지만 문학은 영원한 정처°定處가 되지 못했다. 세상은 변화무쌍한데 당시 문학은 세상을 읽는 눈, 즉 사회적 의식을 갖지 못했다는 것이 이이화 선생의 설명이다. 결국 20대 후반에 이르러 혼자만의 힘으로 역사로 뛰어들었다.《동아일보》임시직으로『동아연감』의 교정 일을 보며 당대 손꼽히는 학자들을 만났다. 그 시절 그이가《동아일보》조사부의 자료를 모두 읽었다는 소문이 파다했고, 실제로 선생은 대부분의 자료를 짧은 기간에 섭렵했다.『역사를 쓰다』에서 밝힌 이이화 선생의 고백 중 한 부분이다.

동아일보사 조사부와 국립도서관의 책들은 나의 한국사 공부에 밑거름이 되었다.

수많은 민중들의 삶 '진짜 역사' »
—

역사 공부를 시작한 이이화 선생에게 길잡이가 되어준 것은 신채호와 박은식의 책들이었다. 신채호의『조선혁명선언』은 올바른 역사관을 심어주었고, 박은식의『몽배금태조』는 민족의식을 새롭게 다지는 계기가 되었다. 물론 이들의 작품에 문제점이 없는 것은 아니다. 하지만 역사학자로서

한 흐름을 유지하는 데 이들 작품이 적지 않은 도움을 주었다. 지금의 독자들에게도 읽을 만한 충분한 가치가 있다는 것이 그이의 생각이다.

역사학자로 거듭나면서 이이화 선생이 심혈을 기울인 부분은 원전에 대한 충분한 독서와 이해다. 선생은 특히 허균의 사상에 매료되었다. "천하에 두려워할 대상은 오직 백성뿐"이라는 문장으로 요약할 수 있는 호민론은 우리 시대에 적용해도 손색이 없는 사상이다. 유교의 교조주의와 신분 차별을 철폐하고자 했던 혁신적인 사상은 역사학의 길목에 갓 들어선 "얼치기 역사학자" 이이화의 가슴을 뜨겁게 했다. 한편으로는 정약용을 사숙했다. 『목민심서』 등에 나타난 그의 개혁사상이 절절하게 다가오던 시절이었다.

선조들의 가르침은 이이화 선생의 역사학을 임하는 태도에 고스란히 드러난다. 50권이 넘는 저술이 있지만, 그이가 저서 중 왕과 왕비를 직접적으로 다룬 책은 그다지 많지 않다. 아니, 거의 없다고 해야 옳은 표현일 것이다. 이이화 선생은 "왕과 왕비의 이야기는 역사에서 '일화'일 뿐 역사 그 자체가 아니다"라고 일갈했다. 사람들에게 인기가 있을지는 몰라도 그것만을 역사라고 한다면, 삶으로 시대를 떠받치고 있었던 수많은 민중들의 삶, 즉 진짜 역사가 사장되기 때문이다.

그래서인지 이이화 선생은 요즘 TV 드라마와 영화에 나타난 역사 인식에 대해 우려를 표명했다. "역사는 자유롭게 상상력을 발휘할 수 있는 공간이지만 지나치게 자의적인 해석은 왜곡을 낳게 마련"이기 때문이다. 19세에 왕이 된 광개토대왕 역을 40대의 배우가 맡기도 하고, 한반도 구석의 조그만 나라였던 백제를 '대백제'라고 표현하기도 한다. 우리 역사를 폄하하자는 것이 아니다. 사실 그대로를 전달하면서 보는 즐거움을 주어야 한다는 것이다. 이런 상황에서 중국과 일본 등의 역사 왜곡에 당당히 맞서지 못

왕과 왕비의 이야기는
역사에서 일화일 뿐 역사
그 자체가 아닙니다.
......
역사는 자유롭게 상상력을
발휘할 수 있는 공간이지만
지나치게 자의적인 해석은
왜곡을 낳게 마련이지요.

하는 이유도 곰곰이 따져보아야 한다고 이이화 선생은 생각한다.

역사, 세상을 이롭게 하는 학문 »
—

역사학자로서 선생의 연구 관점을 가장 잘 드러낸 책은 아마도 『세상을 위한 학문을 하라』일 것이다. 이는 김부식, 기대승, 유형원, 이익, 홍대용, 박지원, 정약용 등 "현실의 모순을 타개하려는 의지에 불타 현실개혁에 앞장선 인물"들을 다룬 책이다. 이 책에서 선생은 "낡은 관념을 버리고 실용을 추구"해야 진짜 역사학임을 강조한다. 그는 낡고 고루한 학문으로서의 '역사'가 아니라 세상을 이롭게 하고 내일을 밝히는 미래로서의 '역사'를 연구하고 있는 것이다.

이 대목에서 이이화 선생은 오늘날 역사 연구나 숱하게 쏟아져 나오는 역사서의 맹점을 날카롭게 지적했다. 선생이 역사를 처음 공부하던 당시는 대부분의 원전을 스스로 해석해야 했다. 작은 인용을 위해 『조선왕조실록』을 수차례 더듬기도 했다. 그렇게 연구해 한 권의 책을 세상에 내놓았다. 하지만 요즘 연구자들은 원전을 읽을 필요가 없다. 대부분의 원전들이 번역을 마친 상태고, 마음만 먹으면 쉽게 인터넷에 접속해서 전문°全文을 손에 넣을 수도 있다. 색인 작업도 일일이 할 필요가 없다. 이걸 재료 삼아 "책만 팔기 위해 막 써내는 몇 놈이 있다"고 선생은 역정 아닌 역정을 냈다. "나도 상업적인 부분이 있고, 성인용·어린이용·만화책으로 여러 권을 내놓는다"고 하며 "고민하지 않고 막 뒤져서 책만 내놓는 게 문제"라고 날카롭게 지적했다.

물론 이미 번역된 원전을 인용하는 것이 나쁜 일은 아니다. 후대 연구자들이 더 편하고 손쉽게 작업하도록 선대 연구자들이 어깨를 빌려준 것이기 때문이다. 가장 큰 문제는 "고민하지 않는다"는 점이다. 그러니 자료 습득이 손쉬운 왕과 왕비 이야기에 집중될 수밖에 없고, 양반네들의 이야기만 세상의 관심을 끌 수밖에 없다. 우리는 역사가 아닌 일화를 전체 역사인양 떠드는 세상을 살고 있는 것이다.

역사는 과거의 일이 아니라 오늘을 밝혀 내일을 준비하기 위한 필수적인 학문이다. 이이화 선생의 말마따나 "세상을 이롭게 하는 학문"이 바로 역사학인 것이다. 그렇게 중요한 학문이 대중화되기 위해서는 역사학자들의 각고의 노력이 뒤따라야 한다. 왕과 왕비의 이야기뿐 아니라 삶으로 역사를 살아낸 민중들의 생활상이 중요한 이유가 바로 이 때문이다.

풍찬노숙, '길 위의 역사학자'를 낳다　»
—

이이화 선생의 서가가 있는 헤이리 예술마을은 조용했다. 더불어 선생의 서가도 조용했다. 술 좋아하고 바둑 좋아하는 선생이지만 서가만큼은 동네 사람들의 출입을 철저하게 막는다. 학문하는 공간이라는 결을 지키기 위한 방편이기도 하지만, 영원한 프리랜서로 원칙을 지키지 않으면 그것에 깊이 빠질까 스스로 경계하는 것이다. 선생은 그토록 오랫동안 글밥을 먹고 살았지만 아직까지도 원고 마감을 소홀히 해본 적이 단 한 번도 없다. 작은 약속도 잘 지켜야만 우리에게 주어진 역사라는 큰 약속을 잘 지켜낼 수 있기 때문일까. 서가를 두루 돌며 안내하는 그이가 더더욱 친근하게 느껴진다.

그런 친근한 선생이지만 자서전 『역사를 쓰다』를 낸 뒤 사람들의 불편한 시선도 감수해야 한다고 했다. 대다수의 사람들이 "그토록 어려운 환경에서도 역사학자로 이름값을 냈으니 대단하다"고 생각해주지만, 어떤 사람들은 한사코 나쁘게만 보려고 한다. 어느 대학 사학과 출신이냐는, 시대에 뒤떨어지는 생각을 가진 사람들이 요즘에도 있거니와, 기억조차 가물한 오래 전 일까지 들먹이며 욕하는 사람들도 있다. 그래도 선생은 뒤돌아보지 않는다. 역사학자로서의 길을 오롯이 달려왔기 때문이다. 그 저변에 책이라는 떼려야 뗄 수 없는 존재가 있음은 두말하면 잔소리다.

이이화 선생은 앞으로 '한국 인권사'에 대한 연구를 숙성시켜 책으로 내놓고 싶다고 했다. 고대사부터 근현대사에 이르기까지 우리는 인권에 대해 실로 무지몽매했다. 불과 몇십 년 전에도 개발독재라는 이름으로 인권이 유린되었고, 지금도 각 사람이 저마다의 인격의 가치로 대우받는 세상이 아니다. 이이화 선생은 그 암울한 역사 속에서도 삶을 이어온 이 땅의 이야기를 '인권'이라는 이름으로 엮어낼 참이다.

역사학자 서중석은 "선생의 글에는 번뜩이는 섬광이 있다"고 말한 바 있다. 제도권 학자들이 보지 못하는 것을 꿰뚫어보는 이이화 선생의 통찰력을 달리 표현한 말이다. 어린 시절 풍찬노숙으로 단련된 삶은 민중의 역사를 이야기하지 않을 수 없게 했고, 결국 누군가의 말처럼 "길 위의 역사가"를 우리 앞에 세워 놓았다. 지칠 줄 모르는 이이화 선생의 연구가 더욱더 귀한 결실로 맺어지기를 기대하는 마음 간절하다. 계절의 빛이 완연한 때면 언제든 놀러오라는 선생의 말이 여전히 귓가에 진동한다. ●

신은 인간에게 책을 읽을 자유를 주셨다

연구교수
한림대
서평가,
평가,
이현우

© 김승범

이현우 한림대 연구교수는 1968년생으로 서울대 노어노문학과를 졸업하고 동 대학원에서 「푸슈킨과 레르몬토프의 비교시학」으로 박사 학위를 받았다. 대학 안팎에서 러시아 문학과 인문학 강의를 하고 있으며, 《한겨레》와 《경향신문》 등에 서평과 칼럼을 연재하고 있다. '로쟈의 저공비행°http://blog.aladdin.co.kr/mramor'이라는 이름의 블로그를 운영하고 있는 '인터넷 서평꾼'이기도 하다. 저서로 『로쟈의 인문학 서재』(2009)와 『책을 읽을 자유』(2010), 『애도와 우울증』(2011), 『로쟈와 함께 읽는 지젝』(2011) 등이 있으며, 『레닌 재장전』(공역, 2010), 『실재의 사막에 오신 것을 환영합니다』(공역, 2011) 등을 우리말로 옮겼다.

아무튼 읽을 건 차고 넘친다. 반쯤은 자포자기해도 될 만큼.
그런데 왜 욕심은 버려지지 않는 것인지?

애서가라면 어느 누가 이 말에 동의하지 않을 수 있을까. 숱한 서점을 돌아
다니면서 그 얼마나 많은 책을 들었다 놓기를 반복했던가. 비록 그와는 비교
할 수 없는 얼치기 애서가이긴 하지만『책을 읽을 자유』에 적힌 그이의 절절
한 이 한마디에 깊은 안도감이 밀려온다. '로쟈'라는 필명으로 더 유명한 인
터넷 서평꾼 이현우 교수와의 만남은 사실 깊은 안도감을 주기에 충분한 시
간이었다.

●

인생은 책 한 권 따위로 변하지 않는다 »
—

사람들은 대개 "책이란 모름지기 삶을 변화시키는 그 무엇"이라고 믿
는다. 그래서 수많은 부모들은 자녀에게 책을 읽으라고 강요하고, 신문지
상을 오르내리는 각종 책 광고의 헤드카피도 "이 한 권의 책으로 인생 역전
할 수 있다"면서 바람을 잡는다. 그러나 인터넷 서평꾼 "로쟈에게 물어보
라"는 말을 인터넷 공간에 유행시킬 정도로 책에 매혹되어 있는 이현우 교
수는 "한 권의 책으로는 어림도 없다"고 말한다. 그이는『책을 읽을 자유』
프롤로그에서 이응준의 시「어둠의 뿌리는 무럭무럭 자라나 하늘로 간다」
의 한 구절을 인용해 "인생은 책 한 권 따위로 변하지 않는다"고 강조한다.

이현우 서평가, 한림대 연구교수

난 적어도 책 한 권에 인생이 변했노라고 말하는 / 비열한 인간은 되기 싫었던 것이다.

그렇다면 인생을 변화시키지 못하는 책과는 이제 절연°絶緣하고 살아야 할 것인가. 이어지는 이현우 교수의 답은 어찌 보면 조금 싱겁지만 아무리 둘러봐도 탁견이 아닐 수 없다.

우리에게 필요한 건 '여러 권'입니다. 우리가 좀 '덜 비열한 인간'이 되거나 더 나아가 '비열하지 않은 인간'이 되기 위해서라면 '한 권'이 아니라 '여러 권'의 책, 다수의 책을 읽을 필요가 있습니다.

"책을 덜 읽어서" 또는 "충분히 읽지 않아서" 우리는 아직도 비열한 인생의 차원을 벗어나지 못하는 것일지도 모른다. 물론 이현우 교수가 '비열한 인생의 차원'을 벗어나기 위해, 그 어린 시절부터 책을 읽었던 것은 아니다. 단지 호기심 많은 한 소년이었고, 정든 삶의 터전을 떠나 외지에서 청소년기를 보냈기에 책은 그이에게 위안이자 도피처였던 것이다.

책과 벗하며 독학으로 궁금증을 풀다　»

—

초등학교 1학년 때였다. 한 친구의 집에서 계몽사 판『**소년소녀세계문학전집**』을 발견하고 경탄했던 마음은 지금도 또렷하다고 한다. 변변한 서점도 없던 시절, 전집을 처음 구경했던 이현우 교수는 설레었다. 그렇게 경탄해 마지않던 전집을 3학년 때에야 집에 들여놓을 수 있었다고 한다. 읽고 또 읽었고, 책을 읽는 묘미를 처음 발견한 시기였다. 계림문고와 금성출판사의 문학전집이나 위인전집 등을 곳곳에서 찾아 읽은 것도 그때였다. 이현우 교수는 "3학년, 4학년 때부터 시작된 책과의 인연이 '인터넷 서평꾼'이라는 직업 아닌 직업으로 이어졌다"며 웃었다.

사실 그 당시 그이가 책에 파묻힐 수밖에 없었던 이유는 책과는 조금 무관한 듯한 삶을 사신 부모님과, 장남으로 태어났기에 보고 배울 만한 것이 많지 않았던 환경의 영향이 크다. 마침 3학년 때 인천을 떠나 속초에 정착했기 때문에 친구들과도 완전히 동화될 수 없었다. 시간은 많았고, 책과 벗하며 독학으로 모든 궁금증을 해결하던 시절이었다.

이현우 교수는 러시아 문학을 공부하게 된 이유를 어린 시절에서 찾았다. 그 시절부터 "한국 문학보다는 '세계문학전집'을 더 선호했던 것이 따지고 보면, 지금 러시아 문학을 공부하게 된 이유가 아닐까 싶다"는 그이의 말이 재미나 함께 웃었다.

고등학교 3학년 때는 예기치 않은 폐결핵에 걸렸는데 "야간자율학습을 빼먹는 쾌감도 컸지만 그때 읽은 작가들 가운데 폐결핵으로 죽은 작가가 많다는 사실에도 은근히 자부심을 느꼈다"고 말한다. 결국 대가급 작가들의 책은 모두 읽어보리라는 마음을 굳게 먹고 조금은 성에 안 차는 국문학 대신 러시아 문학을 선택했다.

이현우 서평가, 한림대 연구교수

『이기적 유전자』가 준 충격 »

중학교 때는 헤르만 헤세의 『**수레바퀴 밑에서**』를 끼고 살았다. "그때 요절했다면 '이 한 권의 책'이 될 뻔했다"고 하며 "헤세의 분신이었던 한스는 곧 나의 분신이기도 했다"(『책을 읽을 자유』 중에서)고 말할 정도로 『수레바퀴 밑에서』는 이현우 교수의 독서 체험의 밑바닥을 이루고 있었다. 이 책을 읽은 뒤 한동안은 고의적으로 공부마저 소홀히 했다. 비록 친구들과 어울려 탁구를 치는 것이 고작이었지만, 그것이 한스에 대한 작은 연대감의 표시이면서 작은 반항의 표지였던 것이다. "전형적인 '범생'으로 살다가는 이 꼴을 면하기 어렵다"는 현실 인식도 한몫했을 것이다. 하지만 한스의 죽음이 남긴 충격은 또 다른 책들로 잊을 수 있었다. 책은 그래서 의미 있는 것일 게다.

고등학교 시절에는 그 나이라면 동서고금을 막론하고 누구나 그런 것처럼, 실존적 물음에 충실했다. 사르트르 등 실존주의 작가들의 책이 그때 눈에 들어왔다. 고교 시절에는 주로 사르트르의 단편집을, 대학에 와서 『문학이란 무엇인가』와 『실존주의는 휴머니즘이다』 등을 읽었다. 작가이자 철학자인 사르트르는 그 시절 이현우의 '영웅'이었다.

대학에 들어가서는 라이너 마리아 릴케의 시와 장자의 철학에 마음을 주었다. 하지만 학부 시절 가장 인상에 남는 책은 바로 리처드 도킨스의 『**이기적 유전자**』다. 우리는 흔히 1993년 을유문화사가 낸 책을 초판으로 기억하지만 1976년에 나온 원서 초판은 1992년 동아출판사에서 나왔던 터였다. 을유문화사 판은 초판 이후 도킨스가 추가한 부분을 넣어 새롭게 출간한 판본이다. 이현우 교수는 "그 당시에는 리처드 도킨스가 유명한

지도 몰랐지만 '관점'이 재미있었다"고 말한다. 이 교수는 신림동 광장서적 과학책 코너를 살펴보다가 제대로 보이지도 않는 저 밑에 묻혀 있던 동아 출판사 판을 찾아냈다.

이현우 교수는 "대학교 1학년 때부터 기본적인 문제의식이 생기기 시작했는데, 생물학과 형이상학이 그 중심에 있었다"면서 "인간이 어떤 존재인지 설명할 수 있는 유력한 학문이 생물학과 형이상학이어서 깊게 관심을 가졌다"고 고백한다. 그는 그 전까지만 해도 사람들의 모든 행동의 동기는 심리적 만족을 위한 것이라고 어렴풋이 생각했다. 비록 이타적이고 희생이 전제된다고 하더라도 그럴 것이라 생각했다. 그런데 리처드 도킨스는 유전적 이해관계를 중심으로 인간의 심리를 논리적인 방법으로 설명한 것이다. 이 책에서 받은 인상적인 자극은 이후 생물학에서 진화생물학과 진화심리학으로 관심을 넓혀가는 계기가 되었다.

『형이상학 입문』이 던져준 숙제 »
—

이현우 교수는 스스로를 "문학전체주의자, 문학우월주의자, 문학극대주의자"라고 소개했다. 문학을 하는 사람은 세상사 돌아가는 모든 일을 다 알아야 한다는 것이 그의 생각이다. 그래서 개인적으로는 능력이 닿는 한 모든 학문과 지식을 흡수하려고 노력하는 것이다. 인문학만이 그런 것이 아니라 문학 역시 인간에 대한 문제를 진지하게 탐구해야 한다. 결국 문학은 다양한 영역 중 하나라고 생각하는 '겸손한 문학주의'를 이현우 교수는 경계한다. 문학이 사회적 책임과는 무관한, 아울러 우리 생활과도 거리를

이현우 서평가, 한림대 연구교수

신은 인간에게 자유를
주셨지만, 유감스럽게도 그것은
책을 읽을 자유였습니다.
그리고 분명 책은 인간이 만든
것이지만, 나는 가끔 책이
인간보다 위대해 보입니다.

© 김승범

둔다면 무슨 소용이 있으랴.

그이는 "러시아 문학이 대체로 그런 편인데, 그래서인지 도스토예프스키 등의 작품에서 자주 나타나는 영혼 구원에 대한 진지한 탐구에 마음이 간다"고 말했다. 그래서 "문학 전공자인데도 책은 다양하게 읽으시네요?"라고 묻는 사람들에게 어떤 때는 정색을 하고 "문학이 전부인데 무슨 소리냐"고 반문하기도 한다.

이현우 교수는 1994년 즈음에 마르틴 하이데거의 『**형이상학 입문**』을 자극적으로 읽었다. 투박하게 이야기하면 "왜 아무것도 없는 것이 아니라 무엇인가 있는가"라는 질문 하나로 한 권의 책을 구성할 수 있다는 사실에도 놀랐지만, "인간이 그런 질문을 던지는 존재구나"라는 인식에 크게 고무되었다. 이것은 인간만이 묻는 고유한 질문으로, 인간은 특권적 물음을 갖는 존재다. "하지만 이 물음에는 대한 답은 없는 듯하다"며 이 교수는 미소 지었다. 단지 답을 찾지 못해 시름시름 앓거나, 질문 자체에 고양되는 삶을 살 뿐이기 때문이다.

또 하나, 존재의 물음이 언어와 관계있다는 사실에 이현우 교수는 놀랐다. 여기서 언어는 그리스 기원의 언어로 인도유럽어족만이 갖는 '존재동사삼인칭단수형'에 관한 질문인데 우리말은 가지고 있지 않은 특성이다. 그래서 우리 철학에서 존재의 질문, 존재의 사유는 언어의 구속성과 제약성이 따르게 마련이다. 이 교수는 "형이상학적 질문이 언어에 의해 제약을 받는다는 것이 인상적이었다"면서도 "하이데거 철학에서 언어 구속성 문제에 국내에선 사유가 부족한 듯해 아쉽다"고 했다.

사실 존재의 문제와 언어와의 관계성에 천착하는 책은 국내에 드물다. 하이데거 전공자들도 "하이데거가 얼마나 대단한가"라는 이야기만 할 뿐이며, 보편적 하이데거만을 이야기한다. 하이데거 철학의 힘과 깊이는 인정하지만 언어 문제가 극복 가능한 것인지에 대한 물음과 해답을 모색하는 노력은 찾을 수 없다는 것이다. 사유의 기반이 되는 중요한 물음인데도 간과되고 있는 현실이 이현우 교수로서는 아쉽다.

책이 인간보다 위대하다 »
—

러시아 문학 전공자로서 도스토예프스키의 작품은 그이에게 남다르다. 『카라마조프 가의 형제들』과 『가난한 사람들』은 지금도 기회가 있는 대로 사람들에게 읽어볼 것을 권하는 목록 가운데 윗자리를 차지하고 있다. 『가난한 사람들』은 도스토예프스키의 처녀작이면서 당시 최대 비평가였던 벨린스키로부터 극찬을 받아 작가의 이름을 널리 알린 계기가 된 작품이다.

『카라마조프 가의 형제들』은 다른 수식어가 필요 없는 작품. 이현우 교수는 한 인터넷 서점의 추천도서 코너에 이 책을 "세상 모든 고민을 다 끌어안고 있는 것처럼 보이는 소설"이라고 소개했다. 이어지는 추천사가 재미나다.

책을 가방에 넣는 순간, 당신은 그 고민들과 동행하는 것이 되고, 책을 펼쳐드는 순간 그 고민에 머리를 맞대는 것이 된다. 고민하지 않으려는 인간이라면 제일 먼저 내다버려야 할 책.

고민하는 인간, 다시 말하면 진정한 삶의 방향성을 묻는 사람이라면

이현우 서평가, 한림대 연구교수

한 번은 꼭 읽어야 할 책이 바로 『카라마조프 가의 형제들』이다. 『책을 읽을 자유』에서는 이 대목을 이렇게 확장시키고 있다. 음미할수록 고개가 주억거려지는 문장이 아닐 수 없다.

신은 인간에게 자유를 주셨지만, 유감스럽게도 그것은 책을 읽을 자유였다. 그리고 분명 책은 인간이 만든 것이지만, 나는 가끔 책이 인간보다 위대해 보인다.

최소한이자 최고급의 자유　»
—

이현우 교수는 책을 읽을 자유를 "최소한의 자유이자 최고급의 자유"라고 규정한다. 닫힌 사고와 빈곤한 생각만큼 우리를 옥죄는 감옥도 없다는 점에서, 또한 우리가 너나없이 자유로운 인간이 되고 싶어 한다는 점에서 책을 읽는 자유는 최소한의 자유인 것이다.

한편 최고급의 자유라 표현한 것은 "책을 읽기 위해서는 책을 쓰는 사람이 있어야 하고, 만드는 사람이 있어야 하며, 내게 그 책을 읽을 수 있는 역량이 갖추어져야 한다"는 측면에서 그렇다. 이현우 교수는 책을 읽는 자유는 "최소한의 자유에서 출발하여 최고급의 자유로 뻗어나가야 한다"고 강조했다. "그런 자유의 길에서 더 많은 사람이 만날 수 있으면 좋겠다"는 바람도 잊지 않는다.

이현우 교수가 책을 읽는 자유가 최고급의 자유임을 설명하면서 예로 든 책이 장하준 교수의 『그들이 말하지 않는 23가지』다. 이 책에서 장하준 교수는 1990~2000년대 초반을 풍미한 '영미 신진보주의'를 비판한다. 하지만 이 교수가 주목한 것은 "세탁기가 인터넷보다 세상을 더 바꾸었다"는 주장이다.

장하준 교수는 세탁기가 보편화되면서 일하는 여성의 50퍼센트가 가정부였는데, 이제는 이런 직업이 모두 사라졌다고 주장한다. 여성의 경제력이 높아지면서 뿌리 깊은 남아선호사상도 사라졌다. 하지만 이현우 교수는 이 같은 자본주의의 거대담론보다는 세탁기 등이 가져다준 책을 읽을 자유에 주목한다. 책을 읽을 자유는 사실 누군가를 착취하는 자유다. 손으로 많은 빨래를 하면서 어떻게 그 많은 책을 읽을 수 있겠는가. 하지만 이제는 세탁기와 냉장고 등 각종 기계 노예들이 우리 대신 일하며 책을 읽을 자유를 선사한다. 거대담론에도 주목하면서 그것에서 책을 읽을 자유를 찾아내는 그이의 재치가 돋보이는 대목이 아닐 수 없다.

한편 이현우 교수는 '내가' 아닌 '우리'의 독서 체험을 강조한다. 사회적 관심과 문제의식을 공유할 뿐 아니라 좋은 책을 통해 얻은 시각과 통찰을 나눈다면 '책을 읽는 문화'를 다져나갈 수 있기 때문이다. 『책을 읽을 자유』에서 다음과 같은 말로 함께 읽는 책을 강조한다.

모두가 같은 책을 읽을 필요는 없지만, 모두가 책을 읽는다는 행위에 동참하는 건 내게 중요해 보였다. '책 따위야 읽을 사람만 읽으면 된다'는 몽매주의에 나는 동의하지 않는다. '책이 인생의 전부가 아니야'라는 깨달음을 얻기 위해서라도 우리는 책을 읽어야 한다는 게 내 믿음이다.

이현우 서평가, 한림대 연구교수

대중지성, 가이드, 아니 문화 삐끼여도 상관없다 »

—

이현우 교수에게 책이란 인간적인 품위에 가장 잘 맞는 고급한 자유다. 음악을 좋아하고 미술을 좋아할 수도 있다. 하지만 책을 읽는 행위만큼 보편적이고 저렴한 것은 없다. 음악이나 미술에 비해 상대적으로 많은 사람들이 누릴 수 있는, 이른바 진입장벽이 낮기 때문이다. 진입장벽이 낮다고 수준마저 낮은 것은 절대로 아니다. 이현우 교수는 "책읽기는 읽으면 읽을수록 더 높은 수준으로 상승할 수 있는 가장 민주적인 행동양식"이라면서 "인간적 품위를 향유할 수 있도록 돕는 유용한 매체"라고 자랑을 아끼지 않는다.

하지만 그 자유를 만끽하기 위해서는 그것을 누릴 수 있는 능력, 즉 "독서력"이 무엇보다 중요하다고 말한다. 그것은 각자의 노력에 달려 있으며, 그래서 책을 읽는 것이 적극적인 자유라는 것이다. 이현우 교수는 사람들에게 그런 능력을 보편화할 수 있도록 돕는 일종의 가이드 역할을 하고 싶다고 했다. 거창하게 '지식인'이라는 타이틀은 붙이고 싶지 않다. 요즘 말로 대중지성이면 족하고, 가이드라는 표현도 나쁘지 않다. 아니, 이 책 한번 읽어보라고 권하는 "문화 삐끼"여도 상관없다. 그렇게 수많은 독자들이 책과 만나면 즐거운 일이다. 전혀 뜻하지 않게 '인터넷 서평꾼'이자 '인문학 블로거'가 되었지만, 그이의 삶은 오로지 책과 함께 간다. 『책을 읽을 자유』 표지의 배경으로 새겨진 문구가 참으로 의미심장하다.

책이 눈에 들어오지 않고, 읽어도 머릿속에 한 글자도 남지 않을 때였다. 책장을 갉아 먹고 사는 책벌레에게 책이 맛없어진 때보다 더 끔찍한 순간은 없지 않겠는가. ●

우리의 눈으로 이슬람을 품다

문화인류학자,
한양대 교수

이희수

© 유정호

이희수 교수는 1953년 경상남도 밀양에서 태어났다. 한국외대 터키어과를 졸업한 뒤 터키 국립 이스탄불 대학교에서 역사학박사 학위를 취득했다. 이후 10년간 사우디아라비아, 리비아, 튀니지, 터키, 이란 등에서 이슬람 문화를 연구하면서 리비아 카다피 대통령의 쿠데타, 이란 이슬람 혁명 등을 목격했다. 중동 이슬람권 문화와 이들의 소수 민족 문제에 관심을 갖고 역사에 바탕을 둔 연구를 하고 있다. 현재 한양대 문화인류학과 교수로 재직하면서 한국중동학회 회장으로 일하고 있다. 『한·이슬람 교류사』(1991), 『어린이 이슬람 바로 알기』(2001), 『이희수 교수의 지중해 문화기행』(2003), 『이슬람』(공저, 2004), 『80일간의 세계문화기행』(공저, 2007), 『톡톡 이슬람』(2010), 『이희수 교수의 이슬람』(2011) 등 다양한 저서가 있다.

이슬람, 그것은 아랍을 근거로 살아가는 이들의 종교이면서 하나의 생활 방식이다. 이슬람은 종교이기 이전에 삶의 근간을 이루는 주춧돌과도 같으며, 그들은 이슬람이라는 창을 통해 세상을 본다. 그렇다면 한국인에게 '이슬람'은 어떤 의미로 각인되어 있을까. 열에 일고여덟은 혹시 '테러'나 '전쟁'을 떠올리는 것은 아닐까. 그도 그럴 것이 최근 벌어지고 있는 현대사의 굵직한 사건들이 모두 이슬람과 떼려야 뗄 수 없는 연관성을 맺고 있다. 미국인들에게 영원한 트라우마로 남을 9·11 테러가 그렇고, 그것이 촉발한 아프가니스탄 전쟁과 이라크 전쟁 또한 그렇다. 과연 이슬람은 테러와 전쟁 등 부정적인 사실만으로 인식되어도 무방한 그 무엇일까.

●

이슬람, 우연을 가장한 운명적인 만남 »
—

이슬람으로 채워진 삶이라 해도 과언이 아닌 사람, 이희수 교수. 경기도 안산에 위치한 학교의 아담한 연구실은 이슬람을 이해하는 새로운 방식들이 가득했다. 중동 혹은 이슬람과 관련된 사건과 사고가 터지면 TV나 신문에서 가장 먼저 찾는 사람은 누가 뭐래도 이희수 교수다. 10여 년을 맨몸으로 중동을 누빈 현장 경험자이기도 하고, 대학 교수로 후학을 양성하면서도 1년이면 4개월 이상은 여전히 중동 지방을 전전(?)하는 철저한 현장 중심 학자이기 때문이다. 2001년 9·11 테러 때도 그랬고, 2007년 어느 교회의 의료 선교팀이 아프가니스탄에서 납치되었을 때도 각종 언론은 이희수 교수를 고집했다. 국내에서 중동과 이슬람 문제에 그만 한 전문가가 없

이희수 문화인류학자, 한양대 교수

다는 의미이기도 하다.

사실 이희수 교수가 이슬람을 만난 것은 '우연히' 찾아온 '운명'이었다. 이 교수는 한 학년 480명 중에 150명 이상이 서울대에 입학하는 이른바 명문 고등학교를 다녔다. 그이는 "서울대 못 가면 인간 취급받지 못하는 학교를 다녔으니……. 당시 나도 사람 구실 해보겠다고 서울대에 4번 도전했지만 결국 실패했다"면서 사람 좋게 웃었다. 4수 끝에, 군대 문제로 어디든 적을 두어야 할 처지였던 이 교수는 궁여지책으로 한국외대 터키어과를 선택했다.

3~4년 나이 차이가 나는 동기들 사이에서 자연 소외될 수밖에 없었다. 마침 시절은 유신시대가 막장으로 치닫던 1970년대 후반이었다. 동기들과 술을 먹고 울분을 토하기에 이 교수는 나이가 많았다. 그렇다고 미팅을 함께할 수도 없는 노릇. 그이는 대학 시절 내내 왕따 아닌 왕따였던 셈이다. 이희수 교수의 말이 걸작이다.

그래서 공부를 할 수밖에 없었던 거죠.

유신의 그늘이 깊어지면서 학교는 엉망이었다. 수업이 제대로 될 리 없었고, 각종 집회가 자유로울 수도 없었다. 어쩔 수 없이(?) 공부에 마음을 둔 이희수 교수는 도서관에 틀어박혀 각종 신문과 월간지, 계간지까지 탐독했고, 《뉴스위크》와 《타임》을 읽었다. 도서관에서 문리가 틔었다고나 할까. 사물과 세상을 보는 눈이 그곳에서 비로소 열렸다. 덤으로 각종 언론 매체만 읽고서도 대학 생활 4년 내내 올 A를 놓치지 않았다.

어마어마한 다독의 세계로 빠져들다 »

—

이희수 교수가 대학을 입학한 무렵은 오일쇼크 직후였던 터라 사람들은 중동, 이슬람 하면 치를 떨던 시절이었다. "그 사람들 때문에 이 고통을 당한다"는 말이 절로 나오던 때였다. 그런 와중에 공부에 맛을 들인 이 교수는 연신 무릎을 칠 수밖에 없었다.

고시공부를 하든, 유학을 가든, 혹은 대기업에 취직을 하든 대학
동기들보다 3~4년 뒤질 게 분명했어요. 그래서 결심한 것이,
그들과 같은 길을 가면서 경쟁하지 않겠다는 거였어요. 그들이
하지 않는 것을 해야겠다고 결심을 세우던 차에 눈에 들어온
것이 바로 중동과 이슬람이었던 거죠.

예나 지금이나 국내로 들여오는 석유의 90퍼센트는 중동산이다. 그런데도 사람들은 오일쇼크 하나 때문에 중동과 이슬람을 미워했다. 하지만 이희수 교수는 사람들이 미워하는 중동과 이슬람을 스스로의 표현처럼 "끌어안았다." 다른 사람들이 가지 않는 길, 그러나 우리 사회가 꼭 필요로 하는 일을 발견한 일대 사건이었다. 그때부터 밤낮을 가리지 않고 이슬람과 중동에 관한 문헌을 찾아다녔다. 대학 도서관은 물론이고 국립중앙도서관 등 이름 있다는 도서관은 죄다 뒤졌다. 이희수 교수는 그때부터 "어마어마한 다독의 세계"로 빠져들었다. 1년에 약 200권의 책을 읽었다. 이슬람과 중동에 관한 국내 문헌이 전무한 때였으니 당연히 원서일 수밖에 없었다.
곧 대학 동기들과 대화의 격차가 적잖이 벌어졌다. 그렇게 중동과 이슬람에 관한 책들을 섭렵하고 강의 시간에 질문 공세를 펼치자 강의하던 교수들은 조금씩 언짢아했다. 학점은 책임질 테니 수업에 들어오지 않아도 된다고 말하는 교수들도 몇 있었단다. 그러나 이희수 교수가 당시 섭렵한 책들은 대개 서구적 관점에서 서술한 것이었다. 스스로의 표현처럼 "설익은 지식을 가지고 뽐내던 시절"이었던 것이다.

학문의 길잡이가 되어준 『오리엔탈리즘』 »
—

이슬람에 대한 이희수 교수의 인식을 바로잡아준 데는 한 사람의 도움이 컸고, 한 권의 책이 자양분이 되었다. 이희수 교수는 당시를 "오만에 가까운 자신감으로 가득하던 때"라고 회상했다. 그런데 그 오만에 가까운 자신감을 억누르지 않으면서도 새로운 가능성으로 인도한 사람이 있었다. 바로 엘 콜리 교수다.

엘 콜리 교수는 이집트 사람으로 당시 한국외대에 교환교수로 와 있었다. 자신감이 충천했던 이희수 교수는 엘 콜리 교수를 골탕 먹이려고 이슬람의 폐해, 즉 일부다처제와 여성 억압, 반민주적 행태 등을 조목조목 비판하며 공박했다. "첨단의 시대를 사는 사람들에게 하루 5번의 예배로 시간을 뺏는 것이 가당키나 하냐"며 "종교가 시대를 앞서가는 순기능으로 작용해야 하는 것 아니냐"는 공격도 잊지 않았다.

"이쯤 되면 막가자는 거지요"라는 말이 엘 콜리 교수의 입에서 나올 만도 한데, 그는 단 한 번도 얼굴을 붉히거나 무례를 범하지 않고 논리정연한 말로 이슬람을 설명했다고 한다. 이희수 교수는 엘 콜리 교수의 신사적인 태도에 일단 한 발 물러섰다. 학자적 양심도 충만했던 엘 콜리 교수는 "서구적 관점에서 서술한 이슬람 책도 읽을 만하지만 이슬람적 관점에서 서술한 책도 읽어보는 것이 학문하는 사람의 기본자세 아니겠느냐"며 이 교수에게 파키스탄과 인도, 터키, 이집트인 학자들이 쓴 중동과 이슬람에 관한 책을 추천해주었다.

엘 콜리 교수가 권한 책을 읽으며 이슬람에 대한 이 교수의 생각이 서서히 바뀌기 시작했다. 하루 5번의 예배, 그것은 물질적 풍요만을 앞세우는 세상에서 정신적인 풍요와 영적인 풍요를 지키기 위한 이슬람의 포기 못할 전통이었다. 몸을 위한 한 끼 식사는 포기해도 정신과 영성을 고양하는 예배는 포기할 수 없다는 것이다. 어렵사리 이 이치를 깨닫고서야 그이는 "그때 내 오만이 무너지기 시작했다"고 고백한다. 물질만을 최상의 잣대로 여기는 서구의 기준이 무너지고, 이슬람이 가진 순기능을 제대로 보게 된 것이다. 때마침 에드워드 사이드의 『**오리엔탈리즘**』이 눈에 들어왔다.

팔레스타인 출신으로 미국 컬럼비아 대학교와 하버드 대학교에서 영문학과 비교문학 등을 가르친 에드워드 사이드가 1978년에 내놓은 『오리엔탈리즘』은 서구인이 말하는 동양의 이미지가 그들의 편견과 왜곡에서 비롯된 허상임을 체계적으로 비판한다. 이후 '오리엔탈리즘'이라는 말은 20세기 후반의 문화 지형도 전체를 바꾸었고, 하나의 분과로 자리 잡으면서 탈식민지 논의에 절대적인 영향을 미쳤다. 이희수 교수는 "『오리엔탈리즘』을 읽으면서 스스로의 공부에 더욱 확신을 가지고 되었고, 학문하는 길잡이로 삼을 정도가 되었다"고 말한다.

아직도 우리는 이슬람을 서구의 눈을 통해서만 접한다. 태어나면서부터 이슬람에 대한 "화석화된 지식"을 받아들이면서 잘못된 고정관념을 쌓

이희수 문화인류학자, 한양대 교수

어떤 종교이건 종교적
정체성은 때론 위험한
것이어서, 특히 도그마적인
정체성으로 이어지는 것은
막아야 합니다.

© 유정호

고 있는 것이다. 문화상대주의적 입장은, 말은 쉽게 하지만 마음으로는 받아들이지 않는 것이 보통이다. 편견과 오해가 쌓일 수밖에 없다. 비록 에드워드 사이드의 『오리엔탈리즘』에 대한 반론이 없는 것은 아니지만, 이희수 교수는 지금도 연구의 실마리가 풀리지 않을 때면 책을 꺼내들고 서문이라도 읽는다. 한양대 학생들에게는 『오리엔탈리즘』이 필독서 중 한 권이기도 하다.

이희수 교수는 한국인들이 중동과 이슬람에 대해 편견을 가질 수밖에 없는 이유를 몇 가지로 요약했다. 가장 큰 이유는 해방 이후 '운명 공동체'로 여길 정도로 미국과 가까웠기 때문인데, 이는 중동과 이슬람을 이해하는 기회를 원천적으로 봉쇄했다. 서구의 눈으로만 이슬람을 이해하다 보니, 우리 입장에서 본 중동과 이슬람은 없었다. 이는 곧 서구가 전해주는 테러나 전쟁 등의 갈등 구조만 받아들이다가, 제한적이고 편협한 지식만을 쌓는 결과를 낳았다.

또 다른 이유는 미국의 언론, 즉 미국의 주요 신문사와 통신사, 방송사들이 유대계 자본의 지배를 받다 보니 중동과 이슬람을 적대적 이해 당사자로 볼 수밖에 없다는 사실이다. 이들이 전하는 이슬람은 항상 테러와 전쟁뿐, 중동에서 이슬람이라는 종교를 가지고 사는 평범한 사람들의 일상은 전해지지 않는다. 악순환이 반복될 뿐 아니라 지식은 화석처럼 견고하게 굳어간다. 이희수 교수는 이대로라면 "한국 사회에서 중동과 이슬람에 대한 지식이 유연성과 객관성을 가지는 데 한 세대는 족히 넘게 걸릴 것"이라고 우려했다.

마지막으로 그이는 국내에 중동과 이슬람을 연구하는 현장 연구자가 없음을 아쉬워했다. 이 교수는 1년이면 4개월은 중동 지방에서 발굴에 참여한다. 위험하지 않을까? 그는 알 카에다 같은 급진 조직은 전체 인구의 3퍼센트 미만이고 미국에서도 5퍼센트를 넘지 않는다고 말한다. "급진 조직은 대중의 기반을 획득하지 못하고 있기 때문에 향후 5년 내에 중동 지방에서 알 카에다 같은 조직이 정권을 잡을 확률은 없다"고 단언하기도 했다. 5퍼센트도 채 되지 않는 반인류, 반문명적인 급진 조직을 이슬람 전체로 보는 우를 범하지 않아야 한다는 것이 이희수 교수의 일관된 주장이다.

한편으로 이희수 교수는 미국과 중동 혹은 이슬람 세력이 반목하는 이유를 간단하게 설명했다. 중동 지역 국민들 대다수는 태생적 반미 정서를 갖는다. 무려 2천 년 넘게 평화를 구가하던 중동 지역에 1948년 미국을 등에 업은 이스라엘이 건국하면서 4백만 명이 난민으로 전락했고, 지금도 고통받고 있다. 중동과 이슬람은 이들의 고통을 자신의 고통으로 받아들이고 있는 것이다. 결국 향후 이집트나 아프가니스탄에서도 미국의 지원을 받는 정권은 국민들의 장기적인 지지를 받지 못할 것이 분명하다.

『정체성과 폭력』이 준 충격   »

—

이 대목에서 이희수 교수는 아시아인으로는 최초로 1998년 노벨경제학상을 수상한 아마르티아 센의 『정체성과 폭력』 이야기를 꺼냈다. 자신은 물론 타인을 종교나 민족, 문명 등 어느 하나의 정체성에만 의거해 바라볼 때 다양성과 다원성을 가진 인간의 존재는 끔찍하게 축소된다. 아마르티아 센은 정체성의 우선순위를 결정할 때 우리가 누릴 수 있는 자유의 중요성을 명석하게 이해하는 것이 무엇보다도 필요하며, 그런 이해와 관련해서

이희수 문화인류학자, 한양대 교수

합리적 공중의 목소리가 맡는 역할과 그 효능에 대해 적절히 인식해야 한다고 강조한다. 이희수 교수는 "지성인이라면 꼭 『정체성과 폭력』을 읽어볼 것을 권한다"면서, 특히 기독교적 정체성을 강조하는 가진 사람들이 먼저 이슬람에 대한 편견을 순화해줄 것을 주문했다.

이희수 교수는 "어떤 종교이건 종교적 정체성은 때론 위험한 것이어서, 특히 도그마적인 정체성으로 이어지는 것은 막아야 한다"고 강조했다. 선악의 구도로 모든 사물과 사건을 이해할 경우 자칫 오늘날 미국에 의한, 아니 전 세계 사람들이 이슬람을 이해하는 시선으로 중동과 이슬람을 단죄할 수 있다는 것이다. 이 교수는 중동과 이슬람을 종교라는 하나의 잣대로 볼 것이 아니라 문화라는 다양성의 채널로 볼 것을 다시 한 번 강조했다. 종교적 정체성을 뛰어넘어 문화적 정체성으로 이슬람을 보면 "다르게 생각하고 다르게 사는 사람들의 가치"를 충분히 이해할 수 있다는 것이다.

최근 동남아시아를 비롯해 타문화권 사람들이 코리안 드림을 꿈꾸며 한국을 찾고 있는 현실에서 아마르티아 센이 주장한 문화적 정체성을 보는 다양한 눈은 중요한 덕목임에 틀림없다. 그 힘은 결국 문화적 자유를 허용하는 포용성에서 나오는 것으로, 이희수 교수는 "타문화권 사람들을 우리 실정에 맞게 동화시키는 것이 아니라 본인 스스로의 선택에 따라 한국 문화권에서 적응하며 살아갈 수 있는 통합, 즉 다양성을 포용하는 것이 무엇보다 중요하다"고 말한다. 또 "아마르티아 센이 『정체성과 폭력』에서 '정체성의 낙인은 위험하다'고 주장하는데, 하나의 잣대로만 한 사람의 인격과 정체성으로 규정하려는 모든 행태를 나 스스로부터 경계해야 한다"고 강조했다.

그래도 희망은 있다 »

—

사실 이희수 교수는 한국 사회, 특히 한국 기독교계로부터 '정체성의 낙인'을 받고 있다. 인터넷에서 심심치 않게 발견할 수 있는 글인데, 누군가 그이를 일러 "이슬람의 비밀자금을 받고 활동하는 이슬람 선교사"라고 주장하는 것이다. 어떤 선교단체는 한양대 총장 앞으로 "기독교 정신인 '사랑의 실천'을 교육 이념으로 앞세우는 학교에서 이슬람 선교사에게 월급을 주고 학생들을 가르치도록 하는 게 부끄럽지 않느냐"는 투서까지 보냈다. 모든 투서에는 적법한 처리 절차가 있어서, 학교 측은 이희수 교수에게 도움을 요청했는데, 그가 학교 측에 한 대답을 듣고는 웃음을 한바탕 쏟아냈다.

> 내가 이 학교에서 20년 동안 강의했고, 전국은 물론 전 세계에
> 나가서 이슬람에 대해 강의하는데, 내 과목을 수강하면서
> 이슬람으로 개종했다는 사람을 단 한 사람이라도 찾아오면
> 학교에서 하라는 대로 순종하겠다고 대답했죠. 선교단체에도
> 그렇게 답신도 보내라고 했어요.

이희수 교수는 중동과 이슬람에 대해 비판적 의견을 견지하는 학자다. 반민주적 행태는 물론 여성 차별과 탄압 등 비판받아야 할 많은 문제점들을 적잖이 내포하고 있기 때문이다. 그래서 또 한편으로는 이슬람권 사람들에게 기독교의 스파이가 아니냐는 의심의 눈초리를 받기도 한다. 이희수 교수는 "아민 말루프가 『사람 잡는 정체성』에서 충분한 사례를 통해 보여주었듯이 자신만의 시각으로 또 다른 인격을 재단하는 것이 전 세계를 불

이희수 문화인류학자, 한양대 교수

안에 떨게 하는 시작이 되는 것을 명심해야 한다"고 강조했다.

　사실 이희수 교수는 교회 강의도 왕성하게 한다. 특히 생전의 강원룡 목사가 그이를 아꼈는데 "어설픈 목사들이 하는 것보다 이슬람을 전공한 이 교수가 와서 이야기하는 것이 좋겠다"며 크리스천아카데미 강사로 많이 세웠단다. 이 교수는 기독교와 이슬람의 닮은 점들을 주로 강의했는데 "작은 것 하나를 어렵게 찾아내고, 다른 점을 확대 재생산해서 갈등을 부추기는 것보다 여러 가지 닮은 점을 찾아내서 함께 상생을 추구하는 것이 더 좋지 않겠냐"는 생각에서였다. 공통점이라고는 하나도 없는 불교와도 대화하면서 공통점이 많은, 어쩌면 근원이 하나인 종교와는 왜 대립각을 세우느냐는 것이다.

　물론 어려움이 없지 않다. 강의 중에 "저런 사탄의 무리에게 왜 강의를 들어야 하느냐"는 소리도 부지기수로 들었다. 한국 기독교의 이슬람에 대한 극단적인 적의감이 담긴 소리인 셈이다. 그래도 희망은 있다고 이 교수는 말한다. 이슬람을 이해하려는 사람들이 하나둘 생겨났고, 현장 경험자들도 조금씩 늘고 있기 때문이다.

　이희수 교수는 미국의 시각이 아니라 한국의 시각으로 중동과 이슬람과 관계를 맺어야 한다고 누누이 강조했다. 한류가 계속해서 일어나고 있고, 대부분의 가전시장에서 한국 제품들이 날개 돋친 듯 팔려나간다. 한국인에 대한 편견도 그다지 크지 않아서 민감한 문제가 아니고서는 어디서든 환영받는다. 그러나 한국인들에게서 미국적 시각이 사라지지 않는다면, 이런 환대도 언제 끝날지 모르는 일이다. 중동과 이슬람이 우리를 기다리지만 아직 길은 순탄치 않다. 그나마 이희수 교수 같은 이가 있어 이슬람에 대한 연구와 이해가 곁길로만 가지 않는 것이리라 믿는다. ●

꿀과 같이 단 책이 내 벗이며 가족이다

작가

시인,

장석주

© 김승범

장석주 시인은 1955년 충남 논산 출생으로, 1975년《월간문학》신인상에 시가 당선되면서 문단에 나왔다. 1979년《조선일보》신춘문예에 시가 당선되었고,《동아일보》에는 문학평론이 당선되면서 시인과 문학평론가의 길을 동시에 걷고 있다. 2010년 14번째 시집인『몽해항로』를 출간했는데, 이 시집으로 제1회 질마재 문학상을 수상했다.『나는 문학이다』(2009),『이상 과 모던뽀이들』(2011) 등의 평론집과『지금 어디선가 누군가 울고 있다』(2009) 등의 산문집,『취서만필』(2009) 등의 서평집을 비롯해 60권에 가까운 저서를 선보였다. 국악방송의 〈행복한 문학〉을 진중한 언어로 진행해 호평을 받기도 했다. 2000년 경기도 안성의 호숫가에 지은 수졸재와 평택의 작업실을 오가며 독서와 글쓰기, 산책과 명상을 하며 산다.

여러 시인들이 밥에 관한 시를 썼다. 시인 고운기는 「비빔밥」이라는 시에서 "허기 아닌 외로움을 달래는 비빔밥 한 그릇"이라며 밥을 칭송했고, 함민복 시인은 「긍정적인 밥」에서 3천 원하는 시집을 두고 "내 시집이 국밥 한 그릇 만큼 / 사람들 가슴을 따뜻하게 덥혀 줄 수 있을까 / 생각하면 아직 멀기만 하네"라며 시집보다 밥의 숭고함을 노래했다.

하지만 내게는 장석주 시인의 「밥」이 유난스럽게 마음을 두드린다. "한 그릇의 더운 밥을 먹기 위하여 / 나는 몇 번이나 죄를 짓고 / 몇 번이나 자신을 속였는가" 묻는 질문에는 대답이 궁색하지만 "밥 한 그릇 앞에 놓고, 아아 / 나는 가룻 유다가 되지 않기 위하여 / 기도한다. 밥 한 그릇에 / 나를 팔지 않기 위하여"라는 시구에서는 어떤 결기가 느껴진다.

●

책은 밥이다 »

—

장석주 시인에게 책은 밥이다. 식상한 표현일지 모르나, 밥을 먹지 않고는 살 수 없듯, 그는 책을 읽지 않고는 살 수 없기 때문이다. 2005년 출간한 서평집 『책은 밥이다』에 시인은 이렇게 썼다.

더운 밥과 찬 술을 구하듯 매일 책을 찾아 읽으며 조금씩
진화해서 온유한 인격을 갖게 되리라 믿는다. 한편으로 책읽기는
밥을 구하는 노동과 관련이 있으며, 고루함과 독단에서 벗어나는
영혼의 수행을 위한 장엄미사, 번뇌를 끊고 열반 정적에

장석주 시인, 작가

나아가기 위한 참선이기도 하다. 무엇보다도 먼저 책읽기는
다른 무엇으로 대체할 수 없는 지적인 흥분과 열락감을 준다.
책읽기가 즐겁지 않고, 기분을 화창하게 하지 않는다면 나는
기꺼이 책읽기를 그만둘 생각이다.

장석주 시인은 어려서부터 유별난 독서광이었다. 최근 우연히 중·고등학교 친구들과 만나게 되었는데, 친구들의 눈에 비친 장석주 시인은 "낯선 존재", "외계인", "딴 세상 사람"이었다. 그도 그럴 것이 학교 공부와는 담을 쌓고 오로지 도서관에 틀어박혀 책을 읽는 게 유일한 낙이었기 때문이다. 시인은 이미 그때부터 문학을 하겠다고 굳게 마음먹은 터였다.

그렇게 도서관에 틀어박혀 읽은 책들 중에 이광수의 소설을 비롯한 한국문학전집이 있었고, 헤르만 헤세의 소설, 헤밍웨이의 작품들도 있었다. 카뮈의 작품을 섭렵하기도 했는데, 시인은 스스로 "체계라고는 하나도 없이 무작정 책이 좋아 읽던 시절 이야기"라고 했다.

아무튼 그렇게 '체계 없는 독서' 중에 시인의 삶에 새로운 도전을 하게끔 만든 니체의 『**차라투스트라는 이렇게 말했다**』도 있었고, 프랑스의 철학자 가스통 바슐라르의 책들도 있었다. 평생 글쓰기의 길잡이가 되어준 문학평론가 김현의 글과 책도 있었다. 탁월한 심미안과 아름다운 문장, 왕성한 독서력을 선보이며 문학의 근원적 질문에 천착했던 김현은 그러나 아쉽게도 48세의 나이에 저세상 사람이 되었다. 오로지 글과 책으로 만나 사숙하게 되면서 장석주 시인은 문학과 함께 평론을 꿈꾸게 되었다.

읽어도 읽어도 나는 배가 고프다 »

—

장석주 시인은 스스로의 결정으로 대학에 가지 않았다. "문학을 하겠다고 마음먹었는데, 굳이 대학을 갈 필요가 있을까" 하는 마음이 컸고, 세상의 조직과 제도에 대한 극도의 거부감 또한 한몫했다. 그이는 "조직과 제도에 편입되어서 동전 찍어내듯이 내 정신과 생각이 그 제도 속에 압착되는 것을 참을 수 없다"고 했다. 결국 조직과 제도가 원하는 인간이 되는 것에 반발할 수밖에 없었던 것이다.

10대 후반에 읽었던 콜린 윌슨의 『아웃사이더』가 영향을 주기도 했다. 콜린 윌슨은 17세 때 이미 제도교육에서 뛰쳐나왔고, 이후 6개월은 일하고 6개월은 도서관에 틀어박혀 책을 읽고 글을 썼다. 장석주 시인은 "콜린 윌슨의 삶이 황홀하게 느껴졌다"고 했다. 그렇다고 콜린 윌슨의 책이 대학 진학을 하지 않기로 한 데만 영향을 준 것은 아니다. 그 책들은 문화적 충격과 함께 그가 이제까지 써온 글들의 전범이 되기에 충분했다.

아무튼 "여러 가지 현실적인 이유와 청년의 낭만주의적 착각"에 의해 스스로 대학을 포기했지만 학벌이 일종의 권력이 된 한국 사회에서 사회적 편견에 오래도록 시달린 것은 어쩔 수 없는 일이었다. 그러나 지금은 극복했다. 극복 정도가 아니라 자긍심을 느낄 정도로 소중한 경험이자 삶의 자양분이 되었다. 대학을 나오지 않은 자신에게 여러 대학과 대학원에서 강의를 부탁한다. 장석주 시인의 학벌이 아니라 경력과 전문적 지식을 높이 평가하고 있다는 반증이다. 내친 김에 장석주 시인은 대학의 현실에 대해 이야기했다.

장석주 시인, 작가

대부분의 학생들이 대학에 가다 보니 일종의 학력 인플레가 심합니다. 학생들을 가르치다 보면 어떻게 이런 학생이 대학에 왔지? 의문이 드는 학생들도 있어요. 그런데 그런 학생들도 별 이상 없이 졸업장 받고 졸업해요. 하지만 수준은 말 그대로 학력°學力과는 멀어 보입니다. 전부는 아니겠지만 공부하지 않는 교수들도 많은 게 현실 아닙니까?

장석주 시인은 다치바나 다카시의 『도쿄대생은 바보가 되었는가』를 예로 들며 대학 졸업장이 공신력을 잃어버린 사회가 우리에게도 현실이 되었음을 지적했다. 아울러 "나에게는 책이 대학이자 대학원이었다"면서 "책을 통해 모든 필요와 결핍을 채웠고, 지금도 허기진다. 아무리 읽어도 배가 고픈 게 책"이라고 강조했다. 1년에 1천여 권, 1주에 2박스 분량의 책을 사고 속속들이 읽어내는 장석주 시인은 책이라는 대학에 묻혀, 오히려 더 예리한 시선으로 세상을 바라보고 있다.

니체에게 삶의 희열과 열광을 수혈받다 »

—

장석주 시인에게 니체는 특별한 존재다. 『차라투스트라는 이렇게 말했다』를 처음 읽었을 때의 충격 이후 니체의 모든 책을 찾아 읽었다. 니체, 특별히 『차라투스트라는 이렇게 말했다』는 장석주 시인의 글쓰기에 영감을 준 원천이다. 그이는 니체에게서 "꿈과 기대, 삶의 희열, 열광 같은 것을 수혈받는다"고 했다. 자신이 오독했을지 모르지만 니체의 책은 낙관적 철학으로 가득하다는 것이 시인의 생각이다. 말하기 좋아하는 사람들이 책은 읽어보지도 않고 이곳저곳에서 주워들은 이야기들을 조합해 니체가 암울하다느니, 비관적이라느니 이야기한다.

니체와의 인연은 출판사로도 이어졌다. 한 출판사 편집장 자리를 거쳐 26세 되던 해에 청하출판사를 차려 독립했다. 오로지 제대로 된 『니체 전집』을 읽고 싶다는 작은 희망 때문이었다. 당시 전세가 2백만 원하던 때였다. 1984년, 장석주 시인은 전세금을 빼서 10권짜리 『니체 전집』을 만들고야 말았다.

중역본밖에 없던 시절, 30대의 젊은 번역가들이 번역을 맡은 『니체 전집』은 입소문을 타면서 제법 많은 부수가 팔렸다. 장석주 시인의 말대로 "제대로 된 인문학 독자가 1만 명은 있던 시절"이었다. "어떤 번역본은 최근 나온 번역본보다 읽기가 편하다"며 자신이 기획하고 출간한 『니체 전집』에 자부심을 나타냈다.

그이는 지금도 니체에 관한 새로운 책이 나오면 주저하지 않고 구입한다. 지난 세월 글쓰기에 영감을 주었기 때문만은 아니다. 앞으로의 글쓰기는 물론 삶의 모양을 형성하는 데도 니체의 글과 책은 적절하고 유효한 영감을 주기 때문이다. 시인은 절망과 좌절에 빠진 요즘 젊은 세대가 니체에 주목하기를 바라는 듯했다. 갈 길 몰라 하던 시절, 자신에게 삶의 희열과 환희, 꿈과 기대를 선사했던 니체야말로 계속해서 읽혀야 할 텍스트라는 것이다.

장석주 시인, 작가

수졸재, 낮은 자리에서 낮음을 지키다 »

—

'장석주 시인' 하면 사람들은 노자와 장자를 떠올리곤 한다. 몇몇 방송에서 예의 진중한 언어로 동양사상에 관해 이야기해서일까. 장석주 시인은 2000년에 30년 넘는 서울 생활을 정리하고 경기도 안성의 금광호수 옆에 '수졸재守拙齋'를 짓고 칩거에 들어갔다. 그때부터 본격적으로 『**노자**』와 『**장자**』를 읽기 시작했다. "마음 공부한다는 심정"이었다. 그것에 관한 책을 쓰려는 생각은 애초에는 하지도 못했다.

도시 생활 30년에 남은 것은 육식성 삶밖에 없었다. 호숫가에 앉아 노자와 장자를 읽으며 초식성의 삶으로 되돌리려 애썼다. 주변에서 자란 푸성귀를 뜯어먹고 제철 음식을 먹으며 건강을 되찾았고, 마음도 서서히 안정을 찾아갔다. 시인은 그즈음 『노자』와 『장자』가 "마음에 젖어들듯이 흡수되었다"는 은밀한 고백을 들려주었다. 『노자』와 『장자』 외에도 『**주역**』을 탐독한다. 삶과 자연의 이치를 하나로 꿰뚫는 『주역』은 여전히 삶과 글쓰기에 영감을 주는 소중한 책이다.

'수졸재'의 수졸守拙은 바둑에서 겨우 자기의 집이나 지킬 정도라는 뜻으로, 초단初段을 이르는 다른 말이기도 하다. 바둑을 즐기기도 하지만 속뜻은 "가장 낮은 자리에서 그 낮음을 지키며 산다"는 일종의 겸양이며 또한 다짐이다. 2만여 권의 책이 옹기종기 모여 내밀한 대화를 나누는 곳, 부러움이 앞섰지만 이내 마음이 차분해졌다. 생전 처음 보는 책들도 부지기수. 장석주 시인은 이곳에서 『노자』와 『장자』를 읽으며 마음공부 중이다.

수졸재 바로 아래는 문학관을 지을 예정이다. 조만간 윤곽이 잡힐 곳에 손수 작은 연못을 만든 품이 정겹다. 문학관은 함께 영화도 보고, 공연도

© 김승범

할 수 있도록 만들 생각이다. 와서 연주하겠다고만 하면 수많은 솔로이스트들에게도 무료로 자리를 내줄 생각이다. 내 것이라 주장할 이유는 없다. 함께 즐거움에 동참하면 그뿐. 그것이 바로 시인이 수졸재에 기거한 지난 10여 년 동안 터득한 삶의 이치다.

장석주 시인, 작가

무엇보다도 먼저 책읽기는
다른 무엇으로 대체할 수
없는 지적인 흥분과
열락감을 줍니다. 책읽기가
즐겁지 않고, 기분을
화창하게 하지 않는다면
나는 기꺼이 책읽기를
그만둘 생각입니다.

© 김승범

오로지 책을 통한 지식의 승계 »

—

장석주 시인은 노자와 장자 등 동양철학뿐 아니라 서양철학에도 조예
가 깊다. 질 들뢰즈의 철학에 관한 책을 준비하기 위해 최근 집중적으로 독
서를 하고 있다는 그이는 들뢰즈 철학이 한국 사회에서 관심의 대상인 이
유를 "동양사상과 맥을 같이 하기 때문"이라고 말했다. 서양철학의 근간이
라고 할 수 있는 이성주의에 한계가 명백한 이때에 동양사상이 갖는 여백
의 지식, 지혜가 들뢰즈 철학에서 엿보인다는 것이다. 들뢰즈와 펠릭스 가
타리가 쓴 『천 개의 고원』은 그런 점에서 우리 시대 독자들이 한번쯤 읽어
봄직한 책이다.

들뢰즈뿐 아니다. 클로드 레비-스트로스의 책들, 특히 **『슬픈 열대』**를
사랑하고, 롤랑 바르트를 탐독했다. 에마뉘엘 레비나스의 철학에도 일가
견이 있다. 수전 손택은 특별히 사랑하는 저자 중 한 명이다. 한 가지 아쉬
운 것은 국내에 소개된 이들의 책의 번역 수준이 들쭉날쭉하다는 사실이다.
『니체 전집』 때처럼 이들의 책을 다시 출간하기 위해 출판사를 할 수도 없
는 노릇. 번역에 대한 사회적 논의가 속히 형성되기를 바랄 뿐이다.

또한 **김현**과 **김우창**의 글을 애지중지 읽었다. 김우창 교수의 글과 책
은 20대부터 탐독했는데, 그의 글쓰기가 알음알음 알려지던 1970년대 후
반만 해도 인정해주는 사람이 많지 않았다. 어렵기도 했거니와 김우창 특
유의 문체에 익숙하지 않았기 때문이다. 그러나 장석주 시인은 그의 길을
줄기차게 따라왔고, 이제는 그이의 학문을 잇고자 연속성을 추구한다. 시
인은 이를 두고 "지식의 승계"라고 했다. 정식으로 사제의 연을 맺은 적은
없지만, 선배가 남겨둔 발자취를 따라가며 뒤이을 수 있다는 것, 그것은 오

로지 책만이 할 수 있는 가장 위대한 일 아닐까 싶다.

사실 요즘 장석주 시인은 지식인들마저 책을 읽지 않는 현실에 조금 놀라고 있다. 책을 읽지 않으면서 자신의 지식은 신념처럼 받아들인다. 지식이 신념이 되면 결국 사회는 퇴행할 수밖에 없다. 오늘 우리 현실이 바로 그렇지 않은가. 책을 읽지 않고도 지식인이라 불려 마땅한가를 묻기 전에 책을 읽지 않고 사유할 수 있는가를 묻고 싶은 것이 시인의 솔직한 심정이다. 언젠가 그렇게 묻기 위해 그는 새벽 4시면 일어나 산책을 하고 하루종일 작업실에 틀어박혀 자정을 넘기면서까지 책을 읽고 글을 쓴다.

보통 한 작가의 책을 연속적으로 읽는데, 장석주 시인은 이를 두고 "꽂히면 끝까지 가는 것"이라고 표현했다. 김현과 김우창이 그랬고, 고종석도 끝까지 갔다. 얼마 전에는 이진경과 문광훈의 글과 책을 주목하기도 했다. 이진경과 문광훈의 책을 나오기가 무섭게 읽었다. 장석주 시인은 선생의 개념을 확장하고 있었다.

어린 게 무슨 상관이에요. 내가 배울 것이 있다면 후배도 선생이고, 아이도 선생이죠.

세상 모든 것에서 배우고자 하는 그이의 정성이 묻어나는 대목이다. 한편으로는 주제에 따라 책을 읽곤 하는데, 최근에는 몸에 대한 책을 읽고 있다. 현대인들은 몸을 기능적으로만 생각한다. 감기에 걸리기만 해도 어떻게든 빨리 낫겠다고 수많은 약을 입안으로 털어 넣는다. 열이 나면 해열제를, 작은 상처에도 항생제를 남용한다. 장석주 시인은 "우리 몸에는 충만한 복원력이 있다"면서 "해열제나 항생제를 먹는 것은 자살행위나 다름없

장석주 시인, 작가

다"고 일침을 가한다.

언젠가 시인은 호된 감기를 앓았다. 누런 코가 연신 흘러내렸고 며칠 동안 몸은 불덩이였다. 그래도 약 한 알 먹지 않고 버텼다. 누런 코와 진땀은 몸속 노폐물을 빼내는 과정이요, 열은 내 몸에서 나쁜 바이러스들이 죽어나가는 신호였기 때문이다. 2주 정도 앓고 나서 오히려 몸은 이전보다 더 맑아졌다. 그이는 "병을 오래된 친구 모시듯 반기라"고 말했다. 병도 끌어안고 살아야 할 우리 몸의 일부인 것이다.

시, 삶이 영글면 저절로 응축된다 »

—

이제까지 시인의 이름으로 나온 책은 모두 60여 권. 전혀 목표하지 않은 100권의 저서를 낼 수 있을 것 같다고 했다. 한 권이라도 쉽게 생각하며 쓰지 않았다. 삶의 순간순간에 최선을 다해 책을 읽었고, 그것을 쏟아낸 것이 바로 그의 책이다. 시인으로 불리면서 소설을, 그보다 많은 인문학 관련 텍스트를 쏟아내고 있으니 어이할까. 그래도 그이는 즐겁다. 삶이 영글면 시는 저절로 한 줄의 언어로 응축되어 나올 것을 믿기 때문이다.

수졸재를 나서는 일행을 배웅하기 위해 마당에 선 장석주 시인은 고향집 큰 형님처럼 푸근한 얼굴로 "또 오라"는 인사를 던졌다. 문학관이 지어지고 재미난 행사가 열리면 곧 오마고 했으나, "꿀같이 단 책이 내 벗이며 가족"이라고 했던 그이 옆에 좀더 눌러앉아 책들이 전해주는 내밀한 대화에 귀 기울이고 싶었다. 책의 풍경과 마주하고 온 하루, 낮은 마음을 가다듬는다. 수졸재에서 바라본 금광호수와 주변 풍광이 아직도 선명하다. ●

온생명 사상가의 앎과의 숨바꼭질

물리학자,
명예교수
서울대
장회익

© 유정호

장회익 서울대 명예교수는 1938년 경북 예천에서 태어났다. 서울대 물리학과를 졸업하고 미국 루이지애나 주립대학교 물리학과에서 「GaSb의 에너지 밴드 구조」라는 제목의 논문으로 박사 학위를 받았다. 미국 텍사스 대학교 연구원과 루이지애나 주립대학교 방문교수로 일했고, 1970년 8월부터 2003년까지 모교인 서울대 물리학과에서 후학들을 가르쳤다. 녹색대학 총장을 역임했고, 현재 서울대 명예교수로 있다. 대학에서 물리학 외에도 과학사와 과학철학 등을 강의했고, 지금도 과학이론의 구조와 성격, 생명 문제, 동서학문의 비교 연구 등 다채로운 분야를 학문적 관심사로 이어가고 있다. 온생명 사상가로도 유명한 장회익 교수의 저서로는 『과학과 메타과학』(1990), 『삶과 온생명』(1998), 『이분법을 넘어서: 물리학자 장회익과 철학자 최종덕의 통합적 사유를 향한 대화』(공저, 2007), 『온생명과 환경, 공동체적 삶』(2008), 『공부도둑』(2009, 『'공부도둑' 장회익의 공부의 즐거움』으로 2011년 개정), 『물질, 생명, 인간』(2009) 등이 있다.

장회익 교수의 서가 한편에 낯익은 사진 한 장이 걸려 있었다. 물리학도들은 물론 세상 모든 사람들이 아는 사람, 바로 아인슈타인의 사진이다. 평생 물리학자로 살아온 그이답다는 생각이 문득 든다. 평생 공부하는 사람이었고, 지금도 공부가 제일 좋다는 '공부꾼'이기도 한 장회익 교수. 그의 서가는 철학과 고전에 심취했던 아인슈타인처럼, 적지 않은 철학서적과 고전이 향연을 펼치고 있었다. 한국 지성사에서 과학과 철학의 만남을 주선한 첫 출발점으로 기억되어야 할 장회익 교수의 서가에서 책들은 저마다의 내밀한 비밀을 풀어내고 있었다.

●

내 책 냄새 맡는 센스 »
—

장회익 교수에게 '책'으로 처음 각인된 것은 윤석중의 동요집 『초생달』이다. 한글을 떠듬거리며 읽게 되었을 무렵 아버지에게 무엇이든 책을 사달라고 조르고 졸랐다. 내심 만화책을 기대했지만 그이의 가슴에 안긴 것은 바로 『초생달』이었다. "이게 좋은 책이야"라며 가슴에 안겨주는 아버지를 거역할 수 없어 그저 그렇게 수중에 넣게 되었다. 어린 마음이었지만 표나게 내색할 수도 없었단다. 첫 만남은 비록 무덤덤했지만 점차 『초생달』과 가까운 사이가 되었다. 그이의 저서 『공부도둑』에 보면 서로 얼마나 아꼈는지 다음과 같은 말로 표현되어 있다.

정말 신기하게도 이 친구는 아무하고나 말을 잘 걸었다. 바람과

.

장회익 물리학자, 서울대 명예교수

구름 그리고 하늘에 떠 있는 반달과도 이야기했다. 그리고
때로는 저들의 딱한 사정을 보듬어주기도 했다.

물론 그 책은 지금 곁에 없지만 어린 시절의 아련한 추억을 오늘에 되
살려주는 매개다. 장회익 교수에게 "말아, 서서 자는 말아 …… / 다리도 안
아프냐? …… / 누워서 자렴"이라는 〈초생달〉의 한 구절은 지금도 유년 시
절을 추억하는 기억의 초상으로 남아 있다.

사실 장회익 교수는 누군가 권하는 책, 꼭 읽어야 한다고 말하는 '고전'
등을 찾아서 탐독하지는 않는다. 사람들에게 알려지지 않았을지라도 자신
에게 도움이 될 만한 책, 그러니까 오로지 자신이 선택한 책을 통해 자양분
을 얻는다. 어느 시기에 어떤 모습으로 있는가에 따라 책은 다른 감흥으로
다가온다. 그런 점에서 장회익 교수는 "적절한 시기에 적절한 책이 발견된
다"고 믿는다. 일종의 책과 나의 궁합이라고 할까.

실제로 대학에서 물리학을 공부했지만 체계적인 기틀을 마련한 것은
공군사관학교 물리학 교관 시절이었다. 강의를 준비하며 물리학 전체를 한
눈에 조망할 수 있는 통합적 시각을 마련하는 것이 급선무였다. 그때 우연
히 발견한 것이 콘스탄트라는 저자가 쓴 두 권으로 된 『이론물리학』이었다.
무명 저자였기에 당시나 지금이나 이름조차 회자되지 않았고, 책 자체를
거론하는 사람을 보지 못했다. 도서관, 서점에서도 찾아볼 수 없었다. 장회
익 교수는 책을 선택하는 기준에 대해 다음과 같은 지론을 편다.

좋은 책도 있고 나쁜 책도 있다. 하지만 더 중요한 것은 현재
나에게 맞는 책이냐 아니냐 하는 것 아니겠는가. 자기가 현재

알고 있는 수준에 맞추어 자기가 알고 싶은 것을 자기가 이해할
수 있는 방법으로 서술한 책이 가장 좋은 책이다. 자신의 처지에
잘 맞는 책을 고를 수 있는 '내 책 냄새를 맡는 센스'가 그런
점에서 매우 중요한 자산이다.

물리학 그리고 철학 »
—

대학 시절 장회익 교수는 물리학 외에도 철학에 깊은 관심을 가졌다.
시작은 아인슈타인이었다. 아인슈타인의 상대성이론은 대학 생활을 관통
하는 주제였다. 하지만 선명하게 잡히지 않았다. 상대성이론은 명백하다고
생각했던 수많은 것들을 부정했기 때문이다. 당시 답답함을 장 교수는 이
렇게 회고했다.

> 논리 자체로는 무엇 무엇을 긍정하고 무엇 무엇을 부정하면
> 상대성이론이 된다는 것을 알겠지만, 그렇게 긍정하고 부정하는
> 데에는 더 깊은 무엇이 깔려 있지 않겠는가? 그런데 이게
> 확연히 손에 잡히지 않으니 무척 답답한 노릇이었다.
>
> (『공부도둑』 중에서)

결국 철학에 관심을 기울일 수밖에 없었다. 장회익 교수는 "내 야생 기
질, 그러니까 스스로 확신할 수 없는 것은 끝내 받아들이려고 하지 않는 내
나름의 방법론적 자세가 철학으로 이끈 것 아닌가 생각한다"고 말했다. 마

장회익 물리학자, 서울대 명예교수

침 '과학철학 과목이 있어 수강했지만 물리학 공부에는 썩 도움이 되지는 않았다. 그러나 결과적으로는 과학에서 철학으로 시각을 넓힐 수 있는 안목을 주었다.

이후 철학과 과목 중에서 칸트의 『순수이성비판』 강의에 열심을 냈다. 독일어 원본으로 진행된 강의였기에 서문을 절반도 읽지 못하고 강의가 끝났지만 과학과 철학 사이의 관계를 조명하는 장회익 교수의 첫 출발점이라는 데 의미 있는 사건이었다. 이후 헤겔의 『현상학』 등 철학과 전공으로만 다섯 과목을 수강했으니 부전공으로 철학을 한 셈이었다.

한편 장회익 교수는 오늘날 학문의 흐름에 대해 조곤조곤한 말투로 고언苦言을 아끼지 않았다. "통합 이야기가 나온 지 꽤 되었지만 여전히 학문 간 장벽이 높다"면서 "자기 학문에만 매몰되면 곁눈을 파는 것 같고, 시간마저 허비하는 것 같지만 결국에는 큰 그림의 학문을 그릴 수 있는 것을 우리 학계가 간과하고 있다"는 것이다.

물론 이 일은 자기가 공부하는 학문에 대한 애정과 집념이 우선되어야 한다. 장회익 교수는 물리학을 제대로 가르치고 싶어서 관심의 틀거리를 넓힌 것이고, 그것이 오늘의 '온생명 사상가' 장회익을 있게 한 밑거름이다.

함석헌 그리고 《기독교사상》이 준 영향 »

—

장회익 교수는 월간 《기독교사상》 이야기를 빼놓지 않았다. 1957년 그이가 대학에 입학하던 해에 《기독교사상》도 첫 닻을 올렸다. 장회익 교수는 "상당히 새로운 것이 많았다"는 총평으로 시작했다. 사실 그 시절은 평신도들이 볼 수 있는 신학이나 기독교 관련 서적이 전무하다고 해도 과언이 아닌 때였다. 그런 때《기독교사상》은 불트만과 틸리히 등의 신학을 과감하게 소개했는데, 장회익 교수는 "책에 담긴 내용들이 대부분 신선했다"고 말했다.

어릴 적부터 할머니의 권유로 교회 생활을 했지만 그즈음 그이는 '『성서』 문자주의'에 숨이 막히던 때였다. 장회익 교수는 "어떤 면에서 보면 기독교를 버리지 않게 한 책이 바로《기독교사상》이라고 할 수 있다"며 푸근하게 웃었다.

한편으로는 함석헌의 가르침에 깊은 감동을 받곤 했다. 사회적으로, 종교적으로 거침없이 바른 말을 토해내는 것도 그렇지만 "기독교를 자기 안에 품고 있으면서 다른 한편으로 기독교를 넘어선 분"이라는 생각이 들었다. 그렇게 함석헌의 글을 찾아 읽었고, 간혹 종로 중앙신학교 강당에서 있었던 강연에 가끔 참석하곤 했다. 장회익 교수는 그의 가르침을 통해 "성경을 보는 관점에는 여러 가지가 있으며, 신에 대한 이해 또한 기독교의 전유물이 아님을 알게 되었다"고 고백한다. "껍데기는 버리고 그 안에 담긴 뜻을 찾아 읽을 줄 알아야 한다"는 배움은 이후 장회익 교수의 학문 인생의 지침 아닌 지침이 되었다.

책에 구애되고 싶지 않다 »

—

'장회익'과 '온생명'은 이음동의어라고 해도 틀린 말은 아니다. 장회익 교수가 물리학자로서 생명의 가치에 천착하게 된 이유를 한마디로 규정하

장회익 물리학자, 서울대 명예교수

© 유정호

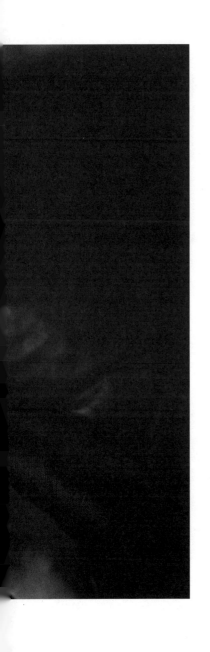

좋은 책도 있고 나쁜 책도
있습니다. 하지만 더 중요한
것은 현재 나에게 맞는
책이냐 아니냐 하는 것
아니겠습니까. 자신이 현재
알고 있는 수준에 맞추어
자기가 알고 싶은 것을
자기가 이해할 수 있는
방법으로 서술한 책이 가장
좋은 책입니다.

기는 어렵지만, "생명의 신비, 생명의 생명다움은 그 생명체 내부에 있지 않고 '그것과 바깥에 있는 그 무엇과의 결합'에 있다"는 사실을 깨달았기 때문이다.

생명체 바깥에 있는 그 무엇을 연구하는 학문이 바로 물리학이라는 점에서 장회익 교수의 온생명에 대한 관심은 물리학 공부의 확장인 셈이다. 온생명 사상을『공부도둑』에 나오는 말을 인용해 설명하면 다음과 같다.

> 우리가 지금까지 '생명'이라고 생각했던 것은 진정한 의미의 생명이 아니라 이것의 한 부분인 '낱생명'이었다. 이것이 생명으로 기능하기 위해서는 이것의 밖에 있으면서 이것 못지않게 본질적인 존재인 '보생명'과 함께해야 한다. 이렇게 함께해서 진정한 의미의 생명 구실을 하는 그 전체가 바로 '온생명'이라는 이야기이다.

장회익 교수는 온생명이라는 새로운 개념 틀로 전체를 보기 위해서는 "우주인의 눈"을 가져야 한다고 강조한다. 우주인의 눈이란 인간의 역사와 자연계의 원리 등을 포함한 시공간의 집약체인 우리 자신을 바라볼 수 있는 눈이다. 비록 온생명의 질서에 의존하면서 한시적인 삶을 사는 것이 우리네 삶이지만, 그 커다란 생명의 신비를 이해할 때에야 비로소 현대과학이 밝혀주는 원리와 개념들을 더 잘 이해할 수 있다는 것이다.

온생명을 주창한 사상가지만 장회익 교수는 그것을 몇 권의 책이나 논문을 참고해서 정리한 것은 아니다. 오히려 "책에 구애되고 싶지 않다"고 고백한다. 무수히 많은 책들을 읽었고 관련된 자료를 검토했다. 물론 그것을 만들어낸 지식 생산자가 있을 테지만 수많은 읽음과 되읽음을 통해 그 것은 "온전히 내 것이 되었다." 그는 좋아하는 책을 찾아내고 보관하는 학 자들의 일반적인 행태와는 다른 방식으로 지식과 지혜를 체화하는 것이다. 단출하지만 잘 정돈된 서가가 그것을 대변하는 유일하고도 신비로운 성소 였다.

나는 대부분의 논문에서 각주 다는 것을 소홀히 합니다.
물론 이런 일 때문에 논문을 쓰는 게 불편할 때도 있어요.
왜 인용한 책이 없냐고 불평하는 소리도 가끔 듣습니다.
하지만 내용 자체는 다른 곳에서 얻는 것이 많지만 그것을
체계화하고 창의적으로 발전시키는 것은 오로지 나 자신입니다.

『우주설』에서 배운 전통과 현대의 조화 »

—

장회익 교수가 오늘날로 말하면 '자기주도형 학습'을 할 수 있었던 배 경은 할아버지가 아무런 이유 없이 학교에 가지 못하도록 했기 때문이다. 공부도 곧잘 했으나 할아버지는 초등학교 6학년 때 학교 가는 것을 막았다. 친족들 모두가 학교에 다녔지만 유독 그이에게만 내려진 차별이었다. 장회 익 교수는 어쩔 수 없이 새벽에 일어나 마당을 쓸고, 낮에는 소를 먹이고 산 에서 나무를 해왔다. 하지만 공부꾼 기질이 다분했던 그이는 소 먹이러 나 갈 때마다 책을 들고 나갔고, 읽은 것을 노트에 쓰는 버릇을 들였다. 아는 것과 모르는 것의 기준이 명확해졌고, 중학교에 진학해보니 스스로 공부했던 방법들이 더 빛을 발하기 시작했다.

물리학을 공부하고, 그것에 철학 등 인문학적 관점을 접목하고, 또 생명과 연관시킬 수 있었던 것도 스스로 공부하는 방법을 터득했기에 가능한 일이었다. 『공부도둑』의 한 대목은 이렇게 쓰여 있다.

그러나 지금 생각해보면 그것도 좋은 공부였고, 굳이 학교 공부와 그것을 구분할 필요도 없었다. 어쨌든 내게는 앞에 닥친 모든 기회를 내게 도움이 되도록 최대한 활용하는 것 외에는 다른 길이 없었다.

한편 장회익 교수는 집안의 어른이기도 한 여헌°旅軒 장현광°張顯光의 『**우주설**』을 통해 자연현상을 탐구하는 방법론과 인식론을 새롭게 벼리기도 했다. 1631년에 저술된 『우주설』을 일러 "서구의 영향을 받지 않고 동양 고유의 우주관을 담은 마지막 문헌이 될 수도 있다"고 말했다. 처음 『우주설』을 접했을 때는 스스로 현대과학에 대한 지식이 충만하기 때문에 대학생이 초등학생 시험 답안지 보듯 접근했단다.

하지만 읽으면 읽을수록 책이 주는 매력에 빠져들었다. 장회익 교수는 『우주설』을 읽으면서 "전통문화를 깊이 이해하면 현대 과학문명의 부족함을 메울 수 있고, 조화롭고 안정된 문명을 이루는 데 도움이 될 것 같다"는 인상을 받았다. 또한 사람들의 뇌리에서 점점 잊혀가는 전통문화를 현대문명의 도움을 받아 살려낼 수도 있으리라 생각했다. 자연을 이해함으로써 인간의 당위를 추구했던 선인들의 지혜가 『우주설』에도 고스란히 담겨 있었던 것이다.

장회익 교수는 스스로의 학문 인생을 20년을 주기로 3등분했다. 처음 20년은 물리학의 기초가 되는 물질의 이해를 위해 혼신의 힘을 다했던 시절이었다. 그 다음 20년은 생명에 대한 끝없는 탐구로 온생명 사상의 기반을 이루었다. 그리고 최근 20년은 물질 이해를 바탕으로 인간과 의식을 이해하는 시간들이었다. 물질의 이해가 전제되었으니 처음 자리로 되돌아간 것은 아닌가 하는 마음도 간혹 들지만 한층 더 심화된 방법, 즉 나선 형태로 스스로의 학문 인생이 발전했다고 그이는 믿는다.

한번은 어떤 모임에서 이런 이야기를 나누었더니 "그럼 나머지 20년은 어떤 분야에 투자하려는가?"라고 묻더란다. 잠시 머뭇거리는 사이 누군가 "나머지 20년은 신의 이해가 되지 않겠느냐"고 자신을 대신해 대답했다고 한다. 농담처럼 나온 이야기지만 그는 "그것도 나쁘지는 않을 것 같다"는 생각을 했다.

그래서일까. 장회익 교수는 요즘 다양한 종교 서적을 관심을 가지고 보고 있다. '예수 평전'이라는 이름으로 출간된 몇몇 책을 읽었고, 최근에는 미국 성공회 주교인 존 쉘비 스퐁의 책을 몇 권 읽었다. 그이는 "예리한 비판을 가하고 있는 존 쉘비 스퐁 주교의 책에서 합리적인 기독교의 모습을 발견할 수 있다"고 강조했다.

불교의 신에 대한 이해를 위해 다양한 불교 관련 서적을 읽기도 하지만 가장 인상 깊었던 책은 바로 박형규 목사의 회고록인 『나의 믿음은 길 위에 있다』다. 장회익 교수는 "박형규 목사가 민주화 운동 과정에서 폭력을 비폭력으로 이겨낸 것도 배워야겠지만 신앙의 길은 곧 실천의 길임을 가르쳐주었다"고 말했다.

장회익 물리학자, 서울대 명예교수

즐기면서 해온 책과의 놀이 »

—

장회익 교수는 미국 유학 시절 『스콧 니어링 자서전』을 처음 읽었다. 그 감흥을 지도교수에게 이야기했더니 "좋은 책이죠. 나는 고등학교 때 읽었어요"라고 대답하더라는 것이다. 책이 귀했던 시절이니 그럴 수도 있지만 우리에게는 아직도 좋은 책과 일상을 이어주는 창구가 그다지 많지는 않은 것이다.

그래서인지 장회익 교수는 지금도 어떤 연구를 시작할 때면 책부터 뒤진다. 대학 시절 공부했던 책들도 여전히 서가에 보관하고 있는 그이는 "그 책들을 다시 꺼내 읽을 일은 거의 없지만 책이 주는 자양분만큼은 고스란히 간직하고 싶다"고 말했다. 아울러 평생 곁을 지켜온 책들과 함께 새로운 공부를 위한 밑거름을 쌓는 것이다.

앞서 말했거니와 남들이 소개하는 책은 사절이다. 오로지 스스로 찾아내고 인연을 맺는 책들로만 삶과 앎을 채워가는 것이다. 간혹 내게 맞는 책이 없을 수도 있다. 있어도 연결되지 못할 수도 있다. 오로지 "깊은 깨달음이 담긴 공부길"에 그런 책들이 다가오기를 기다리면 그뿐이다. 장회익 교수가 "그저 즐기면서 함께 해온 놀이로 의미 있었다"는 말로 표현한 평생 앎과의 숨바꼭질은 앞으로도 계속될 것이다. ●

학문으로 삶을 산 이의 겸손함

종교학자,
울산대
석좌교수

정진홍

© 유정호

정진홍 교수는 1937년 충남 공주에서 태어나 서울대 종교학과와 동 대학원을 졸업했다. 명지대와 덕성여대 교수를 거쳐 서울대 종교학과 교수로 후학들을 가르쳤다. 이후 한림대 한림과학원 교수, 이화여대 석좌교수로 종교학을 가르쳤다. 2011년 2월부터 울산대 철학과 석좌교수로 재직 중이다. 대한민국 학술원 회원이며 한국종교문화연구소 이사장으로 일하고 있다. "종교를 바라보는 문법의 전환을 제시한다"는 평을 듣는 그는 1980년대 이후 종교학을 신학으로 치우쳐 있던 주변 학문의 자리에서 벗어나게 하고 종교 현상을 통해 인간을 이해하는 인문학의 지위로 끌어올렸다. '종교와 문학,' '종교와 예술,' '신화와 역사' 등 문학적 수사로 채워졌던 그의 강의는 학생들 사이에서 명강의로 손꼽혀왔다. 저서로 『종교문화의 논리』(2000), 『M. 엘리아데 – 종교와 신화』(2003), 『고전, 끝나지 않는 울림』(2003), 『만남, 죽음과의 만남』(2003), 『경험과 기억』(2003), 『잃어버린 언어들』(2004), 『열림과 닫힘』(2006), 『정직한 인식과 열린 상상력』(2010) 등이 있고, 시집 『마당에는 때로 은빛 꽃이 핀다』(1997)가 있다.

한 인간의 실존과 구원은 물론 나아가 한 사회의 실체와 층위를 형성한 것, 이는 바로 종교다. 그래서 종교는 편협하지 않고, 그 너른 품은 모든 사람을 품고 남음이 있다. 이를 두고 폴 틸리히는 "모든 종교의 심층에는 종교 자체의 중요성을 잃어버리게 하는 경지가 있다"고 말했던가. 그런 점에서 종교는 그 자체로 유용한 것이 아니라 뭇사람들의 삶으로 승화될 때 값진 의미를 지닌다고 할 수 있다. 한평생 그러한 종교의 심층을 연구하며 삶으로 살아낸 학자가 바로 정진홍 교수다. 그가 때론 대학자의 풍모로, 때론 수줍은 소년처럼 천진한 모습을 보여주며 책과 그것으로 둘러싸인 인생을 이야기한다.

●

계속해서 읽으면 글이 스스로 자기를 설명한다 »
—

정진홍 교수가 처음 책을 읽는다는 느낌을 가진 때는 초등학교 3학년 시절이었다. 각종 폐지를 모아 만든 누런 빛깔의 『똘똘이의 모험』이라는, 일본 동화를 번안한 책이었다. 앉은 자리에서 다 읽었고 "책을 다 읽었다는, 완독의 희열을 처음 맛본 책"이었다. 그러나 단지 완독의 희열 때문에 이 책을 기억하는 것은 아니다.

쌀 도둑들의 차에 올라타 기지를 발휘해 경찰에 신고할 수 있었던 똘똘이는 "무섭지 않았냐?"는 친구의 질문을 받는다. 이쯤 되면 우리는 대개 이런 대답, 즉 "난 무섭지 않았어" 또는 "옳은 일인데 당연히 해야지"라는 영웅적 대답을 상상한다. 그러나 주인공 똘똘이는 "조금 무서웠어"라고 고백하고, 정 교수는 여기서 "동화의 세계에서 리얼리티의 세계"로 넘어서는

정진홍 종교학자, 울산대 석좌교수

자신을 발견했다. 주인공 똘똘이의 경험과 책을 읽는 내가 하나가 되는 경험을 하게 된 것이다. 이때부터 그이는 책을 읽을 때마다 주인공과 교감하는 경험을 쌓곤 했다.

완독의 경험을 스스로 체득했다면, 평생 독서의 큰 틀은 집안의 셋째 할아버지에게서 배웠다. 한국전쟁 당시 학교를 다니지 못하던 때, 셋째 할아버지는 당시 중학교 1학년이었던 정 교수에게 『**효경**』을 읽히셨다. 어릴 적부터 한자를 배웠는데, 뜻과 토를 달아 가르쳐주신 할아버지는 "되풀이 해서 읽으라"고 강조하셨다. 그렇게 한 쪽을 50번씩 읽는 것이 정 교수의 하루 일과였다. 한 책을 50번 읽으면 누구라도 외울 터. 정진홍 교수는 『효경』의 첫 머리를 줄줄 외며 당시를 회상했다. 할아버지는 "읽고 또 읽으면 마침내 문리가 트인다"고 말씀하셨고 "계속해서 읽으면 나중에는 글이 스스로 자기를 설명한다"고 가르치셨다. 이 경험을 정 교수는 자신의 책 『고전, 끝나지 않는 울림』에서 이렇게 표현했다.

어떤 책을 평가하는 데는 그것이 되풀이해서 읽히느냐 그렇지 않느냐 하는 것보다 더 분명한 척도는 없을 듯합니다. 소설은 특별히 그렇다고 생각됩니다. '되읽음' 또는 '되읽힘'보다 더 적절하게 소설을 평가할 수 있는 준거는 없다고 단언해도 좋을 듯합니다. '되읽음'을 충동하는 긴 여운, 끝내 그 여운을 지울 수 없는 아련한 유혹을 내 안에서 일도록 하는 어떤 '처음 읽음'의 경험, 그리고 그것에 대한 회상, 그렇게 해서 어쩔 수 없이 '되읽음' 속으로 들어가 침잠하는 일, 이러한 일련의 구조가 이른바 '고전'을 마침내 일컫게 하고, '고전 읽기'의 문화를 일군다고 저는 생각합니다.

정 교수는 되풀이해서 읽는 것, 즉 글이 스스로 자기를 설명한다는 이
야기를 통해 '종교현상학'의 본질을 설명했다. 대상을 어떻게 이해하느냐,
즉 내가 가진 이해(전이해)를 판단의 근거로 삼지 않고 객체가 스스로 말하도
록 하는 것이 현상학의 기본 전제이다. 이것이 에드문트 후설이 말한 "진정
한 인식"이기도 하다.

독서에도 필요한 절제의 미덕 »
—

정진홍 교수는 은퇴하면서 소장하던 대부분의 책을 서울대 종교문제
연구소에 기증했다. 책이 많기도 했지만 이렇게 생각한 데는 "내가 일상을,
세상을 직면하지 않았다"는 깨달음도 작용했다.

**돌아보니 세상을 책이라는 렌즈를 통해 간접적으로 만났어요.
삶과 정직하게 직면하는 것이 아니라 책으로만 세상을 바라본
거예요. 결국 책을 다 치워야 세상을 정직하게 만날 수 있겠다
싶었습니다.**

그렇게 대부분의 책을 종교문제연구소로 보내고, 본인에게 소용이 될
만한 책만 추려 집으로 옮겨두었지만 여전히 책들이 온 집안에 가득하다며
정 교수는 수줍은 미소를 머금었다. 덧붙이기를, 종교문제연구소에 책을

정진홍 종교학자, 울산대 석좌교수

들여보내며 후배 교수들과 대화를 나누다가 "책으로 세상을 볼 것이 아니라 정직하게 사물과 세상을 보아야 한다. 이런 이야기를 책으로 써야겠다"고 말했단다. 정 교수는 "끝없는 갈등"이라고 표현했지만, 후배 교수들은 박장대소했단다.

또한 어린 시절 독서에 대한 기본적인 생각을 정리해주신 셋째 할아버지는 "너무 책을 많이 읽으면 허황되게 되느니라" 하는 말로 독서에도 절제의 미덕이 필요함을 가르치셨다. 덮어놓고 읽는다고 그것이 삶을 바꾸는 것은 아니다. 되읽어 그것을 삶의 방편으로 삼아야 한다. 정 교수는 "학문하는 자세도 이와 같아서 책에만 빠지면 의미가 없다"고 강조하면서 "책으로 현실을 판단해서도 안 되고, 현실을 책에만 담아 넣으려 해서도 안 된다"고 말했다. 헤겔의 역사철학과 종교 인식이 그의 책에만 있고 인류사, 즉 인간 경험에는 없다는 비판을 받는 이유가 바로 이 때문이다. 책이 현실을 규정하는 것이 아니라 경험이 있은 후에 개념이 생기고 학문이 형성되는 것이다. 그러나 대개는 책의 개념으로 세상을 규정하려고 한다. 책과 현실, 둘 사이의 적절한 긴장과 절제. 이것이 바로 학문의 딜레마를 극복하는 길인 셈이다.

단테, 우치무라 간조, 함석헌 그리고 김재준 »

—

정진홍 교수는 고등학교를 다니던 시절, 단테의 『신곡』을 탐독했다. 고등학교 은사였던 이제각 선생이 몇몇 학생을 집으로 불러 '가리방'으로 만든 『신곡』을 읽혔다. 정 교수는 "『신곡』을 읽으면서 또 다른 차원의 상상력이 트였다"면서 "된다, 안 된다는 이분법적 사고만을 강요하던 가르침과는 달리 사고의 폭이 내 마음대로 넓어지는 경험을 했다"고 말했다.

우치무라 간조의 『구안록』도 읽었는데, 역시 무교회주의 그룹에 속해 있던 이제각 선생의 영향이었다. 또한 함석헌의 시와 「성서적 입장에서 본 조선역사」도 접할 수 있었다. 지금이야 함석헌과 그의 저작에 대한 평가가 달라졌지만 당시로서는 "크리틱하면서도 그의 사관이 옳다고 생각"했단다. 그래서 대학에 진학해서도 함석헌의 강연을 찾아다녔고 "기대와 실망을 반복했다"고 한다. 그 실망 중에는 《사상계》에 실린 「생각하는 백성이라야 산다」는 글도 한몫했다. 정 교수는 "읽고 그냥 감동하면 되는데, 예언자는 반드시 오만해야 하는가를 고민하지 않을 수 없었다"고 내밀한 고백을 내놓는다. 그러나 함석헌의 글에 압도된 것은 엄연한 사실이고, 그를 통해 실존적 고민을 키워간 것 또한 사실이다.

한편 김재준 목사의 『**낙수**』와 『**낙수 이후**』를 읽으며 "도그마에 휩싸인 한국 교회에도 이처럼 지성적이고 신학적인 신학자가 있구나"라고 감탄했다고 한다. 낙수°落穗란 가을걷이 후에 논밭에 떨어져 있는 곡식의 이삭을 의미하는데, 추수 후에 가난한 사람들이 주워갈 수 있도록 하는 '또 하나의 추수'이다. 『낙수』와 『낙수 이후』는 정 교수에게 일상과 학문에 대한 새로운 지평을 열어주기에 충분했다.

정진홍 종교학자, 울산대 석좌교수

ⓒ 유정호

돌아보니 세상을 책이라는
렌즈를 통해 간접적으로
만났어요. 삶과 정직하게
직면하는 것이 아니라
책으로만 세상을 바라본
거예요. 결국, 책을 다 치워야
세상을 정직하게 만날 수
있겠다 싶었습니다.

자유로운 영혼들의 피난처, 문학 »

—

목사를 꿈꾸며 서울대 종교학과에 입학했던 정진홍 교수의 대학 생활은 사실 "질식할 것만 같은 상황"이었다. 지도교수의 권위적인 가르침은 고대와 중세 철학을 교양과목으로 듣고자 했던, 대학에서 자유롭게 열린 학문 생활을 꿈꾼 정 교수의 희망을 막았고, 자신의 철학과 가르침만을 배우도록 강요했다. 결국 여러 가지 상황에 직면한 정 교수는 "이렇게 편협한 신학이라면 공부하지 않겠다"며 목사의 길을 포기했다. 시스템으로 움직이는 신학과 신앙이 아니라 인간이 중심이 된 자유로운 신학과 신앙을 추구했던 그로서는 어찌 보면 당연한 선택이었다.

그렇게 신학에 매력을 잃고 찾아낸 길이 문학이다. 문학은 제약이 없다는 것이 가장 큰 이유다. 추천이나 평론에 얽매이지 않는 가장 자유로운 영혼들이 선택할 수 있는 것이 시와 소설이다. 정 교수는 "내 마음대로 읽고, 이야기하고, 판단하고 혼자서 욕도 한다"면서 문학의 묘미를 말한다.

헤르만 헤세의 『**싯다르타**』를 주머니에 넣어 군대에 입대했는데, 한글 번역판을 다 읽자 누군가 영어 문고판을, 다시 독일어 문고판을 부대로 보내주었다고 한다. 그러면서 한마디 덧붙인 말에 함께 한참을 웃었다.

중요한 책, 버릴 것 버리고 결국 남는 책이 뭔가 봤더니 애인이 사준 책이더라고요.

한편 정 교수는 『**타고르 전집**』 이야기를 꺼내면서 그의 시 「더 가드너」 67편을 영어로 읊조렸다. 새에게 날개를 접어서는 안 된다고 노래하는 라

빈드라나트 타고르. 숱한 젊음들에게 "네 날개를 접어선 안 돼"라고 노래한 타고르의 본을 따라, 정 교수도 "희망을 가지고 살라"는 이야기 대신 "네 날개를 접으면 삶이 접히는 것이고, 날개를 펴는 순간 삶이 시작된다"고 충고한다. 20대에 접한 시들을 아직도 선명하게 기억하는 그이의 기억력도 기억력이지만, 배우고 익힌 텍스트를 통해 일상과 삶으로 천착하는 모습에 머리가 절로 숙여진다.

한편 정 교수는 2003년『고전, 끝나지 않는 울림』이라는 책을 선보였는데, 평생 곁에 두고 되읽은 문학 작품에 대한 내밀한 고백을 담고 있다. 도스토예프스키의『카라마조프 가의 형제들』, 일연의『삼국유사』, 허먼 멜빌의『모비 딕』, 셰익스피어의『햄릿』, 귀스타브 플로베르의『마담 보바리』, 미겔 데 세르반테스의『돈키호테』, 루쉰의『아Q정전』, 니체의『차라투스트라는 이렇게 말했다』등이 정 교수가 평생을 읽고 또 읽은 문학 작품들이다.

삶과 학문은 함께 길을 가는 동반자　»

정진홍 교수는 이화여교 성경교사로 가르치는 일을 처음 시작했다. 그는 첫 수업을 위해 전지에 사도 바울의 전도 여행 루트를 그려와 칠판에 붙이고 서툰 강의를 시작했다. 그러나 귀를 기울이는 아이는 하나도 없었다. 시험 과목도 아니고, 요즘 말로 하면 소통의 부재였다. 정 교수는 기독교에서 당연하게 사용하는 말들이 학생들에게는 알아들을 수 없는 '사투리'라는 사실을 깨달았다. "하나님의 은혜로"라는 말은 기독교 밖에 있는 사람들에

정진홍 종교학자, 울산대 석좌교수

게 도무지 알아들을 수 없는 사투리인 셈이다.

　정 교수는 미르체아 엘리아데의 『**종교양태론**』 이야기를 꺼냈다. 엘리아데의 저서를 통해 "각각의 종교를 이야기하지 않아도 종교에 대해 이야기할 수 있구나"라는 일종의 충격을 받았다고 한다. 그때까지 "대개 종교의 역사 등을 이야기해야 종교를 말할 수 있다고 생각했다"는 것이다. 당시 자신뿐 아니라, 지금도 많은 사람들이 그렇게 생각하고 있다. 각 종교에 대한 비교연구가 '종교학'의 모든 것처럼 여겨지는 세태를 정 교수는 꼬집고 있는 것이다. 물론 비교연구도 필요하지만, 당시 엘리아데를 접한 그이는 "마치 새 하늘과 새 땅이 열리는 듯한 충격을 받았고 실제로 이때부터 종교학을 시작했다"고 고백한다.

　한편으로 정 교수는 종교학을 깊이 공부하면서 신학서적을 쉽사리 읽지 못하는 자신을 발견한단다. 스스로를 가두는 듯한 느낌, 유폐된 공간에서 자유롭게 숨 쉬지 못한다는 느낌 때문이다. 명백한 틀이 존재하는 '권위'와 실증적이어야 하는 '학문' 사이에서, 신학은 삶의 현실(리얼리티)을 권위라는 이름으로 유리시킨다는 것이다. 동일한 관점에서 최근 인문학의 퇴락은 이야기, 즉 내러티브(스토리텔링)를 갖지 못하기 때문이다.

　왜 공부하는지, 무엇을 고민하는지, 무엇을 터득해야 하는지, 이 과정에서 뭔가 얽혀 있는 것은 아닌지 담담하게 이야기할 수 있다면 그것은 삶의 자리에 인문학이 함께 가는 것이다. 그러나 사람들은 이런 이야기를 하려면 인문학이 기반이 되어야 한다고 강조하면서 인문학과 삶을 유리시킨다. 정 교수는 "인문학은 기반이 아니라 끝까지 함께 가는, 삶의 과정에서 수반되어야 하는 것"이라고 강조한다. 고매한 정치학자, 경제학자, 종교학자의 입이 아니라 삶을 현실로 받아들이는 사람들의 입에서 나온, 그렇게 읽힌 것들이 결국 정치학이며, 경제학이고 종교학이라는 것이다.

겸손함으로 평생 학문의 길을 걸은 사람 »

—

"종교를 바라보는 문법의 전환을 제시했다"는 평과 함께 "1980년대 이후 종교학을 신학으로 치우쳐 있던 주변 학문의 자리에서 벗어나게 하고 종교 현상을 통해 인간을 이해하는 인문학의 지위로 끌어올렸다"는 평을 듣는 한국을 대표하는 종교학자인 정진홍 교수는 시종 겸손했다. 지난 몇 년 동안 두어 번의 만남과 수차례의 통화에서 한 번도 하대下待하는 적이 없었고, 인터뷰 중에도 진지함을 놓치지 않으려 애쓰면서도 질문하는 이를 배려하는 모습이 역력했다. 종이와 연필을 준비해 메모하며, 혹은 기억을 더듬으면서도 그는 겸손함을 잃지 않았다.

사람을 대하는 면뿐 아니라 학문하는 사람으로서도 정 교수는 겸손함 그 자체였다. 김재준 목사의 『낙수 이후』를 말하면서는 자신의 종교학 연구를 "정통 학자들이 추수한 후에 떨어진 이삭을 줍는 것"에 비유했고, 엘리아데와의 학문적 만남을 거론하면서는 "젊은 세월 제대로 학문에 천착하지 못한 사람"이라고 자신을 낮추었다. 자신은 그저 "종교학이라는 학문 분야가 있음을 소개했을 뿐"이라는 것이다. 그러면서도 정 교수는 "종교학뿐 아니라 학문하는 사람들이 그 분야에 대해 성찰하지 못하면서도 지속적으로 관심을 가지고 있다는 것만으로 학문하는 자세를 다했다는 착각에 빠져서는 안 된다"고 일갈한다. 학문하는 사람이 가져야 할 낮은 자세를 그는 몸과 마음으로 실천하고 있는 것이다.

정진홍 종교학자, 울산대 석좌교수

정진홍 교수는 요즘 자신이 처음 가르치는 장으로 들어섰던, 그리고 마지막 가르침의 장인 자신의 자리에서 삶을 돌아보고 있다고 한다. '죽음'이라는 문제에도 깊이 천착하며, 그 실제 현장인 호스피스 봉사에도 열심을 내고 있다. 말은 하지 않았지만, 호스피스 봉사 현장에서 정 교수는 단지 죽음이라는 현상을 학문의 눈으로 바라보는 것이 아니라 삶의 끝자락에 선 사람들을 긍휼한 마음으로 보듬고 있는 것이리라. 종교를 삶으로 살아내는 거인의 모습은 아름답다. ●

역사는 사실을 존중하는 풍토에서 자란다

조광┃역사학자, 고려대 명예교수

© 김승범

조광 고려대 한국사학과 명예교수는 1945년 서울에서 태어났다. 가톨릭 신학교 신학부에서 공부했고 고려대 사학과에서 석사와 박사 학위를 받았다. 1979년부터 고려대와 동국대에서 강의했고, 1983년 3월부터 2010년 8월 정년퇴임하기까지 28년간 고려대에서 후진 양성에 힘썼다. 한국사연구회 회장과 한일역사공동연구위원회 한국 측 위원장을 역임했으며, 2006년 고려대 인문대학장 재직 당시 80여 개 대학 인문대학장들을 독려해 '인문학 위기 선언'을 주도했다. 1864년부터 1910년 국권 상실에 이르기까지 47년의 역사를 편년체로 기록한 사서『대한계년사』(전10권)를 소장 학자들과 함께 번역·출간했다. 이는 "사회과학과 인문학에서 역사학적 접근을 활발히 시도하는 연구 분위기에 활기를 더해줄 수 있는 매우 소중한 학문적 성과"로 평가받고 있다. 현재 고려대 문과대학 명예교수이면서 한국고전문화연구원 원장으로 있다. 저서로는『장면 총리와 제2공화국』(2003), 『조선 후기 사회와 천주교』(2010), 『한일역사의 쟁점』(공저, 전2권, 2010), 『한국사학사의 인식과 과제』(2011) 등이 있다.

민족사학계의 대표적인 학자로 조선 후기 천주교 연구에 또렷한 족적을 남긴 고려대 한국사학과 조광 교수는 2010년 8월 정년퇴임을 했다. 정년퇴임을 하면 당분간은 유유자적, 망중한을 즐기는 것이 보통이지만, 조광 교수는 퇴임 다음 날로 평생 후학을 양성한 학교에서 그리 멀지 않은 곳에 새로운 연구실을 마련하고 "의무가 아닌 선택"으로 "하고 싶은 공부"를 시작했다.

●

과거와 대화하는 방법 '고전 번역' »

—

28년간 몸담았던 고려대를 정년퇴임한 조광 교수는 쉴 틈도 없이『추안급국안』의 출간 작업을 서두르고 있다. 1601년부터 1905년까지 일어난 각종 중요사건의 신문˚訊問 기록과 판결서를 모아 의금부에서 편찬한『추안급국안』은 조선 중기와 후기의 정치사·사회사·민중운동사·법제사 연구에서 가장 기본적인 문헌이다. 조광 교수는 자신이 원장으로 있는 한국고전문화연구원의 연구원들과 함께『추안급국안』의 번역을 마치고 출간을 준비하고 있다.

조 교수는 "조만간 100책 분량으로 나올 수 있을 것"이라며 "비록 재판에 관한 기록이지만 그 자체가 조선 후기의 사회사이며 인간사"라고 설명했다. 그는 "모든 범죄는 사회적 일탈, 즉 규범과 기준을 어긴 죄이지만 오늘날의 의미에서 보면 모든 억압된 사회 규제를 해소하려는 '해방운동'의 측면으로 볼 수 있다"고 말했다. 그런 점에서『추안급국안』의 번역과 출간은 남다른 사회적 의미를 갖게 될 것이라고 조 교수는 전망했다.

조광 역사학자, 고려대 명예교수

조광 교수는 이미 2004년에 소장 학자들과 함께『대한계년사』를 번역해 출간한 바 있는데,『대한계년사』는 황현의『매천야록』과 함께 제국주의 침략에 대한 저항과 주체적 민족의식이 나타난 한말 개혁기의 대표적 통사다. 또한 1757년 영조가 편찬한『여지도서』를 50권 분량으로, 죄인들의 심문 기록을 담은『포도청등록』을 30권 분량으로 번역해 출간을 계획하고 있다.

그이는 "요즘은 한문 자료를 번역하고 교정하고, 주석하는 일에 온 시간을 보낸다"면서 "한문 자료의 번역은 언어의 장벽을 낮추고 학문의 세계를 넓히는 토대를 다지는 작업"이라고 설명했다. 또한 "역사를 과거와 현재의 대화라고 규정할 때, 과거와의 대화를 촉진하는 것이 바로 번역"이라고 강조했다. 조 교수는 영미권 번역도 중요하지만 우리의 고전인 한문 자료를 번역하는 것에도 충분한 시간을 할애해야 한다고 말했다.

대하소설에서 얻은 힌트 »

—

조광 교수는 1980~1990년대까지만 해도 대하소설을 "일삼아 열심히 읽었다." 박경리의『토지』와 조정래의『태백산맥』,『아리랑』같은 작품들은 질곡 많은 한민족의 근현대사는 물론 분단의 현실을 다루었다는 점에서 그이의 학문적 관심사와도 맥을 같이했다. 조광 교수는 "각종 문헌 등에서는 찾아볼 수 없는 당대를 이해하기 위한 방편으로 대하소설만큼 좋은 것이 없다"고 했다. 하지만 문학에 몰입하기보다는 문학인들은 당대를 어떻게 묘사하고 있는가에 초점을 맞추었고, 그것을 통해 학문적 "힌트를 얻었다"고 했다. 『장길산』과 『객주』, 『임꺽정』도 그런 뜻에서 좋은 사료였다. 특히 『임꺽정』은 중학생 시절 읽었던 감흥이 깊어 새롭게 전집이 출간되자 반가운 마음으로 읽었다고 한다.

사실 조광 교수는 청소년기를 거치면서 을유문화사와 정음사의 『세계문학전집』을 탐독했다. 세로쓰기가 불만이었지만 전집이 가진 아우라만큼은 단연 최고였다고 회상했다. 그렇게 토마스 만과 프리드리히 실러, 괴테의 작품을 탐독했고, 로맹 롤랑의 『장 크리스토프』를 읽으면서 감격했다. 조광 교수는 "실존주의 철학자들의 책을 여럿 읽었으되 내용은 그다지 기억에 남지 않는다"고 솔직하게 고백하기도 했다. 조광 교수는 『세계문학전집』을 학교 도서관에서 읽었다고 한다. 말이 '전집'이지 한 권 한 권씩 뜨문뜨문 나오던 시절이었으니 기다림은 길 수밖에 없었다. 앞서 빌려간 학생들의 반납이 늦어지면 기약 없이 기다림이 길어지곤 했다. 그래도 끈질기게 기다려 전집의 대부분을 읽었다고 한다.

휴머니즘에 기초를 둔 민족주의 »

그 시절 읽은 책들의 영향이었을까. 조광 교수는 인간의 문제와 직면하고 싶다는 바람으로 가톨릭 신학교를 선택했다. 하지만 1960년대 말, 1970년대 초는 한국 사회가 급변하는 시기였다. 결국 1970년, 조광 교수의 학문 인생을 바꾼 결정적인 사건이 발생했다. 바로 전태일 분신 사건이다. 전태일의 분신은 당시 대학생들에게는 큰 충격이었다. 조 교수는 "우리가 처한 현실을 적나라하게 보여준 사건"이라고 표현했다. 이것이 계기가 되

조광 역사학자, 고려대 명예교수

어 노동문제와 사회문제에 관심을 갖게 되었다.

전태일 사건뿐 아니라 1960년대 초반, 제2차 바티칸 공의회 이후 가톨릭 내부에서도 변화의 흐름이 감지되었다. 사회를 제대로 보려면 '신학'은 다소 거리감이 있어 보였다. 일련의 변화와 조우한 조광 교수는 결국 신학을 포기하고 고려대로 옮겨와 역사를 공부하기 시작했다. 과거(역사)를 통해 현재의 문제를 조명하고 미래 문제도 대처할 수 있다면 그보다 적절한 학문은 없다고 판단했기 때문이다.

역사를 공부하는 조광 교수에게 E. H. 카의 『역사란 무엇인가』가 첫 지침서가 되었다. 역사는 과거와 현재와 미래, 이 세 차원의 시간의 만남을 주선한다. 결국 현실의 문제를 적나라하게 보여주는 잣대가 되는 것이다. 하지만 요즘은 포스트모더니즘의 영향으로 사람들은 E. H. 카의 역사 인식이 용도 폐기된 것처럼 인식한다. 그러나 조광 교수는 "포스트모더니즘적 역사 인식은 역사 이후를 논하기 때문에 자칫 해석 위주로 흐를 수 있다"면서 "역사는 사실을 존중하는 풍토 위에서 진지하게 탐구되어야 한다"고 말해 카의 역사 인식을 옹호했다. 지나친 해석은 역사를 '문학화'할 수도 있기 때문이다.

한편으로 조 교수는 민족문제에 대한 지나친 비판적 접근도 경계했다. 분단 문제가 해결될 때까지 한반도에서 민족문제는 영원한 화두이기 때문이다. 탈민족주의적 사고는 결국 세계화°globalization로 이어지고 다시 신자유주의적 경제체제로 나타난다는 것이 조광 교수의 생각이다. 그이는 "편협한 민족주의, 즉 쇼비니즘으로 흐르는 것을 부단히 경계하면서 '열린 민족주의'를 지향하는 것이 바람직하다"고 했다. 한마디로 "휴머니즘에 기초를 둔 민족주의"를 강조하고 있는 것이다.

샤를르 달레와 강만길의 저작이 준 영향력　»

—

　책 이야기를 이어가던 조광 교수가 서가에서 책 한 권을 뽑아들었다. 샤를르 달레가 1874년 프랑스에서 출간한 『한국 천주교회사』 원본이었다. 조선에서 활동했던 프랑스 선교사들이 본국으로 보낸 편지 등의 자료를 엮은 이 책은 출간 당시 프랑스 유수의 저작상을 받을 정도로 권위가 높다. 조 교수는 이 책을 구하기 위해 프랑스 헌책방 몇 곳을 뒤졌다고 한다. 그이가 보여준 원본은 장정이나 종이 등이 국내 번역본보다 훨씬 상태가 좋아 보였다. 조광 교수는 "호교론적 입장에서 쓰였지만 조선 후기 천주교의 전파는 물론 당시 민중의 삶과 사회상을 볼 수 있는 사료적 가치가 남다른 책"이라고 말했다.

> 당시 유럽 우월주의가 엿보이기도 하지만 역사신학적 관점과 역사학적 관점에서 유용한 책입니다. 저는 역사학적 관점에서 당시 조선의 사회사상사에 주목했습니다. 개선주의적 관점도 보이지만 동양의 것을 나름대로 인정하려는 시각도 보이는 '괜찮은' 책에 속합니다.

　『한국 천주교회사』와 함께 조광 교수가 내놓은 책은 강만길 교수의 『고쳐 쓴 한국 근대사』였다. 아울러 『고쳐 쓴 한국 현대사』도 많은 영향을 주었노라고 고백했다. 조광 교수는 이 두 권의 책이 "강만길 교수가 하나의 의식을 가지고 쓴 책"이라고 평했다. 그가 말한 하나의 의식이란 다름 아니라 '민족의식'이다.

조광 역사학자, 고려대 명예교수

인문적 소양은 가치 판단의
기준입니다. 우리 사회가
어디에서 와서 어디로
가는지 알 수 있는 것이
역사로 대표되는 인문적
소양입니다.

© 김

조광 교수는 강만길 교수가 좌로도 치우치지 않고 우로도 치우치지 않은, 그렇다고 좌와 우를 완전히 거부하지도 않고 하나로 아우른 민족사를 쓰려고 노력했다고 강조했다. 역사 공부를 시작한 이후로 그이는 강만길 교수의 저작에 많은 영향을 받았다고 한다. "한국 근현대사를 이해하는 데는 강만길 교수의 책 두 권만 한 것이 없다"는 말로 그 영향력을 에둘러 표현했다.

『뜻으로 본 한국역사』가 우리 사회에 준 가치 »

이야기는 이내 함석헌을 옮겨갔다. 역시 『뜻으로 본 한국역사』였다. 조광 교수는 함석헌과 함께 동경고등사범학교를 다닌 문석준을 비교하면서 『뜻으로 본 한국역사』에 대해 설명했다. 함석헌의 시절에는 정규 과정을 통해 역사를 공부한 사람이 다섯 손가락 안에 꼽을 정도였다. 조 교수는 "당시 동경고등사범학교를 나온 함석헌과 문석준은 그 핵심적인 인물"이었다면서도 "두 사람이 전혀 다른 역사적 관점을 가지게 된 것을 유념해서 봐야 할 필요가 있다"고 했다.

문석준은 유물사관에 입각한 한국서 개설서를 냈는데 해방 직후 북한에서 교과서로 사용될 정도였다고 한다. 반면 함석헌은 관념주의적 입장에서 성서 사관에 입각해 「성서적 입장에서 본 조선역사」를 썼다. 조광 교수는 "『뜻으로 본 한국역사』는 사실보다는 해석이 중심이 된 역사서"라고 정의했다. 앞서 말한 것처럼 사실에 입각한 역사 서술을 강조하는 조광 교수였지만 『뜻으로 본 한국역사』에 대해서만은 이렇게 말했다.

사실만 강조되면 혹은 해석만 강조되면 좋은 역사서라고 할 수
없습니다. 두 가지가 조화로워야 완벽한 역사서가 되는 것이죠.
그런 점에서 『뜻으로 본 한국역사』를 순수 역사서로 보기는
어렵습니다. 그럼에도 사실에만 매몰되어버릴 수 있었던
그 당시 상황에서 한국 역사의 의미를 찾으려 했다는 점,
특히 그리스도교적 입장에서 찾으려 했다는 점에서 대단히
큰 작업이라고 생각합니다.

『뜻으로 본 한국역사』라는 '사실'과 "큰 작업"이라는 '해석'을 아우르
기 위해 조광 교수는 함석헌에 대한 연구에 매진하기도 했는데, 그 결과물
이 「1930년대 함석헌의 역사 인식과 한국사 이해」라는 논문이다. 조 교수
는 이 논문을 쓰기 위해 일본 현지 대학에 함석헌의 재학 당시 기록을 요청
하는 등 아낌없는 노력을 기울이기도 했다.

역사적 상상력을 키우는 길 »
—

조광 교수는 정년퇴임하면서 소장하고 있던 장서 1만 2천여 권을 자신
이 원장으로 일하는 전주의 한국고전문화연구원으로 보냈다. 고려대 도서
관으로 보낼까도 생각했지만 80퍼센트 이상이 복본이고 결국 파지 처분될
것을 염려해 전주로 내려보내게 되었다. 보내고 보니 그렇게 하길 잘했단
다. 지방의 열악한 도서관 사정도 그렇고, 젊은 연구자들이 그 책을 자양분
삼아 연구에 꽃을 피우는 데 조금이라도 도움이 된다면 그것 또한 좋은 일

조광 역사학자, 고려대 명예교수

아닌가.

조 교수는 "찾을 때 책이 없어서 아쉽기도 하다"며 아쉬움을 드러내기도 했다. 왜 안 그렇겠는가. 평생 책을 자신의 분신처럼 여기면서 연구에 매진했고 후학을 양성하는 원천으로 삼았으니 말이다. 그이는 "강사 월급도 제대로 나오지 않을 때 있는 돈을 탈탈 털어서 산 책들이 얼마나 많은지……. 사연 있는 책이 많지만 여러 젊은 연구자들이 활용하면 그보다 좋은 일도 없을 것"이라고 말했다.

이 대목에서 이야기는 땅에 떨어진 오늘날 우리 역사 교육의 현실에 대한 아쉬움, 아니 개탄스러움으로 이어졌다. 입시 위주의 교육과정에서 외울 것 많고 어렵다고 생각되는 역사 과목은 학생들로부터 외면당하는 일만 남은 것이 현실이다. 조광 교수는 "역사로 대표되는 인문적 소양을 배제하고 어떻게 교육정책을 세울 것인가"라고 반문했다. '문사철'의 한 축인 역사가 이제는 철저하게 소외되고 있는 것이 우리의 현실이라는 것이다.

인문적 소양은 가치판단의 기준입니다. 우리 사회가 어디에서 와서 어디로 가는지 알 수 있는 것이 역사로 대표되는 인문적 소양입니다. 교육정책을 수립하는 사람들이 이제 우리 사회를 어디로 몰고 가려는 것인지 알 수가 없는 노릇입니다.

다음 세대에게 역사의식을 심어주는 것은 다른 문화와 역사를 이해하는 기준이 된다. 조 교수는 "내 키를 기준으로 다른 사람의 키를 가늠할 수 있듯이, 우리가 가진 역사와 문화 이해를 바탕으로 다른 나라와 민족의 역사와 문화를 이해하는 것"이라고 강조했다. 그렇게 판단의 기준을 세우는 것이 역사적 상상력을 키우는 길이며 새로운 창조력의 원동력이 된다. "역사가 판단할 것"이라는 말은 그만큼 많은 의미를 내포하고 있는 것이다.

다시 연구에 매진하는 호모루덴스 »

—

서가를 서성이던 조광 교수는 마테오리치의 『천주실의』를 서가에서 꺼냈다. 후배 연구자들과 윤독°輪讀에 윤독을 거쳐, 또 영어와 불어, 일본어, 중국 백화문 등으로 번역된 자료를 꼼꼼히 검토한 뒤 번역한 "세계 어디에 내놔도 가장 정확한 번역과 주석이 달린 책"이라고 말했다. 그 책은 마치 조광 교수가 꿈꾸는 궁극의 학문의 세계, 즉 과거와 현재, 미래가 조우하는 시간의 접점을 만드는 학문으로서의 역사를 대변하는 듯했다.

사람들은 이제 과거를 낡고 고루하다, 그래서 배울 것이 없다고 말한다. 진부하지만 과거로부터 배우지 않으면 오늘을 제대로 살 수 없다. 더불어 미래를 장담하지도 못한다. 조광 교수는 "과거의 지식, 과거인의 지혜가 축적된 것이 바로 역사"라면서 "그 모든 것을 빌려서 오늘 우리 삶을 고양할 필요가 있다"고 했다. 그러나 우리는 지금 그 지혜를 잃어버리고 있다.

하지만 실망할 필요는 없다. 역사가 다시 우리에게 그것을 깨닫게 해줄 것이기 때문이다. 지금은 숨죽이고 있지만 역사는 다시금 일어나 새로운 기운으로 다가올 것이다. 그때를 기다리며 조광 교수는 호모루덴스의 삶, 즉 유희하는 인간의 삶을 즐길 생각이다. 물론 그이의 유희는 '역사'라는 무대에서 '연구'라는 방법으로 이루어질 것이다. 그는 정년퇴임을 앞두고 후배 교수들에게 "나는 스스로 그렇게 살지 못했지만, 때로는 여유를

조광 역사학자, 고려대 명예교수

통해 재충전하고 새로운 창조를 만들어내야 한다"고 말했단다.

그렇게 말했지만 조광 교수 스스로는 다시 연구에 매진할 터다. 정년 퇴임 후 호모루덴스의 삶을 꿈꾼다던 그이였지만, 여전히 수많은 책 앞에서 학문의 열정을 불태우는 청년의 모습이었다. 어쩌면 그것이 조광 교수가 꿈꾸는 호모루덴스적인 삶일지도 모를 일이다. 학문을 향한 열정에 불타는 청년 조광과의 만남, 부끄러움이 가득한 시간이었지만 마음 한편으로는 새로운 도전 정신으로 충만한 시간이었다. ●

즐거운 아웃사이더로 살다

진보신당 대표
칼럼니스트、
홍세화

© 유정호

홍세화 진보신당 대표는 1947년 서울에서 태어났고, 1966년 서울대 금속공학과에 입학했으나 이듬해 그만두었다. 1969년 서울대 외교학과에 다시 입학해 1972년 '민주수호선언문' 사건으로 제적되었다가 1977년 졸업했다. 1977년~1979년에 '민주투위', '남민전' 조직에서 활동했는데, 1979년 3월 무역회사 해외지사 근무 차 유럽에 갔다가 '남민전 사건'으로 귀국하지 못하고 파리에 정착했다. 파리에서 23년간 생활하며 택시를 운전하기도 했던 그는 2002년 영구 귀국해 실천적 지식인의 모습을 보여주고 있다. 《한겨레》기획위원을 역임했고《르몽드 디플로마티크》한국어판 편집인으로 일했다. 2011년 11월에 진보신당 대표로 선출됐다. 저서로 『악역을 맡은 자의 슬픔』(2002), 『빨간 신호등』(2003), 『나는 빠리의 택시운전사』(개정판, 2006), 『쎄느강은 좌우를 나누고 한강은 남북을 가른다』(개정판, 2008), 『생각의 좌표』(2009) 등이 있다.

1995년, 한 권의 책이 베스트셀러에 오르면서 '똘레랑스°tolérance'라는 말이 크게 유행했다. 쉽게 '관용'으로 번역되었지만, 실은 그보다 더 큰 사회적 가치를 담고 있는 똘레랑스는 그 뒤 우리 사회를 관통하는 핵심 키워드가 되었다. 똘레랑스라는 말을 유행시킨 책은 바로 『나는 빠리의 택시운전사』였고, 그 책을 쓴 사람이 홍세화 진보신당 대표다.

●

연대하는 사회가 되기 위한 똘레랑스 정신 »

—

홍세화 대표는 똘레랑스를 '관용°寬容'보다는 '용인°容忍'이라는 말로 푸는 것이 좋다고 말했다. '화이부동°和而不同'도 좋다. 누군가의 실수나 잘못을 '너그럽게 받아들인다'는 의미보다는, 종교나 사상이 다르지만 차이 그 자체를 '다른 그대로' 받아들이는 정신이기 때문이다. 좀더 의미를 확장해보면 "서로 화평하면서 획일화하지 않는다"는 뜻으로 '다양성'과 '다름'을 존중하라는 의지가 담겨 있는 것이다.

> 똘레랑스란 나와 다른 사상, 신앙, 출생지, 성적 정체성,
> 피부색을 '다른 그대로' 받아들이라는 것입니다.
> 다름을 차별, 억압, 배제의 근거로 하지 말라는 것입니다.
> (『나는 빠리의 택시운전사』 중에서)

그러나 '잃어버린 10년'을 운운하던 사람들로 인해 똘레랑스의 의미는

홍세화 칼럼니스트, 진보신당 대표

퇴색했다. 사리사욕을 위해, 혹은 지역구나 챙기기 위해 서로 멱살을 잡고 드잡이하는 정치인들이 똘레랑스를 들먹였고, 숱한 비리와 부패로 얼룩진 재벌들에게 면죄부를 주며 누군가가 똘레랑스를 이야기했다. 똘레랑스를 죄와 잘못한 일에 대해 덮어둔다는 뜻으로 곡해한 무리들은 똘레랑스의 참 정신은 알지도 못한 채 막다른 길을 향해 질주하고 있다.

이성의 소리, 즉 다른 사람이 생각하고 행동하는 방식의 자유 및 다른 사람의 정치적·종교적 의견에 대한 존중을 뜻하는 똘레랑스는 아직 한국 사회 구성원 모두가 보편적으로 인식하고 있는 사고는 아닌 셈이다. 다른 것을 틀린 것으로 인식하는 우리 사회가 아니던가. 홍세화 대표는 "부드러운, 너그러운, 연대하는 사회가 되기 위한 똘레랑스의 정신"이 꽃피기도 전에 퇴색하고 있는 것 아닌가 하는 안타까움을 내비치기도 했다. 지구상에 마지막으로 남은 분단국가인 한반도의 통일을 위해서도 똘레랑스는 시급한 과제이기 때문이다.

나는 통일을 바라보는 시기에 가장 시급한 것은 바로 똘레랑스를 배우고 실천하는 일이라고 믿습니다. 16세기 유럽인들이 신교-구교로 갈라져 상대방을 잔인하게 학살하고 전쟁을 일으켰다면, 우리는 20세기에 사상과 이념이 다르다는 이유로 서로를 학살하고 전쟁을 일으켰습니다. 우리도 똘레랑스를 배우고 실천할 때 통일을 더 빨리 이룰 수 있고 또 올바른 통일이 될 것입니다. (「나는 빠리의 택시운전사」 중에서)

『악의 꽃』에서 사회의 인식을 되씹다 »

―

홍세화 대표는 "어려서부터 잡독을 했기 때문에 뚜렷하게 무슨 책이라고 이야기할 만한 게 없다"고 했다. 19세기 소설을 다양하게 읽었고, 수많은 시를 읽었다. 그러나 지금도 또렷하게 기억하는 시집이 있으니, 샤를 피에르 보들레르의 『악의 꽃』이다. 처음에는 시집 제목에 매료되었다. 홍 대표는 "질이 안 좋고 두꺼운 종이에 인쇄한 것이라 책도 무척 두꺼웠고 표지도 검은 빛깔이었는데 시집의 제목과 아주 걸맞았다"면서 "음울한 보들레르의 시어에 젖어 들었다"고 말했다.

사실 『악의 꽃』을 읽게 된 데도 사연이 있다. 고등학교 시절 홍세화 대표는 외할아버지 슬하에서 자랐다. 그런데 외할아버지가 경영하던 작은 출판사의 사세가 기울더니 곧 문을 닫고 말았다. 출판사에서 보관하고 있던 책들이 고스란히 집으로 옮겨졌고, 집 곳곳에 잔뜩 쌓이게 되었다. 홍 대표는 "왜 집에 책들이 쌓이게 되었는지는 묻지도 않고 그 속에 파묻혀 지냈다"며 웃었다. 수많은 날을 책 속에 파묻혀 지내다 건져 올린 것이 바로 보들레르의 『악의 꽃』이다.

홍 대표는 『악의 꽃』 중에서도 「빨강머리의 걸녀°乞女」라는 시를 읽고 또 읽었다. 때마침 학교에서 집으로 돌아가는 버스 안에서 버스 차장에게 반말을 내뱉는 한 대학생을 보았다. 둘은 엇비슷한 나이였지만 차장은 존댓말을 했다. 당시 고등학생이던 홍세화는 사회를 지배하는 집단 무의식과 편견에 대해 생각했고, 그때 처음 '사회의 인식'에 대해 되씹으며 생각하게 되었단다. "철없던 청소년은 갑자기 책 부자가 된 게 너무 좋았고, 가세가 기운 것은 내 문제가 아니었다"고 했지만, 곧이어 우리가 발 딛고 사는 사

홍세화 칼럼니스트, 진보신당 대표

회를 바라보는 '어떤 시선'이라는 것이 형성되었다.

방황은 실존을 요구했다 »

—

그렇게 대학에 입학했지만 막상 사회의식이나 역사의식, 혹은 어떤 목적의식이 생긴 것은 아니었다. 단지 막연하고 단순한, 어쩌면 소박한 정의감 정도에 머물렀던 것이다. 고등학생 시절 수학을 잘했던 터라 당연히 이과를 선택했고, 대학도 공대에 진학했다. 그 단순하고 소박한 정의감은 한국 사회 문제의 총체적 집합체라고 할 수 있는 한국전쟁에 대한 관심으로 이어졌다. 한국전쟁이 이 땅에 뿌리 내리고 산 사람 어느 누구에게 영향력이 미치지 않았을까만, 홍세화 대표는 그때 동생을 잃었다. 좌우 대립이 무엇인지도 모르는, 돌도 지나지 않은 동생이었다. 그 역시 2살 어간이었다.

그래도 홍 대표는 한반도에 일어난 전쟁과의 만남을 "특별한 만남"이라고 표현했다. 이후 모든 꿈도 가치관도, 그리고 'KS(경기고-서울대) 마크'도 허물어졌다. 결국 이듬해 서울대 공대를 그만둘 수밖에 없었다. 한국사는 물론 세계사에 대한 인식이 달라졌고, 세상 돌아가는 일에 관심을 갖게 되었다. 당시 읽었던 책 중에 한 권이 찰스 라이트 밀스의 『들어라 양키들아』였고, 《사상계》를 탐독했다.

한편으로는 20대 초반의 방황은 사르트르와 카뮈 등 실존주의 철학자들에게 발길이 머물게 했다. "다른 사람은 다 속일 수 있어도 자기 자신은 속일 수 없다"고 생각한 그에게 "방황은 실존을 요구했다." 카뮈의 『반항하는 인간』에 깊은 영향을 받은 홍세화 대표는 "20대 초반의 방황에서 벗어나게 해준 힘은 결국 카뮈의 실존주의 철학 덕분"이라고 고백한다.

66학번으로 서울대 공대생이 되었던 그이는 다시 69학번으로 서울대 외교학과에 입학했다. 그러나 "외교관이 되어 한반도의 통일 정책에 일익을 담당하고 싶다"는 꿈도 오래가지는 않았다. 일부 군부 세력을 몰아내고 외교 능력과 지혜를 발휘하면 남과 북이 하나될 수 있을 거라는 생각은 지극히 순진했다. 외교학과 강의가 차츰 깊어질수록 분단된 조국의 현실은 암울했다. 삼선개헌을 반대하는 대열 속에 끼게 되었고, 반유신 투쟁도 시작되었다.

이때『공산당 선언』을 읽었고, 리영희의『전환시대의 논리』와『우상과 이성』등을 곁에 두었다. 이 책들로 인해 홍세화 대표는 "세상을 비판적으로 바라보는 눈을 뜨기 시작했다"고 말한다. 한편으로 마오쩌둥의『모순론』과『실천론』도 탐독했다. 1970년대 초반 마오쩌둥의 책이 한국어로 번역되었을 리 만무한데, 아니나 다를까 일본의 이와나미 신서에 포함된 2권의 책을 일본어를 아는 친구가 깨알 같은 글씨로 번역한 것을 돌려가며 읽었단다.

세계를 보는 새로운 창《르몽드 디플로마티크》 »

—

사람들은 홍세화 대표가 프랑스 파리 망명 기간 동안 내내 택시운전을 한 것으로 오해한다. 23년여의 망명 생활 동안 실상 29개월 보름 정도를 택시운전사로 일했지만『나는 빠리의 택시운전사』의 여운이 그만큼 크다는 것을 보여주는 대목이다. 홍 대표는『악역을 맡은 자의 슬픔』에서 "내 정체

홍세화 칼럼니스트, 진보신당 대표

© 유정호

살아야 하므로. 척박하나
이 땅에서 사랑하고
참여하고 연대하고 싸워
작은 열매라도 맺게 하는
거름이고자 합니다.

성에서 택시운전사가 많은 부분 그대로 남아 있기를 기대한다"고 말했는데, 그는 "사물과 현상을 바라보는 내 눈이 택시운전사의 것이 되기를 바란다"고 했다.

> 택시운전사의 눈은 지금의 위치를 계속 확인하면서 앞으로 나아가고 또 앞으로 나아가면서 그 앞으로 나아갈 길을 헤아린다. 택시에 올라탄 손님은 누구나 목적지를 말한다. 그러나 그 목적지에 이르는 길을 미리 헤아리는 눈을 갖기는 어렵다. 가는 길목에서 예상치 못한 상황이 벌어졌을 때 그 지점에서 목적지까지 가는 길을 찾는 눈도 택시운전사는 갖고 있어야 한다. 택시운전사의 눈은 하나의 층계를 올라섰을 때마다 시야가 새로워지는 것을 아는 눈이다. 또한 택시운전사의 눈은 지나온 길을 끊임없이 되돌아보는 눈이다. 과거에 잘못 들었던 길을 반복하여 가지 않기 위해 과거의 잘못을 계속 점검하면서 수정하려고 노력하는 눈이다. (『악역을 맡은 자의 슬픔』 중에서)

23년의 파리 망명 생활에서 그에게 택시운전사의 눈이 되어준 것들은 책보다는 신문과 잡지였다. "책보다는 진보 매체들을 꾸준히 구독하면서 많은 도움을 받았다"는 그는 "나와 연관이 없는 것 같은 시사 문제들이 내 삶의 깊숙한 자리로 들어오는 경험을 많이 했다"고 말한다. 그러한 체험을 가능케 했던 신문과 잡지는 일간지로는 《르몽드》요, 월간지로는 당연히 《르몽드 디플로마티크》였다. 주간지로는 광고를 하나도 게재하지 않는 《폴리티스》를 매주 읽었다. 《대안경제》라는 경제잡지도 꾸준하게 손에 들고 다녔다.

이야기는 자연스레 그가 편집인으로 일했던 《르몽드 디플로마티크》 한국어판으로 이어졌다. 정기구독자임에도, 솔직한 심정으로 "어렵다"고 했더니 "프랑스 말에 서툰, 한두 줄 읽고 뜻을 헤아리고 또 한두 줄 읽고 생각하기를 반복했던 젊은 이방인을 돌이켜보면서 읽으면 어떨까"라는 대답이 돌아왔다. 처음 읽으면 어렵다. 그러나 몇 번 읽다보면 익숙하게 되고, 한 달 동안 충분히 소화할 수 있는 분량으로 느낄 것이라고 했다.

"마음만 먹고 꾸준히 읽으면 어려움도 잠시"라던 홍세화 대표는 "한국 사회의 문제를 지적하고 대안을 제시한 글과 함께 읽다보면 전체적인 구도와 그림을 그릴 수 있다"고 했다. 프랑스 매체를 통해 한국의 위상을 다시 점검할 수 있는 것이 유익이요, 또 하나는 세계사적 흐름에서 우리의 역할과 좌표를 체득해 나갈 수 있다.

한국은 지금 미국의 눈으로 세계를 볼 뿐이다. 《르몽드 디플로마티크》 한국어판은 이제까지 익숙했던, 언제까지 유효할지 모르는 미국의 눈을 통해 세계를 보는 시각에서 벗어나 생경하지만 균형 잡힌 시선으로 세계와 만나게 해줄 것이다. 파리 망명 기간 동안 홍세화 대표에게 생각의 좌표를 제시했던 것이 《르몽드 디플로마티크》였기에, 그이는 《르몽드 디플로마티크》 한국어판을 통해 조국의 독자들에게 세계를 보는 좌표를 제시하고 싶었다.

홍세화 대표는 《르몽드 디플로마티크》 한국어판을 통해 지나칠 정도로 편향된 미국발 정보에서 벗어나, 작지만 일정 부분 균형력을 키우는 정보를 제공했다고 말했다. 누군가는 똘레랑스와 《르몽드 디플로마티크》만을 생각한다면 홍세화 대표가 친프랑스적이라고, 때론 사대주의적이라고까지 말한다. 그가 프랑스를 말한다고 해서 똘레랑스를, 《르몽드 디플로마티크》만을 생각한다고 해서 과연 친프랑스적일까. 그이는 이렇게 대답할 것이다.

아, 내 얘기가 그렇게 들리셨습니까? 그럼 할 수 없군요. 똘레랑스에 대하여 다시 말씀드려야 되겠습니다. 왜냐하면 당신은 아직 똘레랑스를 이해하지 못하셨기 때문입니다. 아시겠어요? 나는 친프랑스적이거나 프랑스에 사대하여 프로피뙤르(이익을 챙기는 자)가 될 수 있는 사람도 아니고 또 그런 위치에 있지도 않습니다. 그럼 다시 말씀드리겠습니다. 똘레랑스란…….(『나는 빠리의 택시운전사』 중에서)

굴종만 강요되는 한국 사회 »

—

홍세화 대표가 보기에 한국 지식인 사회는 상대적으로 비겁하다. 이런 현상은 한국 사회에서 오랫동안 지속되면서 내면화된 것이어서 알아차리지 못할 때가 많다. 그가 외교관을 꿈꿀 때도 외교학과 교수들은 한국과 미국의 불평등한 조약에 대해, '단지 이런 조약이 있다'만 알려줬을 뿐 대안이나 개선책에 대해 언급하지 않았다. 지금도 마찬가지다. 많은 사람들이 알고 있듯이, 민중들은 촛불을 들고 거리로 나서지만 지식인들은 침묵을 금처럼 여긴다.

비정규직 문제를 예로 들면 간단하다. 자유와 굴종 사이에서 굴종하지 않는 사람들에게 MB식 처방은 밥줄을 끊는 것이다. 기업들은 든든한 뒷배가 있으니 안하무인이다. 효율을 위해 노동 인력쯤은 언제든 내칠 수 있는 것이 한국 기업들의 생리다. 프랑스만 해도 생존의 기본적인 조건만은 지키려고, 좌파건 우파건 애를 쓴다. 자유와 굴종의 사이에 서서 생존만큼은 걱정하지 않아도 되는 사회안전망만은 굳건한 것이다.

홍 대표는 암울한 현실을 눈으로 보고 있으면서도 이른바 지식인들이 "용기와 자유, 인간 본성의 발현을 지킬 수 있는 실질적인 행동에 나서지 않는다"며 안타까워했다. 지식인들의 사회적 발언의 빈도와 수위가 낮다보니, 현실 문제에 대해 발언해야 한다는 강박을 가진 홍세화 대표로서는 언제나 "악역이 될 수밖에 없다."

인간의 존엄성을 지킬 수 있는 정도의 불편함은 모든 사람들이 감내해야 한다. 그러나 한국 사회는 그 불편함마저 귀찮아한다. 결국 춥고 배고픈 서민들만 완전한 나락에 떨어지게 된다. 굴종이 강요될 수밖에 없는 사회에 우리가 산다.

진보, 생각의 좌표를 먼저 점검해야 한다 »

—

홍세화 대표는 18세 젊은 나이에 에티엔느 드 라 보에티가 쓴 『**자발적 복종**』에 대해 이야기했다. 16세기를 살았던 에티엔느 드 라 보에티는 "세상에서 가장 두려운 건 우리를 은밀히 노예로 만드는 유혹"이라고 이야기했는데, 한국 사회는 "많은 선善 가운데 단 하나의 고결한 선인 자유"를 배제하고 모든 사람을 노예로 만들고 있다.

뉴타운이라는 망령이 가난한 자들의 삶을 끝없는 나락으로 내몰아도 내 집만은 개발되어야 한다. 한 사람이라도 더 끌어내리고 앞줄에 서야 명문대에 갈 수 있다. 홍세화 대표는 "한국 사회의 각 부문에서 출세한 인물들은 자유인이 아니라 지배 권력과 맘몬의 신에게 자발적으로 복종하는 충실한 마름들"(『생각의 좌표』 중에서)이라고 일갈한다. 특히 지금 '저당 잡힌 인생'을 사는 10대들은 애처롭다. 명문대는 인생 최대의 목표가 아니라 기실 폭력이다. 홍세화 대표는 "10대들을 불안하게 만드는 요소들을 줄여주는 것, 덜 굴종하게 하는 것, 하여 자유인으로 다가가는 길을 알려주는 것이 바로 진보"라고 강조했다.

삶의 방향이 늘 진보로 나아가기 위해서는 생각의 좌표를 점검해야 한다. "내 생각은 어떻게 내 생각이 되었나?"를 매 순간 되물어야 한다는 것이다. 내가 주체적으로 걸러내지 못한 주류 사회의 통념이 내 생각의 자리에 똬리를 틀고 있는 것은 아닌지 항상 성찰해야 한다. 다른 사람의 생각을 암기하는 사람이 아니라 사유하는 사람이 되어야 한다.

홍세화 대표는 나이 먹기를 거부하는 사람이다. 또 영원한 사병으로 남아 전투 현장에 서고 싶다. '무엇을 위한 전투인가?'를 묻는다면 이렇게 대답할 것이다.

살아야 하므로. 척박하나 이 땅에서 사랑하고 참여하고 연대하고 싸워 작은 열매라도 맺게 하는 거름이고자 한다.

『생각의 좌표』의 책날개에 소개된 홍세화 대표의 소개글 마지막은 이렇다.

나는 살아서 즐거운 '아웃사이더'이고 싶다. 시어질 때까지 수염 풀풀 날리는 척탄병이고 싶다.

살아서 즐거운 아웃사이더이면서 수염 풀풀 날리는 척탄병인 홍세화 대표와의 만남은 짧았다. 그러나 시종 진지했고, 깊은 여운을 남겼다. 파리의 택시운전사로 악역을 맡은 자의 슬픔까지 맛본 홍세화 대표의 발걸음은 여전히 진중하다. 그 걸음은 시간이 지날수록 깊은 향취를 남길 것이다. 함께 걷는 길은 언제나 외롭지 않다. ●

홍세화 칼럼니스트, 진보신당 대표

책꽂이   한국의 지성이 사랑한 책 7권

《사상계》

한국 지성사에서 《사상계》의 자취는 어느 것과도 비교할 수 없을 정도로 오롯하다. 1953년 4월, 장준하의 주도로 창간된 《사상계》는 1950~1960년대 독재 정권에 맞선 비판적 지성지로, 민족의 앞날을 걱정하는 지성인과 대학생은 물론 깨어 있는 청소년들의 필독 잡지였다. 다음은 1953년 4월 당시 창간 선언문의 마지막 대목이다. "종으로 5,000년의 역사를 밝혀 우리의 전통을 바로잡고, 횡으로 만방의 지적 소산을 매개하고 공기公器로서 자유·평등·평화·번영의 민주 사회 건설에 미력을 바치고자 하는 바이다."

창간 선언문의 다짐처럼 《사상계》는 자유와 평등, 평화와 번영을 위해 정진했다. 특히 함석헌은 1958년 5월호에 이승만 정권의 독재와 부패에 저항해 그 유명한 「생각하는 백성이라야 산다」를 기고했다. 이 글로 인해 함석헌은 투옥되었지만 《사상계》에 대한 대중 독자들의 반응은 더욱 뜨거워져 발행 부수가 5만 부에 이를 정도였다. 이후 4·19 혁명 때는 발행 부수가 8만 부에 달할 정도로 영향력이 컸다. 또한 함석헌은 박정희의 쿠데타를 비판한 「5·16을 어떻게 볼까」 등 날카로운 필봉을 휘두르며 《사상계》를 통해 사상가뿐 아니라 통일운동가로서의 면모를 보여주었다.

한국 현대사의 부조리를 고발하고 바로잡는 데 진력盡力한 《사상계》는 1970년 9월 문화공보부에 의해 폐간되었는데, 그해 5월 게재한 김지하 시인의 「오적」이 폐간의 주요 원인이었다. 재벌, 국회의원, 고급 공무원, 장성, 장차관 등을 나라를 팔아먹은 이완용 등 오적에 비유해 풍자한 김지하의 시는 권력층의 심기를 불편하게 했고, 결국 《사상계》는 폐간의 아픔을 겪어야만 했다. 이후 복간 움직임이 없지 않았지만 정식 복간은 아직 이루어지지 않고 있다.

《기독교사상》

1957년 8월에 창간된 신학 월간지로, 《사상계》와 더불어 한국 사회 지성들의 목소리를 여과 없이 담아낸 진보적 잡지다. 5·16 쿠데타 당시 '혁명반대론'과 관련한 글을 게재하려고 했으나 당국에 의해 수정 협박을 받았고, 1975년에는 반유신적 입장을 표명해 긴급조치 9호를 위반했다는 명목으로 판매 금지되기도 했다. 제5공화국 시절이던 1982년에는 '한국 선교 100주년 기념호'를 통해 북한 선교를 다루어 6개월 동안 강제 정간되기도 했다.

발간 초기부터 정치·사회적인 발언을 아끼지 않았던 《기독교사상》은 보수적 색채가 강한 한국 기독교계에 진취적이고 진보적인 신학 흐름을 소개하는 데 주저하지 않았다. 1970년대부터 민중신학의 태동에 기여했으며 기독교의 비종교화, 세속화신학, 해방신학, 여성신학 등을 발 빠르게 소개했다. 최근에는 대형 교회 문제와 설교 비평 등 한국 기독교의 문제점은 물론 한미 FTA 등의 사회 현안을 날카롭게 비판하며 그 존재감을 여전히 입증하고 있다.

『뜻으로 본 한국역사』

함석헌이 30대 초반인 1934년에서 1935년 사이, 동인지 《성서조선》에 '성서적 입장에서 본 조선역사'라는 제목으로 연재했던 글을 엮은 책이다. 한국 역사에 나타난 하나님의 뜻을 확인하고 그 의미가 무엇인지를 밝히는 데 주력하기 위해 '성서적 입장에서 본 조선역사'라고 제목을 정했지만, 해방 이후 원고를 수정하면서 교파주의에 매몰되지 않겠다는 의미에서 '뜻으로 본 한국역사'로 제목을 바꾸었다.

반만년의 역사, 그러나 고난으로 점철된 우리 역사를 인정하면서도 고난에 좌절하거나 숙명으로 받아들일 것이 아니라 이를 극복하고 보다 높은 차원의 역사를 만들어야 한다고 함석헌은 강조한다. 이른바 고난사관으로 불리는 함석헌의 역사철학은 결국 자기 상실의 민족사를 상기시키면서 '민족적 자아'를 되찾는, 보다 높은 차원의 경지가 아닐 수 없다.

함석헌은 역사를 "영원의 층계를 올라가는 운동"으로 파악했는데, 운동은 자람이며, 생명은 진화하는 것으로 규정한다. 그런 점에서 고난 극복의 경험을 바탕으로 세계 모든 인류가 겪는 고난에 동참하고 함께 극복하는 데 힘을 쏟아야 한다는 함석헌의 역사인식은 우리 사회가 다시금 조명해야 할 사상이다.

『아Q정전』

중국 근대문학의 선구자 루쉰의 대표작인『아Q정전』은 신해혁명 전후의 기형적 중국 사회와 왜곡된 중국인의 허상을 시골 날품팔이 아Q를 통해 묘사한다. 아Q는 무기력하고 비겁하다. 또한 독특한 삶의 비결, 즉 정신적인 승리법을 통해 자신이 겪고 있는 삶의 부조리를 애써 외면한다. 당시 중국은 서구 열강의 침략으로 힘없이 무너졌다. 아편전쟁 이후 급격하게 무너진 중국은 스스로의 자리를 찾지 못하고 방황했다.

그러나 화려한 과거의 영화에 빠져 중국은 패배를 쉽사리 인정하지 않았다. 마치 아Q처럼 "우리도 옛날에는 …… 네놈보다 훨씬 잘살았어! 네놈이 감히 뭐라고"라는 말만 되뇌며 정신적인 승리에 도취되어 있었다. 아Q는 정확한 위치가 어디인지도 모르는, 그야말로 시골 촌구석의 날품팔이다. 그런데 시골 날품팔이조차 입만 열면 유교 경전의 내용을 쉼 없이 말한다. 정신적인 승리는 왕조를 잊지 못하는 귀족들만의 행태가 아니라 당시 사회 최하층민에게까지 뿌리를 내린, 중국의 뼛속 깊은 문제였던 것이다.

루쉰은 문학을 통해 중국의 어둠을 물리치려 했다. 미완의 혁명인 1911년 신해혁명이 있었고, 1919년 반제국주의와 반봉건주의를 표방한 5·4 운동이 일어났지만,

그런 혁명의 와중에도 루쉰은 문학으로 중국 국민의 정신을 계몽하겠다며 숱한 문제작을 발표하며 중국 사회에 큰 반향을 일으켰다. 물론『아Q정전』은 중국의 근현대사의 물줄기에만 영향을 준 작품이 아니다.『아Q정전』은 스스로를 혁명하지 못하는, 오늘을 사는 우리에게도 큰 울림을 주기에 충분하다.

『카라마조프 가의 형제들』

러시아의 대문호 도스토예프스키가 신과 종교, 삶과 죽음, 사랑과 욕정, 인간 본성의 문제를 탐구해낸 대서사시다. 도스토예프스키의 마지막 작품으로 그가 평생 동안 고민하고, 작품 속에서 그려왔던 인간 존재에 대한 문학적, 철학적 정수가 녹아 있다. 도스토예프스키가 평생 고민한 것은 인간과 인간의 운명이다. 그가 때론 광기에 가까울 정도로 인간 문제에 천착한 이유는 인간의 문제를 해결하는 것이 결국 신의 존재와 그것과 연관된 문제를 해결하는 일이었기 때문이다.

『카라마조프 가의 형제들』은 그 대표적인 작품이라고 할 수 있다. 탐욕스럽고 방탕한 노인 표도르와 그의 네 아들, 즉 고결함을 동경하면서도 음탕한 큰 아들 드미트리, 무신론자이자 허무주의자인 둘째 이반, 수도원에서 신앙적 삶을 사는 셋째 알렉세이, 그리고 사생아로 아버지 표도르에게 깊은 분노를 간직한 넷째 스메르자코프는 세상의 모든 인간을 대표한다. 그들이 풀어내는 삶의 방식은 결국 인간 군상들이 펼쳐내는 인류사와도 같다. 도스토예프스키가 주인공들을 통해 인간 영혼에 대한 깊은 애정을 표출하고 있음은 두말할 필요도 없다. 그 행간에서 신과 진리에 대한 물음과 해답을 던지고 있는『카라마조프 가의 형제들』은 인류 역사에서 첫 손가락에 꼽을 고전임에 틀림없다.

『전환시대의 논리』

『전환시대의 논리』는 한국 지성사에 굵고 깊은 자취를 남긴 리영희의 첫 평론집으로, 1974년 봄에 처음 출간되었다. 서슬 퍼런 독재의 압력에 굴하지 않고 리영희는 이 책에서 허위의식을 타파하는 현실 인식의 극점을 보여주었고, 편협하고 왜곡된 반공주의를 거부하는 넓은 세계적 관점을 제시했다. 아울러 냉철한 과학적 정신을 계몽하고 민주적 시민운동에 앞장서는 이론적 배경을 제시하기도 했다.

"1970년대 현대사와 국제정치의 현실을 보는 우리의 시각에 '코페르니쿠스적 전환'을 불러일으킨 현대적 고전"이라는 평가를 받는 『전환시대의 논리』는 중국 관계와 베트남 전쟁, 일본의 재등장 문제 등을 세세하게 분석하며 당시 한국 사회에 만연한 허위의식을 깨는 데 결정적인 역할을 했다. 『전환시대의 논리』와 『우상과 이성』, 『8억인과의 대화』를 출간하며 한국 지성사에 충격을 준 리영희는 이 책들로 인해 2년간 옥살이를 경험하기도 했다. 『전환시대의 논리』는 유신시대의 대표적인 금서 중 한 권이었다.

『역사란 무엇인가』

『역사란 무엇인가』는 역사 연구자뿐 아니라 지성인을 자처하는 모든 이들의 필독서로, E. H. 카는 이 책에서 "역사는 현재와 과거의 끊임없는 대화"라고 규정한다. 카는 "역사는 역사가의 해석이고, 인간의 역사는 끊임없는 변화며, 따라서 이러한 변화는 우리들의 가치와 관점의 변화에 따라 언제나 다르게 해석될 수 있으며 해석되어야 한다"고 강조하는 것이다.

카는 이런 역사관을 바탕으로 역사적 사실과 역사에서의 개인과 사회, 역사의 과학성, 역사에서의 인과 관계 및 진보 문제 등 역사가 추구해야 할 근본적 문제들을 세세하게 다룬다. 하나의 관점을 제시하기보다 폭넓은 역사 연구를 바탕으로 구체적이고 실증적인 사례를 제시하는 것이 『역사란 무엇인가』의 가장 큰 미덕이다. 역사가 단지 지나간 과거에 대한 사실적 기록을 확인하는 작업이 아니라 오늘 우리가 살아가는 시간과 다가올 내일과 깊은 연관을 맺고 있다는 카의 주장은 지금 되새길 만한 역사인식이 아닐 수 없다.

찾아보기